中国多民

/第六辑

丢失的那一天

杨莎妮/著

作家出版社

目　录

D 大调卡农

散场的人群逐渐离去后，杨景泉慢悠悠地从洗手间走出来。从二楼音乐厅走下来的时候，听见大厅里传来两个男人聊天的声音，在回音嗡嗡作响的圆弧形场馆中，完全听不清他们在讲什么。白色大灯已经关闭，只留下走道两侧的烛台形壁灯和从天花板倾泻而下的巨型水晶吊灯。水晶吊灯落下的影子，完满地对应住大厅地面正中的圆形团花图案，吻合对称得叫人惊叹。杨景泉的皮鞋叩击楼梯的声音使得两个聊天的男人同时看向他。杨景泉觉得双腿有些不自然，身上发热。已经四月底了，他依然坚持着看古典音乐会一定要穿西装，即使夏天也是如此。觉得热不是西装的原因，杨景泉想，是我太胖了，一米七八的身高，体重已经达到一百一十公斤。实在不喜欢运动，回家后半卧在沙发上听音乐，这时的时间过得是最快，也是最合心意的。

两个男人像是被杨景泉的脚步声提醒，发觉时间不早，走出大厅，互相挥手告别。大厅里只留下一个胖得像球一样的男人，伫立在张贴音乐会海报的展板前，微微抬起头，看着今天这场音乐会的海报。

小提琴大师洛林·卡萨尔斯的半身像浮凸在海报的前下方，背景是省交响乐团的舞台剧照，以示他们是独奏和协奏的关系。像大部分的音乐会海报那样，海报是暗黑色系。杨景泉眯起眼睛，似乎能在大面积的黑色中看见一条延伸至远方的台阶，到底会通向哪里。

这场音乐会还要再演两场，杨景泉已经买好了后面两天的门票。音乐会与 CD 的不同之处在于，即使相同的演奏者和曲目，每一场都会有微妙的变化。你可以从演奏者的呼吸里感知到他今天的心情，是潜伏在音乐作品本身固有情绪之下真正的自我情绪。杨景泉不算很懂音乐，但无可抑制地迷恋这种幻觉一样的东西，再给它加上自己的定义，默默地在心里盘玩，不为人知。

后天就可以把这张海报带走了。这和杨景泉听音乐会必定要穿西装的习惯一样，是他的另一个习惯。最后一场演完后，他会趁着人群散尽，偷偷地把海报撕下来带回家。

这样做并没有什么特别的意义，只不过碰巧有一次，听完中国国家交响乐团演奏的瓦格纳歌剧《漂泊的荷兰人》后，杨景泉在洗手间里，裤子拉链被衬衫衣角卡住了，往上拉也不是，往下拉也不行。杨景泉的啤酒肚又挡住视线，使得操作起来异常费劲。他不得不使劲憋气收腹，拉几下、扯几下。然后舒一口气，松一下肚子，擦一把汗。

从洗手间里出来的时候，音乐厅里已经空无一人。白灯关闭，只留下过道上的壁灯和大厅中央的水晶吊灯。米黄色系的灯光，使得无人的音乐厅一下子笼罩上了城堡般的神秘色彩。杨景泉忍不住咳嗽一声，立刻扩散出嗡嗡的回响。

路过粘贴音乐会海报的展板前，杨景泉看见《漂泊的荷兰人》的海报有一半耷拉了下来，位置大约在杨景泉伸手即可够到的地方。最初只是想把海报抹平，粘回原位。当杨景泉伸手展开海报的时候，画面中红帆船上空的闪电，在静无一人的空旷场馆中，在幽冥恍惚的光线中，像真正的闪电一样咔嚓一声击中了杨景泉。真实的电击感，真实的疼痛。疼痛带来的美好，击碎了听完一场音乐会之后的虚无，一定是来自那里的痛感。杨景泉希望这疼痛能像涟漪一样持续久一些，再久一些。

于是杨景泉把海报仔细地撕下卷好，小心翼翼地塞进公文包里，从公文包拉链的侧面，露出一小截卷筒形状。之后的音乐会，杨景泉都会想方设法地在最后一场结束后，避开人群，把海报撕下来带回家。本就是废弃了的东西，当然不会有人追究。偶尔也有无法得手的时候，比如保安或者保洁还在。但得不到也没什么关系，对于为什么要撕海报，杨景泉自己也不是很清楚。纪念吧？可是为什么要纪念？

正当杨景泉盯着海报上洛林·卡萨尔斯宝蓝色的眼珠时，背后响起了球鞋摩擦大理石地面的吱吱声。杨景泉扭过头，和一个背着大提琴盒子的女孩儿对视了一秒。他立刻转移视线，并移动了一下脚的重心，尽量显得只是自然地在看海报，而不是在想怎样撕下海报。

女孩儿快步走过杨景泉身边，杨景泉一下子想起来，她就是刚才坐在台上的大提琴手，省交响乐团的演奏员。当时的她穿着大领口的黑丝绒长裙，看起来又高挑又成熟。而现在她的背影又瘦又小，灰色的卫衣、牛仔裤、球鞋，整个人像要被背上的大提琴压垮了似的。

也许是想认识真正的演员，也许是被大提琴手背后那只锃亮黝黑的大提琴盒子吸引，也许是奇怪，同一个人为什么会有两种样子，也许就是闲得无聊，不想立刻回家，杨景泉跟着大提琴手走出了音乐厅。

大提琴手一路步行着，从一条马路穿过一条马路。杨景泉把西装脱了搭在手臂上，已经快十一点，夜风渐起，可他还是热得气喘吁吁。前面的大提琴手，即使负重行走，却始终保持着相同的速度和步伐。

大提琴手从马路钻进小巷，汽车的噪声和霓虹的流光逐一消失。杨景泉看了看表，大约走了半个多小时，这个地方他竟然完全陌生。当然，一座城市里有多少小街小巷，即使土生土长，在此生活了一辈子的本地人也不可能全都认识吧。

小巷已经窄到汽车无法进出，两侧居民楼里透出的灯光也逐渐稀疏。从华丽如童话中城堡一样的音乐厅，过渡到如童话中被世界遗忘的角落，这种巨大的对比，就像从小夜曲快速跳转到德沃夏克的《自新大陆》。酣畅的撞击声来自杨景泉心脏的剧烈跳动。

大提琴手拐进了一条几乎漆黑的弄堂。杨景泉立在弄堂口，路灯、月光在弄堂里彻底消失，完全看不见里面的样子。大提琴手钻进弄堂，立刻被黑色沾染。黑色里面有各种各样的画面，各种各样的可能。

眼睛在黑暗中慢慢适应，树干、枝杈的黑影，在地面织出一张网。远处的山峰比以往更加高耸，像嗜血又温情的巨人。从黑色的网中透出泡沫一样的微光，但这并不能带来安全感，反而像是移动的啮齿目动物发出的低声咆哮。枯草划过面颊和身体，就像盲人用手指辨别陌生的物体。缓缓地从肺里吐出空气，隐约能听到尽头那里传出的呼喊声，但不能确定那是在呼喊我。有一丝微光一样的东西在前面闪烁，拖着湿漉漉的步伐，跨出一步，又停下。想再跨出一步、两步……离开这里……

杨景泉的噩梦被格里格《培尔·金特》中《晨景》的闹铃声叫醒。这是杨景泉最满意的唤醒铃声，第一次听到这首作品的时候，杨景泉惊讶得合不拢嘴。声音里面完完整整地浮出一幅画面，画面里太阳针尖一样的光芒刺破云层的瞬间，被定格在长笛的透亮中。既是过程，又是永恒。

杨景泉揉了揉惺忪的睡眼，面颊上的赘肉跟着弹跳了几下。他清楚地记得，昨天晚上跟踪大提琴手走到一条弄堂口。他确定，在弄堂口一只昏暗的路灯下，大提琴手回头看了他一眼，也许她早就发现了他。但他不能确定，大提琴手的眼神里装着哪些内容，温顺或者诧异，或者抗争。对黑暗的恐惧，使得杨景泉没有再继续跟踪下去。

在办公桌前坐定，有那么一会儿杨景泉觉得还是应该多运动运动。昨晚走了半个多小时的路，今天起床全身都酸溜溜的，像泡了一个星期白醋的鸡蛋，变得没了硬壳的支撑。不过三秒钟之后他就不再想这些了，盯着面前堆积的工作发呆。撰写具有创造性的与众不同的软文，抓住产品的一个点，发挥到无限诱人，这是杨景泉的主要工作。

“没点儿音乐做辅助的话，脑袋迟钝了不少。”杨景泉小声地说。

之前办公室里是允许放音乐的，后来总裁老婆的闺蜜的侄女进来后，向上面反映，音乐声影响工作效率。办公室里安静下来，只要盯着电脑屏幕，就呈现出一幅人人都专心致志的工作状态。音乐这东西，本来就是可有可无，除了杨景泉不乐意外，其他人也没有太多异议。

“戴耳机好了。”旁边格子间里的同事听见杨景泉的嘀咕，伸过头来对他说。

“不行，没有经过空气震动的音乐是没有灵魂的音乐。”杨景泉一本正经地说。

“神经。”同事白了他一眼，但也已经习惯了他的胡说八道，“哎，我听说有一种用手机就能听到绝佳音效的方法。”

“什么方法？”杨景泉向后仰倒在椅背上，身体探向旁边的同事。办公椅承受着杨景泉一百一十公斤的体重，发出咯吱咯吱的声响。

“据说手机播放音乐的时候，用嘴含住播放孔，再把两只耳朵堵起来，听起来会有立体声一样的效果。要不你试试？”同事抬了抬眉毛。

“好，试试。”

杨景泉从手机软件里找到贝多芬的第九交响曲第一乐章。逐渐加强，直至排山倒海的弦乐演奏，这是杨景泉热爱的部分。大约是因为贝多芬在创作上追求一种绝对的自由，追求个人意志的表达，作品有一种给人勇气的震颤氛围。这氛围甚至给了《发条橙子》里的阿莱士跳楼自尽的勇气。

含住手机的播放孔，嘴里鼓足气，杨景泉胖嘟嘟的脸就像生气的河豚。再用两根食指塞住耳朵，定音鼓的几声咚咚声，一下子在口腔里扩散开来。五官分布成一个共鸣的三维空间，头部形成了一个小型的声场。有空气震动，有频率响应曲线分布，还原度还是挺高的。

主管走进办公室的时候，看见杨景泉闭着双眼，鼓着腮帮，捂着耳朵，含住手机微微点头的样子，有些哭笑不得。他拍拍杨景泉的肩膀，示意跟他去一下办公室。杨景泉一惊，睁开眼睛，嘴巴张开，手机落到就要把牛仔裤绷到绽线的大腿上，弹了两下。

“听音乐能帮助思考吧？”主管问。

杨景泉在主管对面坐下，憨憨地笑着说：“主要是为了打打岔，有时候越盯着想越想不出来。”

“现在办公室里不允许播放音乐能适应吗？”

没点儿音乐做辅助的话，脑袋迟钝了不少。杨景泉心里想，又憨憨地笑起来。

“你一定有你自己的工作方式和经验。”主管说，“你写的文案，有时候会让人摸不着头脑，但奇怪的是反响都不错，反馈资料你都有看到吧？”

“嗯。”

“大概算是那种不按牌理出牌的类型，反倒让人印象深刻。和听音乐有关？”

“可能吧。”杨景泉眨眨眼睛。

什么经验也没听到，主管有些失望地低下头翻看桌上的文件，“嗯，用户反馈非常好啊。”

“嘻嘻，”杨景泉傻笑着，“是不是要加工资？”

“啊，算是吧。”主管说，“昨天高层会议，有人提出升你做部门总监，但是你知道，这种事必然也会有人提出反对。”

“那就不做总监好了。”杨景泉说。

“这叫什么话，”主管啪地合上文件夹，“你不想参加总监的选拔？”

我现在在做的工作，是领取任务，然后独自思考完成。而总监就需要和客户沟通、谈判。这对于我来说是相当困难的。更何况我现在是固定的工作时间，没有应酬之类不确定的安排。我有较多的业余时间，去听我喜欢的音乐会。而且，每年稳定的年假，这是我绝对不能放弃的。杨景泉想。

去年夏天，杨景泉去布拉格旅游，半自由行那种。和购物的队伍走散，误打误撞在布拉格的小歌剧院里听了一场歌剧《唐璜》。后来他才知道，布拉格正是《唐璜》首演的城市。那场音乐会剧场小，乐队编制小，演员也不出名，但带给杨景泉震撼的幸福感，使得他在演出结束后，在布拉格人影寥寥的街道上来来回回地踱到半夜。是因为莫扎特的作品就是要在这种小型的音乐厅里才能真正展现吧，杨景泉猜想。需要挨得很近，凑近点儿，再凑近点儿，能听见呼吸，甚至能听见心跳。

下了班回家洗完澡，从衣柜里拿出西装的时候杨景泉想，拒绝选拔的提议时是不是应该婉转些，要不明天再去主管那里解释一下。正想着，猛然发现衣柜的角落里有什么东西闪了一下。

杨景泉弯下肥胖的腰背，依着刚刚的记忆，在衣柜底部摸索了半天，摸到一个小小的颗粒。他拿到衣柜外看了看，是一只耳环。上面镶嵌着两颗闪烁的宝石和一粒小珍珠。那一定是前女友陈子岚落下的。

“什么都不留下？”杨景泉问。

“是要留下点儿什么做纪念？睹物思人？”

“不是，还是都带走比较好。”

杨景泉看看陈子岚脚边两只 28 寸的行李箱和两只大号蛇皮袋以及一些零碎小物。一起生活一年的所有痕迹，在这里面都要被带走了。

“我昨天晚上想了好久，”陈子岚说，“至于为什么要离开这个问题，我确实给不了你准确的答案，只是觉得在一起这么久了，始终没法靠近你。说我矫情也好，说我胡思乱想也好，但这种感觉是实实在在的。能感觉到你内心热烈、冲撞，甚至暴戾的东西，但是看见的是你不动声色、温和迟钝的样子。我不知道哪种感受是正确的，也许都对，也许都不对。只不过我不想这么费劲地生活，莫名其妙，没有踏踏实实，踩在地面的真实感。”

帮陈子岚搬家的朋友敲开了门，没和杨景泉打一声招呼，或者点一下头。这种时候，会让人觉得是杨景泉的错，至少可以挽留一下。但杨景泉站着一动不动，于是成了透明的状态。

她们先是各自推着一只行李箱出门，杨景泉依旧站着，手臂不自然地垂在身体两侧。现在该做点儿什么吧，极力挽留，或者忍痛放手，或者让疼痛和血液来分散一下注意力，至少应该帮着把行李搬上车吧。杨景泉不知道该做些什么，血管里的血液在翻涌，攥紧的拳头中，指甲陷进掌心，口腔干涩，唾沫变化成泡沫，溢出嘴角。杨景泉擦了擦嘴角，决定用音乐来做出决定。他走到CD架前，闭上眼睛，从满满当当的CD中随机取出一张，他的手有些发抖，他希望这随机播放的音乐可以给他一点儿提示。

闭着眼睛将CD塞进机器，几秒过后，弦乐响起，杨景泉听出那是海顿的第四十五交响曲。在交响曲的末乐章，速度突然放慢，变成悠长的柔板。在柔板的进行中配器逐渐减少，乐师在演奏完自己的声部以后，便吹熄谱架上的蜡烛离去。先是一支双簧管和一支圆号告别，然后是大管，接着是另一支双簧管和圆号相继告辞，之后是低音提琴、大提琴、中提琴和小提琴依次告退。临近尾声，只剩下一支蜡烛下的两把第一小提琴。最后，唯一的一支蜡烛熄灭，曲终人散。

既然在1772年海顿第四十五交响曲首演的时候就已定下的结局，那就遵守这样的决定好了。杨景泉的热烈、冲撞和暴戾，在海顿安静而孤寂的气氛中，结束全曲。

杨景泉张开手掌，耳环上的银针深深扎进掌心，耳环立在掌中。或许是因为手心的皮肤异常肥厚，银针没有刺破表皮，只留下深红色的血点，和让人亢奋的疼痛。杨景泉把陈子岚的耳环丢进垃圾桶。为什么要纪念？

洛林·卡萨尔斯不愧为小提琴大师，经过长期的训练和无数场演出的磨炼，今天的这场演奏，就连乐章与乐章之间的停顿、时长也几乎与昨天那场一样。然而杨景泉的注意力，更多放在大提琴手身上。丝绒连衣裙像是沾染了昨晚窄巷里的黑，散发着暗幽幽的光泽，与大红色的嘴唇强烈冲撞。她的眼睛似是而非地飘在乐谱上面，雾蒙蒙的，看不出聚焦。

演出结束，杨景泉有些恍惚，似乎整场没有用心欣赏，心思飘忽，白白浪费了昂贵的“皇帝位”。所谓“皇帝位”是指听众席那个斜坡最中间一带四五排开始一直到二层中间的第一排位置。那里的音响效果是全场最好的，当然也是最贵的。

依旧在洗手间里磨蹭到人群散尽，站在海报下面的杨景泉想等待一串吱吱的球鞋摩擦大理石地面的脚步声。球鞋的摩擦声果然响起，杨景泉强忍着不去回头。

“海报有这么好看？”大提琴手问。

杨景泉转过头，看见一张干净到几乎苍白的脸。没有大红色的嘴唇，眉毛浅褐，唯独眼珠乌黑，却没有充分的聚焦。大提琴盒的背带斜穿过肩膀和前胸，整个肩背薄得好像还未成年。个子娇小，站在大块头的杨景泉面前，像是搞笑漫画里的夸张画面。

明天就可以撕下来带回家了。杨景泉在心里想。“不是，随便看看，就随便看看，回去也没什么重要的事。”杨景泉说。

“我回去也没什么重要的事。”大提琴手说。

杨景泉发觉大提琴手正挑衅地望着自己，眼睛里有桀骜和飘忽的张扬，一种青春期无惧无畏的放纵。尽管在舞台上看起来淑女一般，但就年龄来看，二十左右的岁数，正是绽放到恣意妄为的时候。

“跟踪很有趣吧。”大提琴手说。

昨天晚上果然是被发现了，杨景泉的额角和头顶涔涔冒出冷汗。

“继续跟踪好了，反正你回去也没什么重要的事。”大提琴手说道。

“不了，走不动了。”

“走不动？哈哈哈。”大提琴手爆发出一小颗一小颗的笑声，被大厅的回声放大成一大颗一大颗，“那陪我吃点儿东西。”

“嗯。”杨景泉像接到命令的忠犬，跟在大提琴手后面走出音乐厅。

几分钟后，大提琴手带着杨景泉进了一家门面极小的酒吧，“这里的东西很好吃，比专门做餐饮的店好吃。”大提琴手说着在吧台附近的卡座里坐下，点了蛋包饭，杨景泉要了一瓶罗斯福10号。

这是一家没有任何特色和主题的酒吧。像是出于职业习惯，杨景泉想找到它的宣传点和差异性，似乎非常困难。顶部的小射灯构成较暗的光线，吧台凳的间距较大，可能单身客人比较多。展示酒柜里的酒相对大众，没有稀有品种和特别长久的年份。藏在角落的音箱里播放着爵士乐，这是杨景泉不擅长的，所以不知道什么乐曲。听惯古典音乐的杨景泉觉得耳朵痒簌簌的。

“你吃过了？”大提琴手一边划开蛋包饭的蛋皮一边问。

“嗯，听音乐会之前在家里煮了阳春面，听着《贼喜鹊》序曲煮的。”

“啊？”大提琴手把脸从蛋包饭里抬起来，睁大眼睛，“真有人听着《贼喜鹊》煮面？”

“也有人这样？”杨景泉问。

“村上春树就这样。”

“村上春树？你朋友？”

“算是吧。”大提琴手托着腮帮想了想。

“日本人？”

“对，日本朋友。”

“这样做的人或许不少吧，《贼喜鹊》和煮面的过程配合得天衣无缝。先是进行曲一样的部分，是很有仪式感的准备材料。快速的部分正好是水沸腾，把面丢下去咕嘟咕嘟地煮。轻快的三拍子时，准备面汤，我一般是放老抽、生抽、鸡精、盐、虾皮和榨菜，如果有荤油的话就太完美了。乐曲的时长就是煮面的时长，Perfect。”说到古典音乐，杨景泉有些兴奋，更何况面对一位漂亮的大提琴手，受古典音乐熏陶，知道《贼喜鹊》，知道罗西尼。有认同感，有罗斯福10号，有荷尔蒙在分泌。

“吃不下了，你吃吧。”大提琴手把剩下的半盘蛋包饭推给杨景泉，杨景泉也不推辞，把盘子拖到自己面前吃起来。

“味道确实不错。”若在平时，杨景泉做不到这样松弛，但面对大提琴手，像是看到了自己的同类。曾经有很长一段时间，杨景泉觉得自己来自外星球，至少来自与现时现世不同的另一个时空。

大提琴手从牛仔裤口袋里掏出一包细长的烟，含进淡粉色的嘴唇，划一根桌上的火柴，点着后深深地吸了一口。

“你和他们不同。”大提琴手说。

“谁？”

“同事啊同学啊。”

“你也和他们不同。”杨景泉说。

“我知道。”大提琴手问，“是只什么动物？嗯嗯嗯地叫的？”

“什么？”

“我的耳朵有问题。”

“什么？”杨景泉相信，她的确来自那里。

“我经常会听到奇怪的声音，让人不舒服的、奇奇怪怪的声音。”大提琴手说，“时常把耳朵关起来。”

“关起耳朵？”杨景泉有些迷惑。

大提琴手侧过脸，身体向前探，把耳边的碎发捋到耳后。一只半弧形的耳朵在对准桌面的小射灯下展现出来。杏黄的灯光下，耳朵上半部薄得可以看见血管，甚至看见血液的流动。耳朵下半部的耳垂部分，却厚嘟嘟的，像某种刚出炉的小西点。

“就是这样。”大提琴手说，“关起耳朵。”

“那打开耳朵是什么样子？”

“这样。”

杨景泉似乎看见耳朵闪烁了一下，像电视机的闪屏，但不确定。外观看起来和刚才一模一样，似乎有些改观，但又说不出哪里有了变化。

“有时候关不掉。”大提琴手往烟灰缸里弹了弹烟灰，“在黑暗的地方，耳朵关不掉。”

“为什么？”

“谁知道，也许就像哑巴有丰富的肢体语言，瞎子有灵敏的听觉。在黑暗里，眼睛看不见，耳朵就不受控制地自行打开。而且也不知道听见的东西和现实有什么关联，挺苦恼的。”

“人生就是这样吧。”杨景泉说。

“傻乎乎。”大提琴手把嘴里含着的烟对准杨景泉一丝丝喷出，“想再听听你。”

“为什么？”

“好奇。”

“你听好了，我不能要求你听我，也没有办法阻止你听我。”

“说得也是。”大提琴手转了转眼珠。

她侧着脸，把耳朵对着杨景泉，若有所思的样子。“不行，听不清，像是被掩藏得很好。”

“这可就难办了。”

“如果再黑一点儿，应该可以听见的。”大提琴手四下张望，想寻找怎么变黑的办法，杨景泉也想找一个黑暗的地方，和大提琴手待在一块儿，让她尽情地听他。

“服务员。”大提琴手伸手招呼着，一位女服务员走到他们面前，“把你的丝巾借我一下。”

“啊？”服务员一时没有明白。

“丝巾。”大提琴手指指服务员制服上的丝巾，“借一下，就一会儿。”

“好吧。”服务员满脸疑惑地解下制服上的丝巾，递给大提琴手。

大提琴手在烟灰缸里掐灭烟头，把丝巾折成长条状，蒙上自己的眼睛，转过身让杨景泉帮着在脑袋后面系上。她转回头后，杨景泉看见被蒙住眼睛的大提琴手。原先整张脸上一双乌黑的大眼睛最为凸显，眼神飘忽，带着桀骜、漠然和挑衅。现在，看不见大提琴手的眼睛，嘴唇变得最为瞩目。唇色呈淡粉色，细看才可以看见细密唇纹。上唇微微上翘，不经意间露出一点点玉米粒似的小白牙。现在的大提琴手，看起来不食人间烟火，更像是来自另一个地方了。

“这里的音乐不影响？”杨景泉觉得作为背景音乐的爵士乐有些杂乱。

“不影响，很快这里的声音就会消失了。”

“彻彻底底消失？”

“彻彻底底消失，只能听见来自那里的声音。”

杨景泉注视着大提琴手专注的神情，那微微上翘的嘴唇，使得他想起自己的初恋女友。

有一次，在和女友亲热的过程中，杨景泉突然闻到一股腥臭，循着味道，他低头看见自己的阴茎上沾满了深红色的黏液。

“怎么提前了？”女友也发现了不对，“提前了至少三天，也许是太兴奋了吧。真是对不起。”

腥臭的味道直冲杨景泉的鼻腔，刺激着大脑。浑身血液奔腾，肌肉收缩，一团像力量一般的东西在身体里飞速运行，迅猛扩张。杨景泉没有停止动作，像是交响乐的层层叠叠，身体的抽插仅是一个声部、一个维度的快感。女友在剧烈的冲撞下，发出的忽强忽弱的叫声是另一个声部、另一个维度的快感。原始身体里对肉体对血腥对屠杀的渴求，达到声部和维度的顶峰。

杨景泉稍稍清醒的时候，发觉自己正掐着女友的脖子。她的肩膀和乳房上，几道渗出血点的抓痕，以及肿胀的红色脸颊。杨景泉像谢幕的歌剧演员，不能从剧目的情绪中走出来。

“《哥登堡变奏曲》。”大提琴手说，“我能听到《哥登堡变奏曲》。”她的手指轻轻地点在酒吧的木制桌面上，哼唱着巴赫四平八稳的旋律。她口腔里的旋律和酒吧里杂乱的爵士乐构成不和谐的音程。在她蒙住眼睛的丝巾边缘露出一点儿紧锁的眉头，像是用舒缓轻快的乐曲压制紧张焦躁的情绪。

大提琴手平稳地点击桌面，嘴里念念有词地哼唱。蜷缩紧绷的姿态，带着像即将被猎杀的动物般的惊恐。有一股强大的力量敲开杨景泉的平静，像破冰的瞬间，裂纹呈尖锐锋利的角度刺开外壳，如《闪灵》中奔流的血液浓浆。

“不要杀我！”大提琴手惊叫着扯下丝巾。她的眼神第一次有了聚焦，她瞪着杨景泉肥胖的脸庞，直勾勾地像要射穿他的欲望。

“不是……没……没有。”杨景泉被大提琴手的惊叫声带回这里，一时间被酒吧顶部的射灯照得睁不开眼。

夜里，邻市发生了五级地震。杨景泉家里架子上的CD和书，被晃得落下一些。震感并不强烈，杨景泉在睡梦中被大呼小叫的人声吵醒，看见陆陆续续有人下楼，在黑暗里闪动手机或者手电的光芒。

太阳升起，一切如旧运行。同事们议论着昨晚的地震，刷着关于地震的新闻。杨景泉并不觉得这种级别的地震是什么了不起的大事，直到他看见音乐厅展板上贴出的公告，才真真切切地明白过来，身边发生了地震。

公 告

2017年4月24日0时05分，邻市发生5.2级地震，震源深度12公里。近期地震活动较为频繁，为保证广大观众安全，现公告如下：

自即日起至5月10日，音乐厅停止一切公演，包括各类公益演出。

已购票者请至珠甯路135号建平大厦A座701室办理退票业务。

给您带来不便，敬请原谅。

斯修特音乐厅

音乐厅的展板上所有海报都被清理掉了，今天之前的，今天之后的，也包括由省交响乐团协奏的小提琴大师洛林·卡萨尔斯独奏音乐会的。

杨景泉仰躺在沙发上，这十几天来，他感到极度无所事事。既有堆积的工作，也有各种可行的娱乐，但他什么也不愿做。反反复复，他总能看见大提琴手惊恐、哀求的圆眼睛闪现在眼前。总能听见它嗯嗯嗯的叫声。

必须要做些什么，杨景泉从沙发上慢悠悠地爬起来。他无法忍受空荡荡的音乐厅展板上，只粘贴着一张白底黑字的公告。他走进储藏室，看见角落里堆放着近三百张音乐会海报。他往购物袋里塞进二十张左右，他要把这些海报粘贴到展板上，使得展板不那么苍白、刺眼。

交响乐是多么美好的事物，一路上杨景泉不禁想。现场演奏的交响乐，带着人类的呼吸、情绪、汗液和血液，那是一条通往另一个维度的通道。在另一个时空里，猎杀是自然而然的行为，像动物的本能，也是人类原始的本能。人类血液中从来就蕴含着嗜血和杀戮的基因，在现实的这个时空，它被身上的西装阻断，被总监的竞选打扰，被衣食住行瓦解。困在身体里的血液因子，靠吞噬自身的活跃来维持。渐渐迟钝、麻木、肥胖，直至退化。

音乐厅的大厅里还有几个人影在闪动，杨景泉想晚些再过来吧。随意走走，来到了前些天大提琴手带他来过的小酒吧。因为独自一人，杨景泉坐在吧台的高脚凳上，肥硕的屁股把椅面铺满。

“酒水单。”杨景泉对服务员说。

“别看酒水单了，地震把酒柜上的酒震落不少，点了也不一定有。想喝什么，我看看有没有。”

杨景泉也不知道自己想喝什么，四下看看别人的桌上摆着什么。他看见一个精瘦的小老头坐在上次他和大提琴手坐的位置上，动作、举止和一般人有些不同。桌子上摆着一瓶喜力和一只装着半杯啤酒的玻璃杯。

“喜力好了。”杨景泉说。

“好嘞。”服务员飞快地从冰柜里拿出啤酒，启开，连同玻璃杯一起摆上。

“那是个日本人吧？”杨景泉瞥一眼精瘦的小老头。

“嗯，村上春树。”

“他就是村上春树？”

“你认识？”服务员问。

“不认识，我一个朋友认识。”杨景泉端上啤酒和玻璃杯，提着一袋过期的海报，“他会讲中文吧？”

“会一点儿。”

杨景泉征得村上春树的同意，在他旁边坐下。

“请问，你认识省交响乐团的大提琴手吗？”杨景泉问。

“嗯？”村上瞪了瞪不大的眼睛。

“就是一个女孩儿，个子这么高，眼珠黑黑的，很瘦，胸也很平。拉大提琴的？”

“不认识。”村上用不标准的中文说，“中国，拉大提琴的，我认识马友友，还有田大鲲，都是男人。”

“噢。”杨景泉很失望。

他们各自喝着杯子里的啤酒。

“我也会在煮面的时候听《贼喜鹊》。”杨景泉说。

“那可真是太棒了。”村上举了举玻璃杯，“时长刚刚好。”

碰了下酒杯，杨景泉感到微醺的舒适。

“你有没有在听《哥登堡变奏曲》的时候做过什么？”杨景泉问。

村上想了想，“耐以。”边说边摇摇头。

“大约五年前，”杨景泉一边用食指在玻璃杯口画着圈，一边说，“我在树林边发现它的时候，它的肚皮上不知被什么动物划开了一条血口。就叫它S吧，因为它的脖子上挂着一块写着‘S’的狗牌。能想象，当我在树林边听见嗯嗯嗯的声音，向树林里呼喊的时候，它拖着被血浸泡、湿漉漉的步伐，跨出一步，又停下，再跨出一步、两步……向着我手电光亮的方向挪动，直至来到我的面前。

“我毫不犹豫地把嗯嗯嗯呻吟着的S带回了家。你知道，有时候需要挨得很近，凑近点儿，再凑近点儿，就能听见呼吸，甚至能听见心跳。

“回家后，我把S放在餐桌上。我第一次看见如此流淌的血液，腥甜、浑浊，像药物一样带来亢奋和不可抑制的战栗。S乌黑的圆眼睛里带着温顺、诧异，或者抗争，仅仅琢磨它的眼神，就让人感到无比快乐。

“当我用切肉的锯齿刀一点一点探究S的身体时，邻居家的窗户里正好飘出巴赫的《哥登堡变奏曲》，就像煮面需要配合《贼喜鹊》，《哥登堡变奏曲》轻快均匀的节奏，正好配合逗弄眼前的小家伙。”

“酷啊，”村上说，“时长也大致一致？”

“嗯，简直天衣无缝。”

“嗯，简直就像汉尼拔优雅地拨割人脸。”村上大笑起来。

“正是因为太完美，所以我一直不能确定是在这里，还是在那里发生的。”

“有什么关系呢，爱丽丝的兔子洞其实是一个陷阱，但总比没有插图的文字书强。”

两人举杯对饮，庆祝到目前为止，两条维度运行完好。

“送给你好不好？”杨景泉突然说，他把装满海报的购物袋推到村上面前，“都是些过期的海报，我收集的，送给你。”

“这太贵重了，我不能要。”村上连连摆手。

“请你收下吧，感谢你听我讲了一个让人不那么舒服的故事。”

在村上接下购物袋的一瞬间，杨景泉浑身轻松。为什么要纪念呢？这样多好。

五月的夜风温度适宜，就像雅纳切克的弦乐四重奏。熟悉的道路看起来有些陌生，通向哪里让人疑惑，却不再烦恼。杨景泉空着双手，不觉步履轻盈起来。影子被路灯越拉越长，似乎身体变得越来越瘦。

大象往右

一张大圆桌，我坐在上菜的位置，每当服务员上菜的时候，都会友情提醒我一下，“小心，上菜了。”左右都是不认识的人，我拘谨地夹住双臂，生怕与他们的身体有些许的接触。

做了三年设计公司的老板，对人际关系还是一窍不通，公司能维持下来，并略有盈利，也算奇迹。看着围坐在一张大桌子上谈天说地的人，许久才稍稍理清些关系。我被与我公司有些业务往来的陈科长带来凑个人数。坐我对面的，是某局长和他的女儿。女孩儿研究生在读，是一桌当中最年轻，也最漂亮的。齐肩的头发又直又亮，小小的鼻梁翘出一条挺立的弧度。眼神在碗筷间飘来飘去，不知在思考什么，一块小排要分成七八口来吃，像是不好好吃饭的小孩子一样。

大约她和我都是一副心不在焉的样子，参与不进去关于最近发生的国家大事的话题中，我们的眼神在桌子正当中碰撞了几次，随即又各自转移到眼前的碗筷上。是挺可爱，但和这样的小女孩儿不会有共同的话题，也不会产生交集，就像和桌上的其他人一样。

我很想离开这张与我格格不入的桌子，我在这里既无聊，也无足轻重。刘珂应该已经回去了，如果现在走的话，还可以去她那里待上一会儿。

正想着该怎样说出要提前走时，女孩儿的手机响了。手机铃声把我惊得微微一颤，夹住的年糕从筷子上滑落到桌面。铃声本身还算温和，却是一支本土摇滚乐队演唱的《大象往右》。极其冷门的一首歌，冷门到这个世界上大概不会超过一百个人知道。女孩儿拿起手机，扫视了一下全桌，轻点下头，似乎想说“对不起，我接个电话”，又懒得和我们说，起身走出包间。背影里，无袖连衣长裙的裙边，擦着门框摇曳着消失。

我一直等到她回到桌上才装出一副满脸愧疚的样子对大家说，“真是不好意思啊，还得去趟公司，有几份设计稿还堆在那里没弄完，真对不起各位啊，得走了得走了。”除了陈科长外，谁也不在乎我走还是留，当然总也客套了几句。

“爸，我也得走了。”女孩儿说，“太晚回宿舍不好。”

“再等等，快了。”局长温柔地看看女孩儿，“一会儿小赵开车送你回宿舍，天都黑了，一个人走不安全。”说着，看了我一眼。我很想说，安全不安全和我有什么关系，我是要去我女朋友的出租屋。

走出饭店，热浪滚滚而来，从地面升起的波纹似的热气像是可以穿越到未来。天色还不算太暗，我站在大门口点起一根烟，似乎觉得局长有可能会答应女孩儿提前离开的要求，毕竟还是学生，太晚回宿舍不好。如果她现在出来的话，可以开车送她一程。直到一根烟抽完，把烟头塞进带有灭烟沙盘的垃圾桶中，抬头看看天空，依旧不算太暗，还惨白地定着那么几颗稀稀拉拉的星星。

等红灯的时候，看见三个穿衬衫的男人从面前的斑马线穿过，庆幸自己选择做了设计，好歹在服装上不用太商务。接着竟扬扬自得与刚才那一桌人的差异，我的确无足轻重，我在这个世界上或许只是一颗尘土那样的存在。但我就是和他们不一样，那些目的性的表演和夸赞，那些不明所以的假笑，那些恭敬和礼貌，全部都在脸上写着“混蛋”两个字。我挺了挺上身，从后视镜里看看自己脸上的“混蛋”两个字是否清晰可辨。瞧，我与他们的不同之处在于，我还能认识我自己。我大笑起来，认识个屁啊。绿灯亮起的时候，发觉自己正哼着《大象往右》的旋律。

很多年后，回忆起这个夜晚，我逐步意识到这顿饭自己的表现有多差劲。首先，陈科长喊我出来吃饭，就是想要一起喝酒。而我竟开了车，并且以开车为由滴酒不沾。其次，他带着我，也是想让我看看别人对他的尊重，而我说走就走，完全不给他面子。再次，他让我看着别人孝敬他，心里多少也想要我对他有些表示，而我全然不见，也没有任何行动，直到他调走。最后，陈科长也是好意，带我出来多结识些有身份有地位的人，也算是在帮我。而我从头至尾几乎一言不发，也没有和其中的任何一位建立联系，包括那个女孩儿，当然，女孩儿应该不在他想要让我结识的人物之中。

如今公司依然健在，略有扩展并顽强地存活着，每个季度还有盈利，也算是个奇迹。而现在的我，每当出现在饭局上，基本也能恰到好处地谈笑风生，也能很快捋清这个人和那个人、那个人和那个人之间的人物关系。

那天晚上，刘珂穿着睡裙来给我开门。

“有两个消息，一个好消息一个坏消息，先听哪个？”刘珂一边把拖鞋踢给我让我换上，一边问。

“好消息。”我说，

“今天晚上同住的女孩儿去亲戚家不回来，你可以住这儿。”

“坏消息呢？”

“坏消息是晚上我有很重要的事情要忙，没时间陪你。”

“你忙你的好了。”我把棉布长裤脱掉，搁在椅背上。

“桃子吃不吃？”刘珂问，“我爸前几天带过来的。”

“不吃。”

“很甜的。”

“不吃。”

刘珂自己拿了只桃子，坐到书桌前，一边撕去桃子皮一边读着一份材料，“舌乳头上味蕾数目的减少，也使味觉和嗅觉降低，以致影响食欲。每个舌乳头含味蕾平均数，儿童和青少年约为 248 个，随着年龄增长逐渐减少，75 岁以上老人减少至 30～40 个……”

“这是干吗？”我半靠在刘珂的床上，对着她盘着两条腿坐在椅子上的侧影问。

“护士长让我明天去电台，讲半个小时关于老年人护理的讲座。”刘珂说完，咬了一口桃子。一滴桃汁滴到她紧致发光的大腿上，她用小拇指尖卷起腿上的桃汁，含进嘴唇中间，吮吸了一下，“好紧张，真害怕讲错。”

“尽量用口语来说，不需要像背书一样，还有，笑的时候要笑出声音，不然听众看不见你在笑。”

“是有什么契机，让你们组建了这支乐队？”电台主持人把眼神丢给邢简。他在我们三人当中看起来最像搞艺术的。瘦瘦高高，一头过肩的卷发，一部分扎成一个小鬏立在脑后。他抬起细长的眼睛看了看主持人，又把眼皮垂下。

“当然是为了共同的理想，为了梦想打拼才组建的咯。”刘龚斌接过话题，大大咧咧地答非所问。

“啊——这样啊。”主持人想了想，“你们这个乐队已经有七八年了，最早你们是怎么认识的？”

“第一次见到大刘是他到我们学校来看美女。”我说完这句话，抿起嘴低下头。

“那就是说，美女没看到，看到你了？哈哈哈哈。”主持人音域浑厚地笑出声来。

我微笑着点点头。

刘龚斌咧开嘴冲我做鬼脸。

“那么我们来听一首你们这张专辑里的《末日美女》是不是很应景？”

我们三人同时点头。

“录制中”的红灯熄灭的时候，我们三人同时舒了口气。

“很紧张吧？”主持人问。

“是啊，第一次被采访嘛。表演的时候底下全是嘈杂的声音，这里没有杂音，安静得耳朵发痛，比话筒啸叫还让人难受。又奇妙又有压迫感。你看，我手心里全是汗。”刘龚斌放松下来，话变得比刚才多得多。

“听众可能会觉得你们比较害羞。”主持人大概对我们的采访不太满意。事后我们听了重播，多数时候感觉像是主持人在自说自话。我们平均身高一米七八的三个男人坐在那里，却像静音空调里吹出的透明凉爽的空气。“尽量用口语来说，不需要像背书一样，还有，笑的时候要笑出声音，不然听众看不见你在笑。”主持人拍拍刘龚斌的肩，“期待你们的下一张专辑。”

当然，我们再没有下一张专辑。

“还有，”我对刘珂说，“回答问题的时候，光点头、摇头是不行的，需要说出来，听众看不到你的脑袋。”

从电台出来的时候，郝莹莹在丰田的驾驶室里向我们招手，“快上来，这里不能停车。”

刘龚斌飞快地坐上副驾驶，我和邢简慢悠悠地坐进后排。

“怎么样怎么样，有没有听？”刘龚斌急切地问郝莹莹。

“有，一边开着车绕转盘一圈一圈地兜一边认真地听着呢。简直酷爆啦，从电台里听见你们的声音和现在听到的你们的声音不太一样，但是都能认得出来。我觉得吧，节目时间太短了，应该再有听众打电话进去和你们互动的环节才对。全听那个主持人一个人在那儿唧唧歪歪，他又不懂，胡说八道的。”郝莹莹把车开上宏宇大道，“这下你们一定火，为了庆祝，我请你们吃小龙虾，红红火火恍恍惚惚，以后请你们吃饭大概需要预约才行。”

“你觉得我讲得怎么样？”刘龚斌凑到郝莹莹身边。

“讲得不错，不过我觉得简子的声音超好听。”郝莹莹向后视镜里张望。我看见镜子里一张圆圆小小的脸，眼睛里波光粼粼。

“他也没说几句吧。”刘龚斌回过头，瞪了下邢简，“主持人问你，你又不说话，都快把我急死了。”

“他问的都啥玩意儿。”邢简答道。

“他不也说了好几句嘛，”郝莹莹翻了刘龚斌一个白眼，“简子的声音低低的沉沉的，还带着喘，超级好听。”

“什么叫带着喘？”我问。

“带着喘就是带着喘。”郝莹莹气呼呼地说。后来我又认识了一些女人，发现，不知道为什么生气却生气，是女人的一种常态。

“哎，”我问刘珂，“哪天我们去吃小龙虾？蒜蓉的、香辣的、冰镇的各来一份，再一人来两瓶哈啤，完美。”

“呵呵，”刘珂转过身面对我，手上还拿着桃核，“我劝你还是别吃吧，我们医院这个月就收了三例‘龙虾病’，就是横纹肌溶解综合征，就是横纹肌细胞受损，急性肾衰竭，算了，跟你讲你也不懂，反正小便都是酱油色的，可怕死了，就是吃小龙虾吃出来的。”

我们四个人在行人道上的方桌旁坐下，从饭店里呼呼吹出的空调凉风把郝莹莹的短发吹得张牙舞爪，丝丝缕缕全不安分。蒜蓉、香辣、冰镇龙虾分别端上桌时，我们四个人都已经各自就着盐水毛豆喝下了半瓶哈啤。

“简子，”刘龚斌举起玻璃杯，“谢谢你爸帮我们弄了这么个机会，你爸认识人多，以后还有什么演出采访啥的，统统砸过来。”

“他就是个混蛋。”邢简用手指划着玻璃杯上的水珠，“呵，死要面子。”

“别这么说你爸。”刘龚斌从小龙虾尾巴上抽出一根虾线。

“我说我爸怎么啦，混蛋就是混蛋。”

“我们是来庆祝的，来，大家干了。”郝莹莹岔开话题。

“哎，”我对刘珂说，“拿个桃子给我吃。”

“自己去冰箱拿，”刘珂坐着一动不动，“别在床上吃啊。”

冰箱冷藏柜里塞了大半箱桃子，全都光溜溜的洗好刷好。

“咱爸可真好啊，带了这么多桃子给咱。”

“别咱爸咱爸的，就你这副吊儿郎当的样子，我都不好意思给他看见你。”

“我不是挺帅嘛。”

刘珂走到我旁边狠狠给了我一拳，“帅你个头啊。反正我过怎样的生活，交什么样的男朋友，拿多少工资统统不想让他知道。”刘珂气呼呼地说。

我们四个人摇摇晃晃地上了郝莹莹的丰田车，我一直想不起来为什么是刘龚斌开的车，那个时候他驾照科考二还没过。

“我觉得我们是最有实力的。”我拍着车窗，望着路边唰唰掠过的茂盛的梧桐树说。

“那还用说，呵呵，”邢简笑起来嘴巴总是向左歪，“我们是真正的实力，我上次看见野痒他们排练，他们在练功房里，就是有一面墙镜子的那种练功房里，排练。”

“那……怎么了？”坐在副驾驶上的郝莹莹回过头问。

“他们对着镜子哎，他们排练哎。你知道吗，他们排练动作，就是到了这个位置，他们就一起挥手，然后到了这个位置，就向前走四步。就是这个样子排练，简直是看不下去。”邢简学着他们的样子挥手，“观众朋友们，你们好吗？我想死你们啦！”

“哈哈哈哈哈，呃。”郝莹莹笑着夹杂出一个响亮的嗝。

车子越过非机动车道，冲上行人道的马路牙，压过小区围墙外盛开的凤仙花，轰地撞上围墙。车子停住的时候，发动机空转的声音里还混杂着我们嘲讽笑声的余音。

我们从扭曲的丰田车里爬出来，每个人都伤痕累累。郝莹莹的裙子从大腿位置被扯开一条斜向的大口子。邢简跛着腿，连滚带爬地挪到距离车子好几米外。刘龚斌还算好，四肢上都是微微渗血的小划伤。我只觉得后脑壳疼得厉害，一摸，一手血，但确信智力没有受损，也没有失忆。

“人没事就好。”郝莹莹想遮掩裙子上的裂口，发现裂口太大，干脆随它去吧。

四个人傻乎乎地你望我我望你，连接着刚才嘲讽野痒的笑声，继续大笑起来。就像一段平直的时空中，被人按下暂停，拼接进一段毫无相关的内容。除了野痒那么好笑，自己也变得好笑得不得了。

“来来来，要拍张照做纪念。”郝莹莹卷起破烂的裙摆，把耷拉了一半的副驾驶车门踹开，从座位上把大包拽出来。

“在哪儿呀，我的拍立得。”郝莹莹把包里的东西稀里哗啦地全倒在地上，钥匙、口红、打着卷的小票、刷子、圆珠笔、书、拆得七零八落的零食……“找到了。”郝莹莹举起一只拍立得，上面密布着各种小贴纸，“来，过来拍照，就站到烂丰田旁边，就这里，要把破车子拍进去。”

邢简龇着牙一副痛苦的表情，我搀着一瘸一拐的他走到车旁边。走过郝莹莹倒在地上的东西时，邢简问郝莹莹：“你在看《好风长吟》?”

“是啊。”郝莹莹惊喜地瞪起眼睛，“你看过？”

“是啊，很好看。”

三个人在丰田的左前侧站好。

“酷爆了。”郝莹莹按下快门的时候，闪光灯刺得人睁不开眼睛。

四个人挤在一起等照片呈现在相纸上，一丝风都没有，郝莹莹用相纸扇着风，也加速照片呈像。我们能闻到彼此身上的汗馊味。但是并不觉得难闻，就像本来就应该有这种味道一样理所当然。

照片上，刘龚斌一只胳膊压在塌陷下去的引擎盖上，邢简搭在我的肩膀上，支撑他被撞得髌骨骨裂的身体。我看起来一脸不高兴，头发汗津津地耷拉在脑门上，眼睛被闪光灯刺得半睁不闭。很多年后我才知道，其实那是我非常高兴、特别高兴的一个晚上。夜色和闪光灯的反差，把扭曲变形的丰田车涂抹出油画一样极具视觉冲击力的强烈立体感。脚下是被车轮、鞋子踩得七零八落的怒放的凤仙花。

“下一张专辑就用这张照片做封面，”郝莹莹兴奋地说，“酷爆了。”

“后来那张照片放哪儿去了？”我喃咕着，“好像在大刘那儿吧？”

“你说什么？”刘珂问。

“没什么，突然想到一个朋友。”

我猛地从床上坐起来，“今天多少号？”

“今天……今天31号。”刘珂说。

“7月31号？”

“嗯。”

“2018年7月31号？”

“没错。”

我从床上跳起来，匆匆忙忙穿上长裤，“对不起对不起，马上得出去。我朋友酒吧，就那个大刘，肥头大耳那个，你认识的，他的酒吧今晚最后一天营业，一定要去的，差一点儿就忘了。幸亏想起来了，来得及来得及。你去不去？”

“不去，不想出门。”

“那我走了，也不会太晚，结束后我要不要过来？”

“随便你。”刘珂气呼呼地说。

我拦了一辆出租车，坐进后排。上次去刘龚斌的消化道酒吧大概是三四个月前，他打电话让我过去聊聊天，我当然知道他想和我聊什么。下午三四点，酒吧还没开始营业。消化道里一如既往的黑压压、阴森森。我绕过磕磕碰碰的桌椅，坐到吧台边的高脚凳上。刘龚斌钻在吧台里面，肥胖的身体在杯子、瓶子之间小心翼翼。几年的时间，刘龚斌像充了气似的从清瘦少年变成中年油腻大叔。

我喝着刘龚斌递过来的罗斯福8号，他也不时地喝两口科罗拉，剥几颗开心果塞进嘴里。谁也不知道第一句话该说什么。

许久之后，刘龚斌说："给你看个好玩的。"说着从裤子口袋里掏出手机，用又粗又长的手指在微信的收藏里拨动着寻找。好久没见过这又粗又长的手指拨动琴弦了，"看这篇，一支乐队的采访，就看这一段。"

我接过他的手机。

"……我们音乐的根基并不是blues，它的根基就是一个非常严谨的东西，这种严谨本身也是这个音乐气质的一个部分。有的人说我们模仿，我一点儿都不否认。像滚石啊、鲍勃·迪伦这些人，他们是建立在blues这种音乐形式上的，是一种比较固定、稳定的东西，你就不能说他们是模仿。还有就像以前的消化道，他们就是模仿Bauhaus、Joy Division来的，也出了不少好东西，所以……"

"我还以为我抄得不露痕迹呢。"刘龚斌苦笑着把手机收回裤子口袋。

我们又一起默默地喝着啤酒，默默地剥着开心果塞进嘴里。

"我还欠他十五万，肯定是要还的，不过现在根本拿不出钱来。就这么个小地方，你也知道。不管怎么样我一定是要还的。"刘龚斌把开心果嚼得咯吱咯吱响。

邢简从他爸爸公司的29楼一跃而下，没有征兆、没有遗书，有传说是被他爸爸逼着去他的公司上班，有传说是吸毒过量，有传说得了抑郁症。但是，谁知道呢。

我觉得我们现在可以畅所欲言了，可以抱头痛哭了，可我们既没有畅所欲言，也没有抱头痛哭。依旧默默地喝着啤酒，默默地剥着开心果塞进嘴里。

据说这天的气温接近四十度，一粒粒的汗珠早就连成片，滚滚而下。我和刘龚斌一人咬着一根东北大板，吸溜着找到320病房。进去后发现39号病床空着。

“这个人呢，”刘龚斌拿起挂在床尾上记录病史的夹板看了看，问旁边床上的大叔，“髌骨骨裂这个？”

“和他女朋友下楼溜达去了，大热天的，溜达什么呀，还不是嫌我这个老头子当电灯泡。”大叔指指窗外。

我和刘龚斌一起趴到齐胸口的窗边，看见邢简和郝莹莹并排坐在树荫下的长椅上，郝莹莹连比带画地说着什么，邢简偶尔点点头，旁边靠着一支腋下拐棍。知了吱——吱——吱吱的叫声一刻不停，碧绿宽阔的梧桐树叶像被定格住了一样纹丝不动。

“你说他们有没有睡过？”刘龚斌问。

“你自己问简子好了，他又不会骗你。”

“嗯，也对。”刘龚斌托着腮，“不过他现在这个样子也没办法睡吧。”

郝莹莹侧过脸，笑嘻嘻地看着邢简，转了转眼珠，伸手拨开邢简遮着耳朵的长卷发，对着邢简说了句悄悄话。邢简的嘴角向左歪了歪。

“睡就睡了呗，门当户对嘛。”刘龚斌像是自言自语。

“我们是来看简子的，总不能这么远远地看吧。”我对刘龚斌说。

“走，下去找他们去。”

郝莹莹看见我们走过来，大声喊道：“正好正好，你们过来说说他，他非要吃火锅，还要吃重庆火锅。他还有缝的线呢，怎么能吃辛辣的东西。大刘你跟他说，他听你的。”

“哪有那么严重，不就是想吃顿火锅吗。”邢简歪着脑袋说。

“舌乳头上味蕾数目的减少，会使味觉和嗅觉降低，以致影响食欲。每个舌乳头含味蕾平均数，儿童和青少年约为 248 个，随着年龄增长逐渐减少，75 岁以上老人减少至 30～40 个。”我念叨着。

“你说什么？”三个人同时问我。

“我是说，”我吐了口气，“想吃就吃呗，老了再吃就没这么好吃了，我请客。”我又小声地对刘龚斌说，“我爸让我在天山广告实习，他们发了点儿实习费。”我像是做错事的孩子，或者被当场捉住的叛徒。

冰啤酒在吧台台面上留下一圈水迹，刘龚斌挪动肥胖的肚子，想拿张纸巾来擦拭。不小心带落下一本书掉在地上，他撅起屁股捡起来。我探头看了看，封面上写着《好风长吟》。

看见我看见，刘龚斌把书丢到台面上，“简子老说这本书好看，我就不信了，买来随便翻翻。”

刘龚斌擦干水迹，“这儿就快关门了，又要涨房租，撑不下去了。合同签到七月底，记得最后一天来捧场。”

“7 月 31 号？”

“嗯。”

“2018 年 7 月 31 号？”

“没错。”

我把出租车的车窗打开条缝，热风呼啦啦地钻进缝隙，和车里的冷气交织混合。现在的热气和以前的热气闻起来不太一样，以前的热气像是什么四足动物，有时候会撒个欢，有时候狠狠地咬你一口。以前为什么会去闻热气的味道？大概是实在闲得无聊吧。天色已经完全暗下来，路灯、霓虹灯、汽车大灯，刺得眼睛有些模糊。很多年没有出现过的无力感又回到身上，想狠狠砸下一只拳头在什么地方。

下了车走向消化道，穿过肠子一样幽冥的过道，推开厚重的木门。昏暗中看见几十个人头在微微晃动，慢摇的背景音乐里，窸窸窣窣的人声一直持续到像要消失。北面靠前的地方有一个小舞台，已经荒废很久，一直堆放着纸箱、酒瓶等杂物。今天看见舞台被整理出来，或许会有一场告别演出，不知道是哪支乐队。如果每天生意都这么好的话，大概不需要关门吧。而更多的时候，整个酒吧只有一两个客人，甚至空空荡荡。

我拉住一个服务员问：“刘总呢，来没来？”

“今天还没看见他。”

“晚上有演出？”

“不知道，没听说。”服务生摇摇头。

看向吧台，我揉了揉眼睛，不能确定吧台边坐着的一个身影，光线过于昏暗。我靠近这个身影，要了瓶红帽智美，不动声色地在她旁边坐下，斜着眼睛假装看她面前的“新加坡司令”时，正好被她发现。

“不是吧，还有这种巧合？”女孩儿瞪大了眼睛说，与晚上吃饭时不情不愿的冷漠态度大相径庭。

“还是提前走了？”我问。

“没，吃完饭我爸把我送回宿舍才走，不过正好换件衣服再过来。”

我这才发现她换了件宽大的T恤，上面“Dress to kill”的字母涂鸦也大得出奇，一条牛仔短裤在T恤下若隐若现。

“你也不是回办公室吧？”她问。

我笑了笑，“你叫什么名字？”

“叫我桃子好了。”

“桃子？”

“对，朋友都这么叫我。”她把手臂放到吧台上，头顶的小射灯在她的胳膊上投下一圈光晕，皮肤上密密匝匝地布满了细软的绒毛。

“真不错。”我说。

“腿上没有。”她把大腿抬起来，皮肤紧致光亮，如果一滴桃汁滴到她的大腿上，然后她用小拇指尖卷起腿上的桃汁，含进嘴唇中间，吮吸一下，会是一幅美好的画面。

“吃饭时候看着你觉得有些眼熟，不自我介绍一下？”桃子说。

“吃饭时不是有介绍吗，自己开了家小设计公司，到处接点儿活，勉强维持生计。”

“常来这家酒吧？认识这儿老板？喜欢摇滚？知道‘消化道’？是来撩小姐姐的？结婚了没？不陪女朋友？”桃子噼里啪啦地问出一堆问题。

我挑了个简单的问题回答道：“以前认识这儿老板，后来也不常联系了。今天最后一天营业，你知道吧？”

“知道。”桃子似乎有点儿不甘心，“喜欢听什么歌？”

“以前听歌蛮多的，现在不怎么听了，最近抖音里面有首歌挺火的，叫《纸短情长》吧，挺好听的。”

“好吧。”桃子气呼呼地嘟起嘴，不再说话。

酒吧里似乎有些骚动，但光线太暗，没法判断发生了什么。只能听见箜隆隆的声音，和一些似乎是下达指令的语调。

突然，小舞台上的灯亮了，舞台上，刘龚斌和两个拿着枪的男人呈正三角形的位置站在舞台正中。

“请安静。”刘龚斌拍拍话筒，清了清嗓子，“很高兴大家来我的酒吧玩儿，虽然今天是这个酒吧的最后一天，虽然我很想说，今晚酒水全部免单，但是我没有能力说出这句话。”刘龚斌顿了顿。

“年轻的时候我觉得人可以为梦想而骄傲，但现在我觉得人会在梦想面前卑微。曾经我相信摇滚属于每一个懂得它的人，我希望呈现出最好的姿态，最好的摇滚。我一直觉得即使没有多么脍炙人口，多么流行，只要音乐里带有你的气质，你的灵魂，那就是摇滚的精神。但结果并没有那么理想。

“在中国只有摇滚的种子，没有摇滚的土壤。音乐可以完结，生命可以完结，但摇滚的精神不会死。摇滚的精神是什么，那就是在面对丑恶的社会时，你们无动于衷，而我们会站出来说：这是不人道的，这是丑陋的。

“现在，我很抱歉地对你们说，你们已经成为了我的人质。我没有多高的要求，我只希望不要增加我的房租，我想延续这个地方，我想有个小得不能再小的舞台，给还有摇滚梦想的孩子提供一个场地。

“不要报警，报警没有用，这里已经全部断开网络和信号，门已经锁了，除了我们三个，这里现在还有三十四个人。我相信这样有力的人质在我手里，对于我的小小的要求，他们应该可以给我满意的答复。我不是抢劫、不是杀人，希望你们不要逼我。虽然我还有三十多万的外债，但是我不躲避，这就是摇滚的精神！”

“大刘，别开玩笑了，这样行不通的。”我大叫起来。

刘龚斌挥一挥手，站他右边的男人，咔咔咔咔把枪栓打开，子弹上膛，枪口指向我的方向。

“怎么办？”桃子小声地说。

刘龚斌继续着他的演讲，我对桃子说：“男厕所的窗户通向外面，我们可以趁着黑暗，沿着吧台溜进去。即使不能出去，也可以向外求救。”

“嗯。”桃子点点头。

我和桃子悄悄地滑到高脚凳下面，把重心压得低低的贴着吧台前行。

啪、啪、啪啪，五六盏聚光灯几乎同时亮起，骤然间整个酒吧灯火通明，桃子猛地扑到我怀里，吓得瑟瑟发抖。我紧紧闭上眼睛，额头的汗珠滴到她的头发间。

“哈哈哈哈哈。”刘龚斌的笑声被音响放大，在狭小的酒吧里嗡嗡回荡，“开个小小的玩笑，开玩笑开玩笑。今天是最后一天，早就想这样玩儿了，再不玩儿就没机会了。哈哈哈哈……来，我们今天把酒吧看个清清楚楚，明天就看不到了。”

三十几个人，包括服务生在内，骂的骂，笑的笑。

我松开抱紧桃子的手臂，和她一起看向被聚光灯照得透亮的酒吧，小心翼翼地站起来。

我从来没有见过如此明亮的酒吧，酒吧的存在似乎就应该是黑影一样的卵形。桌椅的阴影、墙上挂画的阴影、杯垫的阴影、跟随节奏晃动脚尖的阴影……它们都是固定在那里，千年不变的稳定。尘埃在黑暗里消失，脸上的细纹在黑暗里消失，不留意的话，胳膊上的汗毛也在这里消失不见。

聚光灯的照耀下，酒吧内部的细节被一一清晰地勾勒出来。第一次看清木桌上的纹路，看清红帽智美的酒标并不是红色，而是棕色，看见刘龚斌油腻腻的松弛下坠的脸。这里是不是消化道我已经不能确定，虽然我也没有来过几次。强光的照耀，太清楚了，一切一目了然地摆在面前，我反倒觉得我看见的东西像幻影一样不真实。

数百瓦大灯的照射，酒吧内的温度一下子上升了好几度。灰尘在灯光面前飘舞，吧台上、地面上、舞台上、每个人的头上，每一处都有灰尘，每颗灰尘都在肆无忌惮地跳舞。在曾经的黑暗中消失了的灰尘，现在一目了然，密密麻麻的颗粒多到让人毛骨悚然。

数目庞大的灰尘在眼前旋转着、舞动着，带着让人眩晕的速度和节奏，汇聚成大型的厚实幕布，煞白的光影投射在幕布上，开始只是不易觉察的稍明、稍暗的变化，接着黑白灰的色彩呈现其上。慢慢地色彩出现，从饱含灰度的莫兰迪色系再转换到没有色差的色彩，像全息投影般的画面在我的眼前惊人地凸显出来。

邢简蹲在29楼的楼顶上，长卷发被呼呼的大风吹得张牙舞爪。他用手指把头发从额头向头顶拢了拢，露出消瘦的脸，青紫的眼圈像扮演老年人而涂抹的油彩。

“上次请我们吃的那家重庆火锅叫什么来着？”邢简问。

“我忘了。”

“趁着舌乳头含味蕾数还在两百个以上吃真好，特别好吃，毛肚又脆又嫩，方笋也新鲜，牛油的香气现在想着都要流口水。那么，你是真的要走了？”

“嗯，总得自己养活自己。”

“养不活会怎样？”

“养不活也能活着吧。”

“你走了以后要找新的乐手不容易啊。”

“总会找到的。”

“找到新乐手后，你觉得我们会火吗？”

“一定会。”

“能养活自己吗？”

“绝对没有问题。”

“你说谎，混蛋。”邢简的嘴角向左歪了歪，站起身，摇摇摆摆地向楼顶边缘走去，风把他单薄的身体吹得向后倒了几步。他调整一下重心，继续走向楼顶边缘。

爬上一米高的水泥护栏后，邢简望了望我，我第一次发现邢简的眼睛有多美，细细长长的眼眶里满是湖水的波光，像漫画里憧憬未来的少年。

邢简从楼顶纵身而下，像屠夫割下的一块五花肉，嗒的一声扔到砧板上。

我捂住眼睛，静静地等着尘埃散去，等着影像消失，等着心脏撕裂般的疼痛缓慢地荡漾着减弱。酒吧里的每个客人，脸上有着不同的表情，悲伤、寂寞、哀愁、绝望、惊恐、迷茫……似乎是在同一时间里看见了不同的画面。我寻找桃子的身影，她蜷缩在墙角泪流满面。

从酒吧走出来后，屋外滚滚的热浪让人有种电影散场的错觉。桃子头上热烘烘的洗发水味道，在闷热中更加清晰。我很害怕她问我刚才看见了什么，那将是一个多么漫长的故事。好在她没有问，像是怕我问她看见了什么似的。我们挥手告别，我同那天晚餐上的任何一位都没有建立联系，也都再没见过。

很多年后，我想起那个晚上，会觉得那晚发生的前前后后的事情是一个有趣的故事，可是始终找不到合适听这个故事的人。故事的确是好故事，一来，这是一个特别明亮通透的故事；二来，故事里活着的人，现在也都好好地活着呢，我猜。

地下隧道

大年初三就从老家逃回来，回到工作的城市。在老家被七大姑八大姨问这问那问烦了，也确实没什么能回答得上的问题。不外乎结婚对象、房啊、车啊的。答案其实每个人都知道的：没有，没有，没有。

临走时，妈妈忍不住问我："你上次带回来的那个姑娘不是挺好的吗？看上去很文静，干吗不跟人家谈了？"

"好什么呀？你不是说太闷太呆太不会说话，这怎么又好了。"

"是不怎么爱说话，可也没什么啊。你知不知道，我只要一想到你还是单身一个人，就急得想用头去撞墙。你也千万不要想着等一切都好了再安家结婚，那要等到什么时候，能一起过下去就能结婚了，我们也能支持你一些……"

"我知道我知道，上次那个真的不行，不是你说的还好，懒得要死，不要就不要了呗。我知道你现在是看谁都好，但是你说的没有用，只有我才知道啊。"

我真不愿意站在火车站跟我妈聊这些，不说话也比这好。车站代表离开，我真的感觉很多事情在自己身上离开，过往的岁月啊，还有和母亲之间的感觉。

母亲不知道我想什么，只顾一个劲说我，不断反驳我，教育我，根本上她是想把我说成已婚状态。"哪有说不谈就不谈了的。你们不是都住在一起了吗？你说分手就分手，下一个人在哪里呢？要是下一个再说分手就分手，你到底什么时候安顿下来呢？"

我认为和母亲谈一些抽象的事，也就是说道理，是没有作用的，我只愿意谈具体的事，因为她在面对具体的事情时会出现一种茫然："我帮她交了半年的房租，我搬走了，还留了一万块钱给她，也算仁至义尽了。好了好了，不说了，火车要来了。"

回到熟悉的城市——应该说穿过漫无边际的陌生的城市，回到熟悉的少数几条街道——应该说回到了一个位于市中心的村庄大小的区域，已经是晚上七点多。小区附近，除了路灯的光晕，沿街黑漆漆冰冷冷的。火车上六十块钱一盒的盒饭没舍得吃，冲方便面也觉得麻烦，觉得自己参与制造了一种让人难以忍受的气味，所以呢，现在觉得饿得要命。街道上安静得可以听见肚子咕咕的叫声，肠胃像是要故意打破这份寂静，反抗的表达却又过于弱小。

很多人都回老家了，但空荡成一座死城一般，还是出乎了我的意料。月亮朦胧的光晕从天空延伸到脚下的路面，整个身体像浸泡在水中。冰冷的画面，身体却感受不到冷的触觉，像失去了知觉一样，无意识地在行走。这真的是我工作的城市吗？忙忙碌碌匆匆而过的人群、嘈杂熙攘争论不休的声音全部消失了，只是空壳，也许是真实，也许是缥缈。月亮在摇晃，街景的轮廓在摇晃，地面伏起轻微的波浪，像是把我卷进了一个深不可测的地下隧道，熟悉到猛然间会深感陌生的隧道。有什么在发生细微的变化，可是我没有知觉，不冷不热、不清不楚，习惯性地在熟悉的道路上行走。

我看见前面一家小饭店的灯还亮着，不远不近的距离被雾蒙蒙的空气笼罩着，像刚刚浮出水面的潜水艇。我拖着行李走进去，看见一个男人坐在店里面玩手机。男人抬起头看我，脸上有些皱纹，约莫四十来岁，眼睛却乌溜溜的又圆又大，孩童一般的天真和好奇。

"老板，还有没有吃的？"我问。我对有东西吃没有多大的期待，只是觉得老板很酷，大冬天的露出白 T 恤和金项链，丝毫不像一家面馆的老板，更像是从事时尚行业的，电竞选手、主持人或者驻场歌手。

"哟，怎么又来一个。"老板盯着我看，用一口毫不掩饰的跟外貌反差极大的土话感叹起来。

"什么？"我对他的口音有些疑惑，进而对他说的内容疑惑起来。

"刚才也来一个人这样问。"

"那后来呢？也就是有没有吃的？"

"喏，"老板努努嘴向厨房，"自己进去吧。厨师明天才回来，你自己进去看看，有什么做什么了。我就是提前来打扫下的，在家里待着也是待着，早点开业还能多赚点钱。不过今天就能碰到你们这种客人也真是好玩。"

"那到底是有吃的还是没吃的？"我还是不知道答案。

"哎，你等一下，我进去问问看她能不能做两人份的。"老板钻进通往厨房的矮门。

"阳春面吃不吃？"老板在厨房里冲我喊。

"好的，没问题。"我应道，虽然只是一碗阳春面，但回到住处可能都做不出来，起码新鲜的葱家里是没有的。

一会儿，老板端着一碗面出来。汤色酱红，汤面上密布着点点油花，在一边放着一对碧绿的葱花，面条热腾腾的，热气熏得油花和葱全力以赴地散发出自身的香味，整碗面在寒气中散发着醇厚的香气。吃了一口，竟然热泪盈眶起来。这个味道太熟悉，就像两年前的味道。两年前的大年初三，那个时候还没有严禁烟花爆竹，吞着和眼前一样的面条，耳边似乎呼啸起噼里啪啦的鞭炮声，丁一茹裹着上面全是小熊的棉睡衣依在厨房的灶台边。一只腿为重心，另一只腿稍稍伸向前右方。漫不经心地给我下了一碗阳春面后，快速脱掉棉睡衣，哧溜钻进被子。在被子里她不断嚷嚷着，"让不让人睡觉，吵死了吵死了，这怎么睡嘛。我觉得城里面就应该禁放，春节当然要过，不过还是放在乡下比较有感觉，那么空旷的地方也不会干扰到别人，城里面怎么能放爆竹呢，完全跟在别人耳朵前放一样嘛……"

两年，已经分开两年了。没有联系，她就像是从这个世界上消失了一般。或许她就是不应该存在吧，现在这样多好，没有人看见我，不用去想我在别人眼中的样子。孤零零、烂乎乎，像摆放了两天两夜的面条，糊烂成一碰就碎的样子。

再烂的人也要填饱肚子，我加紧吃面条，似乎想用吞咽咀嚼这些艰难的动作让头脑变成一片空白。可是，就在面条的雾气中，我看见了丁一茹。我揉揉眼睛，不敢相信。这不可能，丁一茹不应该在这里出现，我不可能再见到她的。

丁一茹端着一碗面站在我面前，笑得连碗里的汤也洒了一些出来，“刚在厨房就远远看见你了，这么就早回来？还是不喜欢在老家过年啊？还是受不了家里人的啰唆，让你结婚啊，跟同学和亲戚们比较……”

“这就是在你之前进来的大厨了，哈哈，怎么样，她做的面条味道还不错吧，我闻着不错，差一点也想吃一碗了。”小店老板笑哈哈地打断丁一茹。

“你……你，你怎么会在这儿？”我张大了嘴巴，“我听说你回老家了，还是说你结婚了？”

“哪有，我一直在这儿啊，是你走了。”丁一茹把碗放在我的对面，拿起桌上筷筒里的筷子吃了起来。

我盯着认真吃面的丁一茹，觉得她的变化很大。比以前瘦了一些，脸部的轮廓有了立体感，显得鼻尖的弯钩更加明显。变化最显著的是眼睛，那双迷迷蒙蒙的眼睛消失了，看着人的时候眼珠晶亮滚圆，像猫一样闪着一丝虹光。

“你比以前漂亮了。”我真心地说。

“是吗？我也觉得和以前不太一样。”

吃完面，老板像个顽童似的非常兴奋，他说没想到你们以前认识，还能在我这儿遇到，进门还说了同样的话。大过年的也真是好玩，又没吃我什么东西，不收你们钱了，丁一茹也一脸喜气地左谢右谢。临走大家互道新年快乐、恭喜发财这类。到这个时候，在没有年味儿的巷子深处，竟有了一片欢天喜地的气氛。

走出小饭店，我有些尴尬地对丁一茹说：“我现在就住在旁边，你要不要上去坐会儿？”

“这个……”丁一茹犹豫着。

“不方便就算了。”

“也不是啊，那就去一会儿吧。”

走了十来米，我们都一言不发，“前男友”这个简简单单的词，这会儿代表着无尽的爱怨和纠纷，像一股浓浓的烟雾让人不敢走进其中，似乎在烟雾之中有无尽的危险似的。两个人朝夕相处了那么久，似乎了解对方，却依然不是彼此。那么多的不同，是无法调和的不同，是致命的不同。

“你下的阳春面还是很好吃，我自己就做不出来这个味道，有什么秘籍？”我努力打破彼此之间寂静得出奇的沉默。

“就是多放点儿荤油，再多加一点葱呗。”丁一茹咯咯地笑起来，“哪有什么秘籍。”丁一茹的笑声在空荡荡的巷子里折射出回声，让人很不适应。“葱要细细切碎，不能整段地扔进去。切碎的葱才有葱的味道。”

“真的觉得你变了好多，从长相啊，到说话声音啊都跟以前不一样了。也有可能是很久没有见面的原因吧。”

“是吗？变得越来越好了？”

“应该是吧？你这个样子挺可爱的。”

开门进了房间，丁一茹叫了起来，“哇，进贼了。”

“没有没有，就是这么乱，反正一个人住，也懒得收拾。”我心里默默想着，我们以前一起住的时候，那间房子不也是这样又乱又脏的吗。多少次我把你从床上揪起来，让你收拾屋子，你把堆在脚下的杂物往边上踢一踢，还踩一踩，把摊了一床的衣服聚集在一起摞高一些，然后就说收拾好了，继续钻进被子里睡觉。

我扒拉开沙发上的衣服让她坐下，自己坐在距离她半米的地方。

“挺冷的。”丁一茹把外套裹裹紧。

“哦，我来开空调。”我找了半天才在沙发缝隙里找到遥控器，又想起来要烧水泡茶。忙了好一会儿才坐稳下来。

“现在过得怎么样？”我问。

“挺好。”

“找工作了吗？”

“嗯，在一家广告公司，主要是电视广告，你有时候看到的电视广告，可能是我的创意策划哦。虽说是做创意策划，但更多的是和人打交道，和企业的沟通啦、和制作公司的沟通啦，甚至连演员的沟通都要自己处理。挺有意思的。”

“这么厉害。”我由衷地说，有些开始遗忘或者说怀疑她眼前的样子了。以前，她宁愿在家里饿着，也不愿意出门去吃点儿东西，更不愿意陪我去跟朋友吃饭，总是一副脸色蜡黄的样子。“不过我现在不怎么看电视了，没事儿看看书。”我指着床头堆了一地的书，“有几本好像是见你以前看过的，买回来看看。都挺好看的。”

“我现在不怎么看书了，看了这里会变不好。”丁一茹指指脑袋。

“那你以前的脑袋……哈哈。”我刻意地笑起来，想以玩笑的方式，缓解我现在的脑袋不好。

“现在不是变好了吗？”丁一茹浅浅地微笑，挺直的脊背看起来带着高傲和不屑，不仅对我，也对周围的一切，特别是这间像进了贼一样混乱的房间。

“是啊是啊。”我探出些身体，伸手去拍她的手背，她迅速地把手抽回，敏捷而干脆。

“你有男朋友了吧？很长时间没有你的消息了，要是今天遇不到你，可能还要过很久才会有你的……消息……”我焦躁地缩回沙发，使劲靠进沙发背里。

“没结婚，是有一个男朋友，人在加拿大。”

“过年没回来？”我问。

“没啊，过年他们不放假的，不像我们。”

“挺好，挺好。”我说，但对于她所说的“不像我们”，心里有一种怨恨。

“是啊，他做生物工程方面的科研工作，比较稳定，也有一定的社会价值。”

“收入也不错吧？”我冷冷地问。

“很不错。”聊天似乎发生了一丝僵局，客气、冰冷，僵死的现实，在无声的晚上持续冷冻着。

“那，你现在怎么样？”丁一茹打破了十几秒的沉寂。

“没你那么好，还是个小主任，都两年了，提拔了几次也没轮到我，就这样呗，混日子而已。”

“哦。”丁一茹发出一个轻飘飘的声音，聊天越发艰难。

“你会过去吗？加拿大？到他那里去？”过了几秒后我问。

“正在办手续，还算比较顺利。应该今年上半年吧，先过去，我们都希望在那边结婚。那边领证还是蛮方便的，至于国内的那种结婚仪式，我们都觉得无所谓，不过双方父母都希望有个仪式，和亲戚朋友也算有个交代。事情还挺多的，总之一件件来吧，程序、审批这些东西，按部就班急也急不来，过完年接着慢慢推进。”

“挺好挺好。”我双手在大腿上来回搓着，心里面像有个蛰伏的怪物想要破壳而出。

丁一茹感觉到了我的不安，站起来。我担心她离开，好在她只是去了洗手间，在回来前四处看了看。一张照片吸引住了她，那是我们的合影，地点是东郊的中央体育场遗址，一座差不多一百年的建筑，照片上的感觉像是有两千年了。丁一茹笑着问，这是我们什么时候照的啊？什么时候？我一时想不起来，时间也像遗迹一样。

我一把搂住丁一茹去亲吻她的脸，我闻到一股奇怪的味道，和以前的她完全不一样。不是香水或者护肤品的味道，是身体里散发出来的体味。我觉得不能忍受这个味道，她不应该变成这个样子，丁一茹反抗着推开我的胳膊，我紧紧搂住她不能放松下来，她越是拒绝我越是愤怒。

“你以为你现在过得了不起了？你知道你有多庸俗多不堪吗？你以前不是说，你不能忍受人和人之间假意的尊重吗？你以前不是说，你生而为人的困惑能在书里面找答案吗？你过去在外面惊慌失措、小心翼翼的样子到哪里去了？你看你和小店老板谈笑风生的样子，有多丑陋。你那个对社会有贡献的男朋友怎么能容忍你这个样子！你怎么还不睡觉，你看现在都快十点了，这个时候你不是应该睡觉吗？你不都是半夜起来看书、发疯，饿了煮阳春面吃吗？你现在的生活多滋润，健康的肤色、八面玲珑的工作、事业有成的未婚夫，你还要出国是不是？出国。你以前连大门都不肯出，连陪我出去吃个饭都不肯去。你为什么要化妆、烫头发，为什么不蜷在被子里跟我说你看不到将来。你现在在计划将来，在算计明天、后天、大后天，你脑袋有问题了，你看看你现在的样子，多么成功，多么自然从容，你知道不知道，你有问题了，你已经不是你了。”我的手掐住丁一茹的脖子，我恨她，从一开始就恨，一直到现在。

“你放开。”丁一茹哑着嗓子却依然冷静地说，“你想杀了我吗？你能杀掉吗？你仔细看着我。”

“什么？”我松开手。我看见丁一茹的脖子上一道深深的伤口，深不见底，黑漆漆阴森森，像通往地下隧道的台阶。她笑嘻嘻地看着我，从地下隧道里发出空洞悠长的声音，一下一下地敲击着我的脑袋，头疼得要死掉一般。

“是那柄陶瓷刀割的，你记得吗？用它来切葱花最合适不过了。然后撒在阳春面上面，酱红翠绿，不但看起来漂亮，味道也更丰富。你不记得了？

“那天也是在年里，初几来着，是初四晚上对不对？因为你杀了我之后，我听见震天动地的鞭炮声。大家都在迎财神，初四深夜，初五的凌晨，那么多那么多的人都在迎财神，那么多那么多的人想要发财。你觉得我不想发财，我只想蜷在被窝里看书、想事情。所以我就是怪物。你把我从床上拖起来，骂我懒惰、不出门、不工作，我的存在影响了你的晋升，你那时刚刚当上主任，你积极、努力，至少是一副努力的样子。你想要我和你一样，和你一起挣钱，和你一样的梦想。你说你遇到的困难，是因为我的邋遢、懒惰，你住在一个肮脏的地方，所以破坏了你的风水，你会不顺心，会遇到难搞定的客户。一切都是我的错，我的存在影响到了你的未来。你一直看不惯我，我的所有行为。你无非就是想要给你自己的失败成功地找一个理由。我记得我有一次感叹说，人总认为今后会更好，但事实上很多人最好的时光已经过去了，他们自己都不清楚。这句话是我从书上看来的，但你听了，却以为我在挖空心思地讽刺你。可我是你的女朋友啊，是你的亲人啊。

“我没有说话，只是看着你，我很困，思考问题非常耗体力。我不想回答和辩解，觉得没有意义。于是你越加气愤，冲进厨房去取那把陶瓷刀。陶瓷刀极为锋利，它的缺点就是容易折断，想要它不那么轻易地折断，就要注意使用的方式，要尽量多地刺，然后是细细地切割。”地下隧道里的声音，带着回音和寒气。

“我没有杀人，我哪有杀你，你胡说，你说的是比喻吧。”我眼前闪着那把陶瓷刀冰冷清晰的细节，刀柄上的花纹，刀刃上的一个小缺口。是有这样的一把刀，然后消失了，再也没有见过。就像丁一茹一样，再也没有见过。

“之后我听见喧嚣的鞭炮声，整座城市像被炸到了天上，财神从天而降。那么大的响动，我觉得不是一个财神，而是一大群财神从天而降才对啊。我想象着一支全部由财神组成的队伍，那是多么的壮观，然后，就在那天我死了。”

“胡说八道，你胡说八道。”我的脑袋即将要爆炸，我在地上翻滚着，惊恐万分，“我没有我没有，我们是分手的，我给了你一万块的分手费。”

“对的，你杀了我之后逃走，再也没有回来，你觉得离开了我就可以一帆风顺，就可以大展宏图。你要抛弃掉过去，在一个没有我存在的世界里开创一番事业。所以你连抽屉里的一万块钱也没有回来拿。可是那钱对我来说有什么用呢？”

“我没有我没有，我从来没有杀过人。”我惊叫着失去知觉。

初四下午醒来时，房间依旧像进了贼似的脏乱阴暗。丁一茹，她怎么样了。我杀人了？我杀人了吗？脑袋还在持续地痛。分不清所有的一切，只有混乱的生活，低迷的事业，想不清楚的过往和未来。

我打电话给我的大学同学邓乐群，尽量像正常人一样先是新年问候，然后彼此寒暄，接着装作不经意地问：“对了，你那个老乡丁一茹现在怎么样了？”

“丁一茹？不是和你在一起了吗？我听别人说的。你们分了？没联系了？”

“早分了，分了都两年了。”

“把她介绍给你认识之后，我都没怎么见过她，这也都怪你，你们在一起之后都没请我吃过饭吧。好像结婚了吧，我也是听说的，也不知道什么情况。还有，我知道你说的是哪个，那个女的嘛，可是，是叫丁一茹吗？我其实和她也不是很熟。是叫丁一茹吗？我怎么觉得不叫这个名字，但也想不起来叫什么名字了。”邓乐群说着说着有些恍惚，似乎对以前的事都不记得了，最起码我知道，他和丁一茹应该是熟悉的，因为我甚至在短暂的几分钟内怀疑过他和丁一茹是不是有什么情感纠葛。

我又分别打电话给我的几个朋友问：“我之前那个女朋友，丁一茹，记得吗？我带过去一起吃饭的。你有没有留她的联系方式？现在还有没有联系？”

他们几个身在各地，但竟然异口同声地笑话我：“我们哪有见过你什么女朋友啊，你经常吃完了打包几个菜说回去带给女朋友吃，开始还觉得你真有女朋友，总是这样说又见不到真人，我们都觉得你说的女朋友可能是只什么宠物吧，要不就是充气娃娃，哈哈哈……”

徐广源说：“有一次喊你吃饭，你说去不了，那天是元宵节，要陪女朋友在家吃。那天聚会的时候说起这事，我们还嘲笑你竟然过这么传统的节。如果连元宵节都要过，那你岂不是要和你女朋友把所有的节日都过一遍吗，春节、元宵节、情人节、妇女节、劳动节、中秋端午的，还有生日、纪念日。不过张黻告诉我们，他过来的时候看见你一个人在一家小饭店，店里就你和一个男人，那个男人看起来不像客人，也不像是老板，那就是一个不像老板的老板了——或者是老板的儿子吧。大家都觉得你总是说谎没啥意思，没有女朋友的人多得是，说出来不就好了吗！何况很多人其实很羡慕单身的人，他们可以随时谈朋友啊，随便换，反正都可以以恋爱的名义。总之，就是没见过你什么女朋友，你说的次数越多，我们越是没有见过。”

我不明白我的现在、我的过去，在什么时候出现了错误。无法贯彻始终，唯一知道的是我还在厌恶着丁一茹，没有这个人，我大概会是另一种状态，她蜷在被子里散发出的颓废的气息不会破坏我刚刚起步的事业，她得意的生活不会引发我的嫉妒和愤怒。就是因为这个人，我无法得到安宁。

今天，我突然想到了，就是在那一天，大年初三的那一天。我走进了一个相反的世界，那天月亮在摇晃，街景的轮廓在摇晃，地面伏起轻微的波浪，把我卷进了一个地下隧道，熟悉到以致陌生的地下隧道。是一个与我们身在其中的世界相反的地下隧道。

但是，哪里都有丁一茹的存在，而她就是我的相反面，她永远与我作对，永远与我的思想、行动相反。在我积极奋斗的时候，她用慵懒、沉思拖住我的步伐。在我无力反抗生活，深陷在软绵绵的泥潭的时候，她又以精英的姿态站在我的面前。只有她死了，我才可以活着。只有她失败了，我才能获得成功。

我要杀了她，可是我不知道怎么找到她。我痛苦得无以复加。我把写着她名字的纸人踩在脚下，一遍一遍地念叨着踩小人的咒语：日出东方，黑庶腾腾。千人万人，眼黑错错，前面山挡，后面水响，左边龙蟠，右边虎踞。

丢失的那一天

高二开学那天，看着班上的同学，像发生了什么大事，大家的样子都变了。男生有了异常突起的喉结和结实的小臂，也有人更换了夸张的发型，甚至修了眉毛。校服穿在他们身上有一种时装的韵味，就是那种嘻哈风格的样子，非常好看。女生也是，一夜之间的发育让我猝不及防。虽然不清楚她们有了怎样的变化，但女人的风情突然之间就散发开来。而自己，早上照镜子时，没看出任何变化，依然是戴着一副三年前款式的眼镜，细细的脖子、手臂和小腿。嘴唇上没有胡子，只有绒毛。我看着似乎一夜之间长大的同学们或坐或立、三五成群地聚在一起聊天时，感觉就像是闯进了成人的社交场所。他们自如地微笑、亲切地交谈，并可以毫无障碍地与他人对视，就一个话题发表各种看法和观点。他们应该是很愉快的吧，我猜想着，默默回到自己的座位，拿起老师推荐的《静静的顿河》看起来。

我一边看书一边竖着耳朵偷听前面董研和贾浩宁聊天。与其说他们在聊天，不如说董研在讲述她的暑假生活，贾浩宁时不时来一句点评、感受或者赞叹，时机恰到好处，有一种不那么专注但又似乎被吸引的态度。我也希望自己可以像贾浩宁这样，可只要董研一靠近我，我就没办法正常说话。我什么时候可以正常说话呢？只有在家里，和爸爸妈妈可以正常表达我的意思，但现在我也不太爱和他们说话了。我不能和人交往的问题越来越严重，但不想和他们说。他们肯定不能理解，只会为我胡乱担心。也许没那么严重吧，我又不是哑巴。

看书时我忍不住走神，总觉得董研和贾浩宁真好看，董研扎着低低的马尾辫，从辫子两侧露出像香草雪糕一样白的脖子。贾浩宁也是，因为成绩不好，他由此滋生出一股痞痞的范儿，整个人看起来不是那么直立，即使立正的时候也有些倾斜。校服宽宽大大，质地较硬，就像战袍披在身上一样威风。老师不让染发，他一口咬定自己的棕色头发是天生的，这种颜色衬得他皮肤闪闪发亮。

从高中开始，外貌会把同学之间重新划分，拉开了差距。一向缺乏运动，只喜欢看书的我被打压到了底层，身高、体魄、颜值、眼神、表情……我的外表完全不符合十七八岁高中生的普遍审美。因为一向看书很多并且可以随时掉书袋，但这些在同学们心目中也是一种和我的外貌相辅相成的缺点。“好学生”三个字就像额头上的刺青，每次考出好成绩也像当着同学的面做错了事一样。

报名早早结束了，同学们陆陆续续回家，操场上几个同学在打篮球，树荫、微风，点缀着三三两两的人，有一种大学校园似的宽松氛围。我希望考上理想的大学，这也许不是我的希望，而是爸妈、老师的希望，但我听着听着也就接受了这样的安排。不然还能干什么呢？连和别人说话的胆子都没有，除了读书还有什么选择。

我在篮球场看台的阴凉处坐下，想再看会儿书再回去，越来越不想见爸妈了，也许以后我会连和他们说话的能力也丧失，变成一个真正的哑巴。不远处的看台上几个同学在为场上的物理刘老师助威，“加油，刘老师。”“刘老师上啊！”嗓门真大，穿透进操场。我可喊不出这么大声音。

我看见董研和贾浩宁向校门方向走去，林荫道上的树影斑驳地在他们脸上掠过，董研的眼睛眯得弯弯的，也不知道是躲闪小块的阳光，还是笑得停不下来。这种眼睛从来没有对着我看过，董研一向都是像看外星异类似的看我，带着鄙视和不屑。我不知道哪里得罪过她，可我又问不出口，我连和她点头问好都没有过。

突然操场上传来一片喧哗，刘老师直挺挺地躺在地上。其余的队员围了上去，看台上的同学围了过去，我也跟随着人群向操场围拢。

“是中暑吗？”有个同学问。

我轻声地说："应该不是。"我凑近刘老师身边，用食指和中指压在刘老师的脖子上。感觉不到脉搏的跳动，也许是位置不对，我挪了几下位置，都感觉不到。心梗，我想着，我在书里看见过这样的情况，四到六分钟不及时做心脏复苏的话，很可能就会死掉。站在这里发呆或许会看着刘老师从生跨到死。

我不知道书上看来的做法对不对，只顾把手掌叠在一起，对着心脏的位置按压。一下、两下……大约两分钟后，我已经累得手臂发抖。还好校医被喊了过来，她拍拍我肩膀，对大家说："你们不要围在这里，都散开、回家去，这里交给我，救护车马上就到。"

我们远远地看着校医做心脏复苏、人工呼吸，看着救护车呼啸着冲进校门，看着刘老师被担架抬上车。人群这才从紧张的一幕中舒缓过来。我这才注意到人群的随意排列中，董研正站在我旁边。

我刚才的表现是什么样子？我在头脑里勾画自己刚才的行为。首先果断地判断出是心梗，然后毫不犹豫地做心脏复苏，校医在我肩膀上拍的那两下应该是对我的肯定。接下来同学们会不会赞赏我广泛的知识面和果断的行动能力？

我看见贾浩宁歪斜着身体和脑袋，用一种古怪的眼神看着我。漠不关心中勉强从细长的眼睛里挤出一点儿嫌弃。我又瞄了一眼董研，她也一样地嫌弃和鄙视，更多了一层浮夸的惊奇，"没想到啊，"董研的声音听起来不像在我身边，仿佛隔了好远，"你戏还挺多的嘛。"

一群人哄笑起来，我的脸像烧着了似的。我想反驳，可是能说什么呢？难道我应该见死不救吗？难道能眼睁睁看着刘老师躺在地上错过黄金抢救时间吗？这些根本不是我该说的话，这像台词一样的辩解苍白得没有任何说服力，都不如贾浩宁斜着眼睛看着周围的东西，漠不关心的神态来得真实。即使是这样苍白、像演戏一样的对白，我也没办法说出口，我和别人连正常的打招呼都做不到，更何况这样的话。我皮肤上的灼热已经从脸蔓延到全身。刚才的我确实像个白痴似的，忙乎得一头汗，像是要与其他同学区分开来，像是好表现的拙劣演员。

像往常一样，我一个人背着沉重的书包低着头往家走。我步伐紧凑，一步赶着一步，想要赶紧逃离让我难堪、悔恨的地方。身体从笨拙吃力渐渐变成轻飘飘的，这种感觉似曾相识。突然间身后出现一堵玻璃墙壁，街景五光十色，全部在玻璃墙壁之外运转，这里与那里一下子隔离开来。我拼命地想着，如果是像上次那样的话，这次我该怎么做。

上一次是小学三年级，那时的我在现在的我看来是正常的吧。放学后和一群同路的同学打打闹闹着回家。一路上总有新奇的东西等着我们发现、玩耍。一阵子收集皂角回去做肥皂；一阵子捡路上漂亮的石头，攀比、交换。有时候会发现奇怪的昆虫，围观几小时，有时候会挑衅被拴着的狗。

一天，回家路上出现了一处巨大的工地，像是无声无息从地里钻出来一样，谁都不记得工地之前这里是什么了。因为足够大，里面又摆满了各种建筑材料，水泥板、钢筋条、碎石堆……在我们看来，这简直就是个天然的乐园，比操场更自由，有更多玩乐设施。

尝试了各种玩法后，我们发明了一种特别的项目。堆积成高高低低的水泥板之间，有一两米的距离，从这堆板材山跨越到那堆板材山，有那么零点几秒像飞翔一样过瘾。一群同学在板材堆上飞跃穿梭，乐此不疲，直到许亮蒲一脚踩空，从三米多的高度坠下。

也许是坠落时头先着地，或者脚没踩住对面的水泥板，反而脑袋磕了上去，摔到地面后鲜血一下子就从许亮蒲的头部涌了出来，顺着碎石头的缝隙延展开来，弯弯曲曲像河流分支。不一会儿，许亮蒲浅蓝色的校服沾染上鲜血，变成古怪的棕褐色。

“我作业还没写，得赶紧回家了。”

“我和你一起走。”

“我妈叫我早点儿回去的。”

一群人呼啦一下全部消失了，我孤零零地面对着鲜血还在继续流淌的许亮蒲，想着很多次早晨上学的时候，他从我身后悄无声息地追上来，啪地在我头顶拍了一巴掌，哈哈大笑着跑走的样子。

“对不起，我……我还有抄词没写完，我得回……去了。”我哆哆嗦嗦地对着躺在地上不省人事的许亮蒲说，说完，飞奔着离开工地。

我应该救他的对不对，我怎么可以见死不救。我一步赶着一步，像是要赶紧逃离那个地方，身体从笨拙吃力渐渐变成轻飘飘的。突然间身后出现一堵玻璃墙壁，身后的街景五光十色，全部在玻璃墙壁之外运转，这里与那里一下子隔离开来。

玻璃墙壁消失，董研和贾浩宁从路边的一家奶茶店里出来。我想掉转头往回走，却已经被他们看见了。我把头低下埋进胸口，希望他们忽视我的存在。也许我应该打个招呼，微笑着开朗地说："还没回去哪。"我在心里可以做到，但现实中根本表现不出来。

"哟，这不是包医生吗？"董研尖着嗓子说，"今天可真长见识了，我还是第一次亲眼看见给人做抢救呢。"

"嗤。"从贾浩宁鼻子里喷出一声冷笑，又宠溺地拍拍董研的头，像是对她嘲讽的夸赞。

"演技可真棒啊，演得像真的一样。还真是了不起，见义勇为啊，要不要给你发一面锦旗，电视台也应该来采访一下吧。"董研握着奶茶，像举着话筒似的把吸管指向我的脸，"包同学，请问是什么促使你做出如此英勇的壮举？"

"你……"我说不出话来，我把奶茶杯挡了回去，低着头继续往前走。身后依然听见董研尖锐的声音，"不就是多看几本书嘛，摆什么清高的臭架子，以为自己有多与众不同呢，就那副臭德行……"

我一步赶着一步，像是要赶紧逃离那个地方。身体从笨拙吃力渐渐有些轻飘飘的。突然间身后出现一堵玻璃墙壁，身后的街景五光十色，全部在玻璃墙壁之外运转，这里与那里一下子隔离开来。

三年级的时候就是这样，我想掉转头去救许亮蒲，可是玻璃墙壁阻挡住我无法回头。我只能一步接着一步往家里走。可我不想回家，路过家门又继续走了很久，只是不想停下脚步，不想去想那个恐怖的暗红色的画面。

突然，一只猫挡在我面前。我以前从来没有见过真实的猫，这是一件特别离奇的事情，因为猫太常见了，但对于我不是。和别人走在路上，会有人说："看，好可爱的猫咪。"我顺着他手指的方向看过去，根本没有猫的影子。“哪里？”我问。“跑了。”答案每次都是这样。有几次去有猫的同学家玩，一进门同学喊道：“咪咪，咪咪。”可四处不见猫的踪迹，“奇怪了，平时回来，都会迎接我的啊。”第二天问他的时候，他说：“你走了没一会儿咪咪就出现了，也不知道躲哪里去了。”我认识猫都是在电视上或者书本里，在学习英文单词“cat”的卡片上。

当一只真实的猫出现在我面前的时候，我仅是从知识层面理解这是一只猫。它“喵”地叫了一声，嘴巴张得又长又大，露出几颗尖尖的像工艺品一样精致的小牙齿。我好奇地弯下身体，与面前这个大眼睛的生物对视。它的瞳孔大得惊人，漆黑、深不见底，一眨不眨，有一道漩涡似的线条延伸至眼珠中心，像要把人吸进去。尖尖的耳朵抖了抖，暗示这是一只活物。我忍不住伸手想去摸它，就在即将接触到它的脑袋时，它一仰头狠狠咬住我小拇指。疼痛让我想也没想就踹在它身上，软绵绵地不那么痛快。我看见小拇指上渗出血点，血点的颜色就像许亮蒲流出的血的颜色。刚刚遗忘事故的心情又被再次唤醒。疼痛、血色、恐慌、悔恨重重叠叠在一起，我控制不住地对着柔软到没有骨头一样的猫踹出一脚、两脚……直到它靠在路边小便失禁。

我蹲在它旁边，看着它抽搐了几下。我小心翼翼地摸了摸它的身体，毛茸茸的带着温热。是我把它弄成这样的吗？我怀疑刚才做出疯狂行为的人是不是我。我深深地后悔，我流着眼泪用树枝、石块、手指挖了一个不规整的坑，把猫埋进坑里。对不起，我深深鞠了个躬，三年级的我不能承受那么多的情绪，只有哭到哽咽也于事无补。但事实并不是这样。

我被妈妈摇醒，“起床了起床了，小懒猫。”我觉得眼皮肿胀，有些吃力地睁开眼睛。

“今天有晨会，别忘了穿校服。”妈妈拍了拍我的脑袋。

校服？我一个激灵。一件被鲜血染成棕褐色的校服在眼前闪现，昨晚睡着前我一直在想，明天到了学校，一定会听到老师宣布同班同学在一处建筑工地上玩耍摔死的信息。心脏嗵嗵直跳。

“今天不是星期二吗？”我问。

妈妈想了想：“星期二？什么呀，今天星期一。昨天不是带你去动物园的嘛。差点儿给你说糊涂了。”

“那是前天。”

“昨天，瞧你稀里糊涂的。”妈妈转身出了我房间。我不确定地穿上校服，走出房间看见妈妈把麦片粥、一个肉包子和一个苹果放在餐桌上，和昨天的早餐一模一样。

上学路上，常去的理发店正在拉开卷帘门，“上学啊。”理发师说。“嗯。”我点点头。和昨天一模一样。

路过煎饼摊，卖煎饼的老板对着一位阿姨说：“大姐，这钱烂成这样，不能用啊。”和昨天一模一样。

转过红绿灯后，我充满怀疑地向后扭头，许亮蒲踮着脚尖在我身后，刚准备伸手打我头。“妈的。”许亮蒲偷袭失败后，扫兴地走了几步，又奔跑起来。我看着他的背影，干干净净的蓝色校服背面，有两道折叠的痕迹。

难道今天我又过了一遍昨天。

隔着玻璃墙壁，我能看见董研低着头说着什么，贾浩宁拉了拉她的胳膊，揉了揉她的耳朵。我拍着玻璃墙壁，我走不近他们。也许正是因为有玻璃墙壁的阻隔，我可以在这边张牙舞爪地发泄、叫喊。从高一开始，从高一第一次见到董研开始，我就不能自已地喜欢看着董研这张脸。两头尖尖的眼睛、微微翘起的上嘴唇，我不会定义女孩儿的美应该怎样，但看见她会有一种“哦，没事了没事了”这样的感觉。

我不招同学喜欢，也不会刻意讨好女生，就连对喜欢的董研也只能一眼一眼地偷瞄。不知道是哪里让她觉得不舒服，从一开始她便对我仇人一样的敌视，从一开始“看什么看”这种小声的厌恶，到后来像骂街似的把恶毒的话全部泼在我身上。但我始终喜欢她那张小巧的脸，我没有办法反驳她的恶言恶语，也没有办法向她说些类似表白的话。看见她和贾浩宁越走越近，我始终觉得他们不应该在一起。是应该和我在一起吗？我会上好的大学，有好的工作，有很多钱。我这么好，只想和她在一起，会很安心，而不是孤独的一个人。但是现在我只有更加使劲地看书、学习，至少在看书的那些时间里，可以抛开发生的一切，在内容里变成另一个身份。

但这是不是更加深了她对我的厌恶？

我趴在玻璃墙壁上，我想，出现了与三年级时同样的情况，是不是可以再过一次今天。

走进三（1）班教室，许亮蒲已经坐在自己的座位上。晨会上老师说着和昨天一样的话，课堂上老师讲着和昨天一样的知识。我无法专注听课，思考着，放学后我应该怎样阻止许亮蒲他们到工地上玩耍。或者在他就要跳跃的时候，死死拉住他，或者拦在工地的入口不让大家进去。

“包卿言，包卿言！”

我回过神，发现语文老师在叫我。

“包卿言，喊了多少声啦？你在干什么？走神了是不是？上课时间是用来开小差的吗？”语文老师怒气冲冲地说，“放学后把这篇课文抄三遍再走。”

我突然不明白为什么这和昨天不一样了，昨天我是和大家一起放学的，但今天我要迟走了。难道阻止不了许亮蒲的坠落？难道有些事情不能改变？是啊，有些事不能改变，有些会有天翻地覆的变化。

放学后我匆匆忙忙抄完三遍课文，交到语文老师办公室，老师很不满意地皱皱眉头。“惩罚是为了让你记住，上课时间就要做上课的事情。你自己算算，刨去其他课程、各种课外活动，语文课的时间其实是非常少的。这么厚厚一本书，如果连这么一点点上课时间都不专注，都不抓紧，期中考试看着还远，其实很快就要到了，到时候就来不及了……”我根本没有心思听语文老师絮叨，心里不断猜测工地那里正在发生什么。现在该是玩掷石子的游戏了吧，很快就有一个同学发现可以在水泥板上跳跃，大家一拥而上，在高高垒起的水泥板上跳来跳去。

我跑到工地的时候，一眼看去，没有一个人。也许和昨天不一样了，我改变了，别人也都改变了，本该发生的事情也没有发生了吧。正当我毫无根据地猜测时，我听见一声轻微的呻吟。

我跑到水泥板旁边，最不愿看到的、噩梦一样的画面出现在眼前，许亮蒲躺在两座水泥板堆的中间，紧闭双眼，眼珠快速地转动，气若游丝地哼哼着。鲜血从他脑袋后面放射状地填进碎石头间的缝隙，蓝色的校服肩部被染成了棕褐色。

还是发生了，与昨天不同的只是我没有参与在其中。我现在如果像昨天一样一走了之，会有无穷无尽的悔恨，会做恐怖的噩梦，会胆战心惊地度过之后的日子。我要想办法救他。

我能做什么呀，我不可能抱起许亮蒲，不可能独自把他送到医院。我只能求救。我脱下自己的校服，塞在许亮蒲脑袋周围，觉得这样可以止住更多的血。然后我像疯了一样向大马路跑去，闯进汽车道，想也没想地拦住一辆黑色的小轿车。司机伸出头刚想骂，我吼着说："我同学快不行了，躺在那边那个工地那里，快带他去医院！"

"先救人吧。"车后座上的一个男人说。司机让我坐上副驾驶开到工地旁，抱上许亮蒲疾驰到医院。

司机他们什么时候走的没有人知道，也没有留下任何讯息，以致后来报纸、电视的报道和采访都没有提到这两个人，而是三年级小学生包卿言见义勇为的英勇事迹。一位亲戚在闲聊中说，那辆车可能是公车私用，被报道出来会很麻烦，所以偷偷走掉更好，大领导也不在乎什么见义勇为。

事情在一个月之后基本平静了下来，许亮蒲也在两个月之后头上包着纱布到学校来上课了。许亮蒲妈妈带着许亮蒲和一篮水果到我们家道谢，许亮蒲背台词似的说："谢谢你救了我的命。"也许"救命"这种东西，是小学生不能承受的，带着做作、空洞和排斥。之后的三四年小学时光，许亮蒲几乎没有和我说过话，并且躲着我似的，在校内校外单独遇见都没有过。

学校没有提及和许亮蒲一起在工地玩的那十几个人，也没有同学主动说起这事。但是，我经历过第一个发生事故的日子，清楚哪些同学是在看到满地鲜血后落荒而逃，当然也包括我。正是因为这样，我不知道该用什么样子和他们面对，他们似乎也不愿意面对我，有的只是躲避、爱理不理、排挤。我在教室里总有孤零零的感觉。

期末时候，我被评为了全市见义勇为好少年，老师宣布的时候，我全无喜悦，只感到同学们向我投来怪异的目光，没有赞赏、羡慕，甚至嫉妒，只像看个怪物似的看着我。

电视台做《好少年》的专访节目，有几个镜头要到我家里拍摄。爸爸妈妈兴奋地把家里收拾了一遍又一遍。我却没有办法体会他们的快乐，也没有办法拒绝这样的安排。即使十六岁的现在，我也许依然不可能说出“不要来拍摄”这样的话。反抗的力量对于“父母”“老师”“电视台”这样强大的词汇来说微乎其微。

明晃晃的大灯把家里照得完全变了样。爸妈对着笨重的摄像机说了几件我自己都不知道的我帮助别人的事情。轮到我说的时候，我一句也说不出来，怎么开导、怎么教，我就是说不出一句话。

“这样吧，就拍几个他在看书学习的镜头。”电视台的人说。

摄像机和大灯挪到我的房间，他们让我坐在写字台前写作业。“今天的作业都写完了。”我说。我看见妈妈狠狠地瞪了我一眼。

“那就看书吧，做出在学习的样子就行。”电视台的人大概已经受够了我。我随手拿起一本学校要求购买的青少年版本世界名著，随便翻到一页，把目光死死投进书里，为了不再接触到嫌弃我的目光。

“这时所有的人仿佛都情不自禁地从房间中央退缩到了墙边，那陌生人如入无人之境，继续迈着那种从一开始就使他显得与众不同的庄重而平稳的步伐从蓝色房间进入紫色房间，从紫色房间进入绿色房间，从绿色房间进入橘色房间，再从橘色房间进入白色房间，在一个抓他的行动开始之前，他甚至已快要进入紫色房间……”突然间，我像是进到了一个与现实彻底脱离的地方，我还能感觉到摄像大灯明晃晃照射的温度，但眼前看见的却是带着血腥味道的色彩斑斓的房间，我躲在里面很久不肯出来，直到电视台的人都走了，我才迫不得已地回到现实里，回到自己的房间。这次之后，我找到了逃避讨厌我的人的方式，进入到书里、题目里，即使短暂的几个小时，也让我有了喘息的机会，我也在不久之后成为了名副其实的“好少年”。

看着董研和贾浩宁在玻璃墙壁那边肩膀依着肩膀地走远，我下定了决心向偏僻的地方走去。我要找到一只猫，我要杀死它、埋葬它，我需要的不是见义勇为，不是与众不同，我只想和别人一样，一样地静静看着躺在地上的刘老师，没有行动，没有任何多余的举动。直到校医过来，直到救护车把他拖走。

我疾步飞奔，恨不得立刻回到篮球场现场，一直走到天黑，在一处空地边的草丛旁，我看见了一只猫。它很小，虽然不知道怎么估计猫的年龄，但从脑袋和身体的比例来看，稚嫩得像婴儿一般。我靠近它，它向后退了半步。我伸出脚想踹它一下，它不但没后退，反而凑上来用脑袋在我脚踝处蹭了蹭。

这让我为难了，我需要它狠狠地咬我一口，让我气急败坏地踹它。我蹲下身子，把手伸到它的嘴边，它耸动着鼻子闻了闻，终于张口嘴咬了上去。但这一口就像是情侣间玩笑地亲昵那样，虽然是我的猜测，连牙印都没有留下。它抬起头看着我，乌黑的眼珠里倒映出夜晚的灯火。我束手无策。

不管怎样我需要再来一遍今天，即使它不咬我，即使我对它下不去手。我找来粗树枝和石块，它始终跟在我脚跟旁边。我用树枝和石块挖坑，它就静静地趴在边上看着。

一个大约五十厘米深的坑挖好了，我不知道这样做能不能像之前那样再过一遍今天。那次是为了救人，这次是为了不救人，这会一样吗？小猫好奇地在坑边转悠，不时探个头向下看看。我举着砖头，手颤抖着不能落下。突然它脚下一滑，翻着身跌进坑里。

“喵——喵——”小猫细细嫩嫩地叫起来，它后腿一蹬，差一点儿就要跳出来。我来不及思考，稀里哗啦地把坑边的土迅速往里填。“喵——喵——”的叫声更急促了，叫得人心里发毛，心碎，眼泪不自觉地流下来。

早晨，听见妈妈在门外喊：“你还不起床，就算是报到也不能迟到呀。”我松了一口气，凄惨地笑笑。

一切和昨天的今天一模一样，我也尽量使自己的表现和昨天一样，怕再发生改变的情况。报到结束后捧着书坐到篮球场边的看台上，看着董研和贾浩宁说笑着从林荫道走过。我想鼓起勇气对刘老师喊：“你休息一下，不然身体承受不住啊。”可我怎么喊得出口呢。

我看着刘老师倒下，跟随着大家向篮球场聚拢，看见董研和贾浩宁从我前面小跑过去，听见有人问：“是中暑吗？”

我抿着嘴唇没有说话。

时间像放慢了几百倍，呼吸声、风吹声、草动声、某个同学手表的嘀嗒嘀嗒声……我清晰地感到时间的流淌，恐惧这是关乎着一个人的生命的时间。但是，这是不是区分我和别人异与同的转折点。我害怕承担这种抉择，如果可以，我希望一辈子人云亦云，和大部分人一样。我不想被排斥在外，不想被说书呆子、故作清高。我冷冷地看着直挺挺躺在地上的刘老师。

校医来了，她稍作判断，立刻开始做心脏复苏。一下、两下……我看见校医流下了眼泪。她也不过是个三十岁左右的女人，大概也没接触过多少死亡。救护车来了，她哭着对救护人员摇摇头。刘老师还是被搬上救护车呼啸着拖走了。

大家小声议论着散开，董研看了我一眼，什么话也没说。我觉得我成功了，我和大家一样，是个普普通通的旁观者，这样太舒服了，没有人对我另眼相看，董研也没有嘲讽我。

走出校门越远，心情越发沉重。校医的眼泪，还有她摇摇头的痛苦，我知道刘老师已经不行了。错过了黄金抢救时间，再多的救护也是徒劳。这分明就是我的错吧。我可以救他的，却因为害怕被排挤被嘲笑被当作异类而袖手旁观。

但是这件事没有人知道，没有人知道我可以救而没有救。我告诉自己要放松，我的牙齿却在不停地打战，我只是没有救他，这并不等于说是我杀了他。两者没有任何关联。没有人知道前一个今天发生了什么，那是一个过去的、没有任何痕迹的一天，除了在我的记忆里。

我的悔意越来越重，我甚至开始假设，如果我再杀死一只猫，把它埋葬，会不会再重复一遍今天。刘老师第三次倒下的时候，我应该不应该救他。董研的辱骂，虐杀动物，挽救一条人命……这些东西在我的人生当中有多重要，重要程度有多少差异。我根本想不清楚，大概是我的人生还未开始，我不能确定它们对我的影响。我也不能想象出，如果三年级时没有第二次的救助，许亮蒲是不是真的就会死去，我是不是会和找借口逃走的同学们一样安然无恙，他们的内心是怎样的，我也无从猜测。

思维混乱，脚步也混乱。不知不觉我走到了上一个今天，也就是昨天埋葬小猫的地方。天色幽暗，已经失去了时间的概念。这本就是一个奇怪的日子，是多出来的一天吗？还是想象中的今天或是昨天。我茫然地望着空地边的草丛，无法确定昨天的那个今天我是不是真的埋葬下一只小猫。

突然传来怪异的声音，我呆立在原地，这种感觉是我在看书时，进入书里的状态。就像三年级时，还能感觉到摄像大灯明晃晃照射的温度，却走进了带着血腥味道的色彩斑斓的房间。我区分不出这样的声音是我听见的，还是书上的铅字。

“一阵哭声，开头瓮声瓮气，断断续续，像个小孩在抽泣，随即一下子变成连续不断的高声长啸，声音异常，惨绝人寰——这是一声哀号——一声悲鸣，半似恐怖，半似得意，只有堕入地狱的受罪冤魂痛苦的惨叫，和魔鬼见了冤魂遭受天罚的欢呼打成一片，才跟这声音差不离。”

我看见董研从草丛里钻出来，“董……董研。”

我吃惊但并不确定。灯光从她身后照过来，但熟悉的身影不会错。

“包卿言？你也在这儿？”

果然是董研。

“你有没有听见猫叫？”董研问。

“嗯……好像……有吧。”

“肯定有，我听见了。”董研抬起头看着我，“你为什么也在这儿，你不但救人，你还救猫啊？”又是那样嘲讽的语气。

“我……我没有救刘老师啊。”

“我说的是许亮蒲。”董研瞪着我，眼睛里反射出蓝莹莹的光。

“你怎么知道，我……小学……”

“进高中的第一天我就认出你了，‘见义勇为好少年’嘛。你当然不记得我，许亮蒲出事那天我们都被吓坏了，谁都不敢留在现场。如果你也没有救他的话，不会有人拿我们和你对比。学校虽然没有公开批评，却一家一家的找家长谈话。本来就因为逃跑心里害怕得要命，想到还要面对许亮蒲，还要衬托你这样的‘英雄’，我根本没有办法上学。心理医生看了好多次，还是不肯上学。后来悄悄地转学了，像你这样的公众人物怎么会记得我这样的人呢。”

我盯住董研的脸，不再是偷偷摸摸，我想从她脸上找到小时候的影子。隐约，我看见一个扎着丸子头的小女孩，眼睛很大，但眼头和眼角又呈现尖尖的样子，嘴唇嘟嘟的，没有表情时有点儿像在生气。

我突然想起来了。

我看着倒在血泊里的许亮蒲，我瑟瑟发抖，刚才，其他同学一个个找到借口离开了，现在就剩下我一个人。我也想离开，我不想看到这样的画面。太可怕了，我想现在就逃走。但是腿又挪不开。我很害怕，我想大哭。为什么要剩下我一个人。

有人拍了拍我肩膀，我回过头，看见一双杏核似的大眼睛，她嘟了嘟粉红色的嘴唇，“别管了，我们一起回去吧。”

“嗯。”我感激地和董研一起逃离了工地，看着她的脸我想：“哦，没事了没事了。”

惨绝人寰是猫叫声又一次传来。我眼前闪现我坐在书桌前看书的画面，我使劲去看我手中那本书的封面，黑色的底纹上印着“爱伦坡”三个字。

对啊，现在我正在看书。

“那就看书吧，做出在学习的样子就行。”电视台的人说。

我能感觉到摄像大灯明晃晃照射的温度，却从黑色的充满血腥味的书里走不出来。

董研说：“叫声就是从这里发出来的。”她用手指扒开那个五十厘米的坑。

于是我看见“那只可怕的畜生，张开血盆大口，眼里冒着火……”是它捣的鬼，我陷在被黑色包裹的世界里，不知道该如何脱身。

耳环

整晚的宴会上，她虽不是主角，但看起来绝对是最耀眼的光芒，至少我的目光不停地被她的微笑和轻柔的手势所吸引。她的年龄大概在三十上下，笑起来眼角的鱼尾纹浅淡得像玫瑰花瓣上的纹理。身材苗条，细密的手风琴褶皱连衣裙，依照曲线勾勒出身体。起身敬酒的时候，小腿上纤长的肌肉线条笔直而坚毅，让人联想到被丝绒包裹的钢制衣架。

她走过我的身边，裙摆褶皱的摆动传来若有若无的沙沙声，在喧闹的大厅里似乎成为一种幻觉，把真实、梦幻和记忆承托成同一个平面。我的目光紧紧追随着她。

她向我这边微微一瞥，右眼的眼白处出现一颗咖啡色的斑点。没错，我见过这个女人。

待她坐定以后，我端起酒杯走到她的身边。

“你好，”我说，“我不知道你的名字，但是如果没有记错的话，我们十年前见过。”

“十年前？”她歪着头转了转眼珠，有些做作但又十分可爱的思考模样，“嗯，那时的话，我应该在上大学。哦，”她突然用修长的手指压在嘴唇上，“不好，一不留神就透露出自己年龄了。”她的声音不大，却又能传入桌上每个人的耳朵。一桌人都笑起来，每个人都有表演的成分，但融洽的效果却出奇的好。

“我对你也有印象。”她托起酒杯，对桌上的人说了句失陪，带着我走出大厅，来到外边的露台。

清风、弯月，还有从露台周围的藤架上垂下的大片大片的蔷薇，半人高的镂空栏杆下面，可以看见巨大的卵形游泳池，波光粼粼地倒映着月亮。与十年前那个昏暗局促的小酒吧相比，我们像是换了个星球居住。

“你看起来变化不大。”她依在栏杆上对我说。

“你瘦了些，不过感觉很健康。”

“我现在在做的就是绿色健康方面的工作。主要是推广人与自然和谐相处的融洽局面。把经济效益的增长放在与社会效益、环保效益、生态效益共同增长的位置，追求绿色、低碳、健康与和谐。”

“是某种具体的产品吗？”我问。

“没有实体产品，但也不是虚空的口号，类似于一种理念。”

“效益如何呢？”

“比预期的空间大很多，毕竟是一项可运用于各类行业的领先概念。就像对待漂亮的女人，在可以一次性支付、价格也算合理的情况下，大多数男人都想和她睡一觉。你说呢？”她抿了口酒。

“我是个例外吗？”

“你是说没有付费用？”她笑起来，开朗健康的笑声在蔷薇花香中传播，“说说看十年前的那天，我到底是个什么样子？我有些记不清当时的细节了。”

十年前我还在跑销售，那天，从晚上八点到深夜我一直悉心聆听着一个客户唠叨他的子女多么多么不孝。我疑惑着自己是不是就是一只专门用来盛装负能量的汽油桶，指责、冷嘲热讽、鄙视、抱怨……全部被我装进身体里。甚至花钱找的小姐，也会在完事后告诉我她们的妈妈有多黑，大哥有多坏。我觉得这是我体质的问题，我看起来温和而缺乏攻击性，即使被愤怒灌满，也还是敦厚的外表和委屈的表情。

凌晨，我拖着脚步往租住的小屋走，在一间廉价小酒吧门口看到了她。这间酒吧我偶尔也会进去坐坐，便宜、简陋、肮脏和无趣。但今天我太累了。

她斜靠在石灰掉落的墙角，身边一堆呕吐物。看起来是在酒吧里喝多了。三四个男孩儿在距离她半米的地方讨论着要不要把她拖到什么地方轮奸了。

当时我很疲惫，也不想管与工作无关的事情，只想早点儿到家倒在我的单人床上。当我快要走近她的时候，她正好抬起头看到了我。

铁皮路灯的光线直直地照在她的脸上，她斜着眼睛望着我的时候，我清楚地看见她右眼眼白上的一颗咖啡色斑点。她的脸颊饱满，被酒精灼烧得由额头红到下巴。蜷缩在那里的她，看起来微胖，穿着一条黑色的连衣裙。裙子从胸部以上全部为纱质，深深的乳沟在薄纱下异常醒目。

有一种被打动从心底被激发出来，像是被吸引，却也没有过多性方面的冲动。我从放资料的包里掏出一包纸巾，抽出一张递到她面前。她看着我的脸接下，使劲地擦了擦嘴角的污物。

“谢谢。”她说，摇晃着站起来，扶着墙问我，“你家里有没有白开水？”

“应该……有吧……”

“那带我回去喝杯水，我渴得要死。”她说着跌跌撞撞地靠到我身上。

“哦——哦——”身边的那几个男孩儿哄笑起来，还相互责怪着，早知这么容易得手，就去厕所拿一卷卷纸过来。

我不想再在这里逗留，架着她回到不远处的出租屋。把她丢在床上后，我倒了杯白开水给她。

“是不是有什么痛苦想向我倾诉？”我问。

“什么呀，我头疼得要死，你还要我说什么啊？”她咕嘟咕嘟地把杯子里的白开水喝光，把空杯子递给我。“你看我像不像公主？”她突然问道。

我上下打量着她，虽然五官端正，体态风骚，但凭借我多年跑销售观察人的经验，这个女孩儿的出生一定不太富裕。至于为什么这么判断，我没有福尔摩斯精准的洞察力，一切都只是猜测。但是连衣裙的做工和质感看起来很好，只是皱巴巴的被挤压得没了形。

“裙子不错。”我敷衍道。

“那当然，宝姿的，几千块呢。”她拍着膝盖上的裙摆说。

“你知道我刚才去了什么地方？”她扬起下巴问我。

“皇宫。”

“什么？”

“皇宫。”我重复了一遍，“公主不就该去皇宫嘛。”

“你说对了，哈哈哈。”她大笑起来。突然她的表情一个大转弯，“我的包，我的包呢？”她尖声地叫起来。我急忙捂住她的嘴，出租屋的隔音很差，墙壁薄得可以用手指头戳穿。

“不要叫啊，就在你身上。”我指指她的肩膀。

“哦，在这儿啊。”短短的包带搭在她的肩上，包被她夹在腋下。也许是夹的时间太久了，她已经感觉不到包的存在，“还好还好。”她大大地舒口气。

“你说得没错，刚才我就是去了皇宫。皇宫里面又大又高，我真不知道天花板上的灯是怎么装上去的。我们喝的酒是二十年前的陈酿，还有俄罗斯的长腿姑娘表演舞蹈。每天都有音乐听、都有人按摩的牛，你有没有吃过？吃起来都已经不像牛肉了，那肉是滑进喉咙的，像还是活着的牛。”

“知道我刚才去皇宫干什么了吗？”她又问。

“和王子约会。”我含含混混地说，我觉得很困了，很想把这个醉酒的女孩儿从床上踹下去，好让我睡觉。

“哈哈，你错了。”她还是精神抖擞地说着，“本来是打算和王子约会来着，但是，你知道，公主和王子哪能那么容易就在一起。刚才我杀了一个人。”

“什么？”我坐直了身体，想想觉得这大概也是她酒后的胡言乱语，又懒懒地靠到椅背上。

“我刚才杀人了。”她打开包上的扣子，从里面拿出一只装口香糖的金属盒子。她举着盒子晃了晃，里面发出清脆的当啷当啷的声音。“你猜猜看这里面是什么？”她问。

“猜不到。”我已经后悔把这个疯疯癫癫的女孩儿带到家里了，真心不想再搭理她。

“这里面是我杀人的罪证。”她做出小心翼翼的样子，把盒子捧到我的眼前，“请你帮我保管好这个盒子，并且发誓永远不打开它。”

我看着眼前这个怪异的女孩儿，如何疯癫也不像是会杀人的人。我一挥手拿过盒子塞进裤子口袋，“好，我保管好，我发誓永远不打开。”我闭上眼睛，想眯上一小会儿休息一下，不然很快就要天亮，又要开始奔波的一天。

“谢谢你。”她平躺回床上，拍了拍另一半枕头，“累的话就过来这里睡。”

我摇摇头，不是不想，只是没那么想。疲倦也让我的双腿不想迈出那么一小步。更何况这么个疯狂的女人，看了一眼就跟着陌生男人回家，即使安全，以后会发生什么还真不好说。

“过来呀。”她还在继续引诱着我。

“算了。你喝多了，我也太累了。以后再说吧。”

她坐起来，背对着我跪在床上。双手背向身后，一点点地拉开连衣裙的拉链。她褪下连衣裙，整个背部展露出来。她背部的皮肤细白得找不出一点瑕疵，黑色的文胸打破了不变的白，使得这细白更加无瑕。

她继续解开文胸的钩扣，接着一片完整的背部就在距离我一米不到的地方，就在我的床上。

她跪着慢慢转过身，我看见她鼓胀的乳房。

“过来。”她说。眼前的画面虽然美丽，但我感到恐慌。我不是个胆小的人，也不是没有性经验。可这个女孩儿想要的绝不是一次性爱，也不是一场爱情，但是是什么，我不知道。

“为什么不上来？”她突然大叫起来，音色尖锐得几乎刺穿耳膜。我吓得从椅子上跳起来。这样一叫，左邻右舍的人都会被吵醒的。

“我是臭啦还是脏啦，你碰都不碰我一下，我哪里比人差啦，我是公主，你知道吗，我是……”

我赶忙捂住她的嘴，搂住她滑溜溜的肩膀。这很管用，她一瞬间停止了叫嚷，在我怀里软绵绵地靠着。本来以为这会是场由她主导，疯狂暴躁的性爱，但实际上，那个时候的她被动地躺着，死死咬住嘴唇，紧闭着眼睛，再没有更多的反应。

直到天亮她离开以后，我才在床单上看到一小块暗红的血迹。

“呵呵，真是有趣。”她又抿了一口酒，杯沿上没有留下一丝唇印，

“那么，你有没有打开过盒子呢？”

“没有。”我说，我知道即使我在撒谎，我认真严肃的表情和敦厚的体质，也不会让任何人察觉出我的谎言。这是我的优势，我也正是凭借此一步一步走到今天这样的地位。

“那可真不简单。”她相信了我的话，“也就是说，那天我什么也没告诉你，一直在说着谜语？”

“是的。”我点点头。

“那时候也许觉得说出来很丢人，现在不但觉得无所谓了，反而还很有趣。有兴趣听听第一次遇见你之前发生的事吗？”

“如果你愿意。”

“你觉得现在的我看起来家境如何？”她问。

“说话吐字清晰，说明从小受到良好的学校教育。与人交谈时，眼神与对方互动，说明对自己充满自信。身材苗条，体态灵动，说明注意保养和健身。手指修长，指甲修剪得整齐平滑，应该至少会一样乐器。总的来说，即使不是出自名门，至少也是中产阶层家庭。”

“十年前并不是这样，对吗？”

我笑了笑。

“上了大学以后，我才知道贫富差距是怎么回事。

“班上有个叫吴羽姗的女孩儿，看见她的第一眼我想到的第一个词就是‘惊艳’。毫不夸张地说她就像大明星一样鲜亮。从报到那天开始，每天都有私家车接送，司机从驾驶室下来，恭敬地为她打开车门，她从车里踩着十几厘米的高跟鞋款款下来，和电影里演的一模一样。我站在宿舍的窗口简直看傻了，不敢相信真有这样的人存在，并且和我同班。

“很快，吴羽姗的身边聚拢过来很多女孩儿，组成了一个富人的小团体。即使有的不是那么富有，但比起我的出身，那也是天壤之别。她们谈论品牌、美食、男朋友，这些距离我遥不可及的东西。

“我想加入她们，想得痛苦不堪。我试着一点点地向她们接近，我没有向她们隐瞒我的家庭，我知道我瞒不住。一起逛街的时候，我付不起商场里衣服的钱；吃饭的时候，我买不起哪怕最便宜的套餐。我只能帮着她们跑腿，下课了帮她们去小卖部买水，帮她们抄写笔记、勾画重点，逛街时帮她们提购物袋。但不管怎样，花了两年多的时间，我总算进入了她们的圈子。她们不要的衣服有时候会给我，快要过期的化妆品也塞给我。我觉得挺满足，因为我发现我喜欢上层的圈子，喜欢品牌衣服，喜欢谈论高端时尚，喜欢幻想着自己可以找到有钱的男朋友、老公，喜欢脱离我的家庭、我的出身。

“大四那年，我和吴羽姗的关系特别亲密，虽然我看起来就是她的跟班，但我并不在乎。那一阵，她身边的女孩儿有的准备出国，有的去已经找好的单位实习，还有的准备结婚，而我还忠实地跟在她身后。

“一天她问我，下个星期有个朋友的生日 party，要不要去。我简直欣喜若狂，我想去，我做梦都想参加上流社会的派对。穿上礼服、端着红酒，在人群中穿梭微笑。我想认识更多的有钱人，想像他们一样的生活，而不是一辈子为吃饭的开销而烦恼。

“我老老实实地告诉吴羽姗，我很想去，可是我没有可以参加派对的裙子。吴羽姗带了几条裙子给我，可我的胸围比她大很多，而礼服裙又都十分紧身，没有一条可以套得上去。

“我偷了家里的钱，那是我妈存着让我毕业找工作时用的。三千块，我全部用来买了一条礼服裙。我想着那一天，我可以像公主一样在上层社会的派对上，像上层人一样地说话、吃东西和微笑，我的心像在跳芭蕾一样，不停地旋转和跳跃。

“我跟在吴羽姗后面进了皇宫一样的私人会所。一切都好像梦幻，摆放食物的长桌像看不到边，巨大的水晶灯，现场演奏的弦乐四重奏，从服装、鞋子到发型，甚至长相都整齐划一的服务生……我几乎忘记了对着镜子练习了很久的微笑。

“直到有个男孩儿问吴羽姗，‘这位是……’

“‘我同学，来陪我的，怕你四处招蜂惹蝶，没空和我说话。’吴羽姗说着，在男孩儿的胸口戳了一下。和吴羽姗相处这么久，看得出她很喜欢这个男孩。

“自助餐开始后，我和吴羽姗分了开来。那个男孩儿出现在我面前。

他做了自我介绍，又问了我的名字，自来熟地和我聊起他旅行时的趣事。我感到舒服自在，原来有钱人的生活是这样，我也可以像他们一样，在这样的场合游刃有余地交谈和生活。

“过了一会儿，男孩儿突然对我说‘对不起，失陪一下’，便向大厅的一个角落走去。我看见吴羽姗站在那里，大概是她招手让他过去的。

“他们站在墙角说了好一会儿话，不时地看见男孩儿露出吃惊的表情，吴羽姗的表情还是一如既往的高傲的微笑。我有些担心吴羽姗说出我的出身，虽然我不想骗任何人，但是在这个时刻，我希望没有人知道我的底细，好让我可以享受到像公主一样的待遇，像公主一样的生活，只要这么一个晚上。

“男孩儿和吴羽姗说完话走回大厅中间。我用眼神迎接他，想继续听他讲刚才说了一半的故事。男孩儿碰到我的眼神，脚步停顿了一下，还是走到了我的面前。‘对不起，’他客气得生疏，和刚才神采奕奕的样子很不相同，‘那边有几个朋友，我过去打个招呼。’转身离开了。

“我明白吴羽姗什么都和他说了，我感到难过、愤怒、耻辱和憎恨，既然把我带到这里，却又要把我打入深渊。这难道也是她们享受上层生活的必要内容？我忘记了在家练习的淑女模样，大步冲到吴羽姗面前。我怒吼着质问道：‘你到底和他说了些什么？’

“吴羽姗被吓得一惊，她没想到一直都是低眉顺眼的我会用这种强硬的语气和她说话，本能地用挑衅的语调回击道：‘说什么？当然是他问什么我说什么咯。他问我你的家庭，我当然就如实回答了。我说你爸爸是环卫工人，你们家住在厕所旁边的违章小破屋里。你是贫困生，每年上台领助学金领得不亦乐乎。你削尖了脑袋往我们上层圈子钻，以为自己能当上凤凰。’

“‘你为什么要说这些！’我的眼泪滚落下来。

“‘你就别做梦了，你以为你长对大胸就能进入上层社会？你以为谈谈感情就能嫁给有钱人？我告诉你，我爸爸是外贸公司的董事长，我妈妈是财政厅的厅长。你以为这是巧合，这叫作强强联手，你懂不懂，只有这样才能相互提升和发展。就凭你，除了一副臭皮囊还有什么？能找个有工作

的就不错了，还做美梦？你以为世界上真有个东西叫灰姑娘？别在这丢人现眼了……’

“吴羽姗还在滔滔不绝地挖苦，我哭得浑身颤抖，想也没想狠狠地扇了她一个耳光。

“这一巴掌，手指巧合地拽下了她的钻石耳环。手掌收回的时候，耳环刚好被我握在掌心。也许是因为打得太重，也许耳环本来就很松。吴羽姗一点儿没觉察到耳环脱落，只是用手捂住脸颊。

“钻石耳环上的针深深地扎在我的手心，但更深的疼痛在心里。我盯着被打得呆若木鸡的吴羽姗死死看了几秒，在心里继续捅了她无数刀，仿佛看到她鲜血淋漓地躺倒在地上，再也高傲不了了。随即我跑出大厅，头也不回地逃离了那座皇宫。”

就像解开了谜底，我微微笑了笑，“后来你把耳环放进一只口香糖的盒子里，然后在酒吧喝得酩酊大醉。”

“没错。”现在的她看起来就像绽放的玫瑰，没有生活的负累，没有阴暗和忧虑，是充满正能量的社会中坚，“本来想要回那只钻石耳环，至少可以卖些钱，把买礼服的钱还回去。可是又很害怕看见那只耳环，怕想起那个被打回原形的晚上。不管怎样，谢谢你，谢谢那晚把我救回去，还有谢谢你一直没有打开那只盒子。”

“不客气。”我幽幽地说。

其实盒子早已经打开。搬去妻子家的时候，家里的许多零零碎碎全部装在一只整理箱里。妻子整理的时候发现了那只盒子，问也没问地打了开来。

“这是什么啊？”妻子叫起来。

我凑上去看了看，想到一个胸部丰满、神经质的女孩儿。“这个嘛，”我想了半秒钟，一个谎言自然而然地流淌出来：“一个朋友的小情人丢在他家的，他怕他老婆发现这个钻石耳环，就放我这儿了。”

“什么钻石耳环？”妻子吼起来，“你见过这样的钻石吗，有这么粗糙的钻石吗，这就是只不值钱的锆石耳环。”

妻子出生于珠宝商的家庭，从小以各种珠宝作为玩具。依靠她，我有了自己的公司，有了宽敞的别墅，有了让人敬重的地位。

妻子继续发着火，“你连这个都分不清，你怎么能在我爸爸面前抬得起头来。还有，我告诉你，你以前那些穷朋友，就像这种给小情人买锆石耳环的这些人，你以后不许和他们有来往。你听到没有？”

我频频点头，表决心似的把耳环连同盒子丢进了垃圾桶里。

宴会结束后，我礼貌地和这个十年后再次相见的女人说再见。我突然明白，为什么十年前在酒吧门前的一瞥，她能把我打动。因为我们是那么相像，有着贫寒的出身，和一步步走过来的，不愿向人提起的屈辱。

方便面悲歌

我不吃方便面，从来不吃。妈妈自小就告诫我方便面是垃圾食品，没有营养，并且一吃就会长胖。当一个信念在心底根深蒂固，即使在封闭的火车车厢里，闻到方便面的味道，生理上会使劲地耸着鼻子去闻，心理上却把这样的动作和侵袭而来的香味当成罪恶的深渊。继而捂住鼻子，像是怕会中毒。

孙书杰在旁边的座位上拿了赠阅的杂志帮我扇了扇，“不喜欢方便面的味道？”

“嗯，挺奇怪的味道，太冲了。”

“再有二十分钟就到了，忍一忍啊。”孙书杰一边扇着杂志一边说。

带我去邻省的海边城市度假，孙书杰说算是对我这六年来不能在公共场合牵手的补偿。作为他的情人，我的心理历程或许可以撰写一本《在你触手可及的地方沉默》这类的图书。最初的疼痛似乎已经过去，连欢愉中不时飘荡在我们之间的忧伤，也成了一种常态，或者说是不可或缺的自我感动。现在的我们有着不可言状的默契，相互既没有憧憬，但也不可或缺。

下车的时候，他把我的双肩包背在右肩，拿着我的行李箱和他的旅行包走在前面。我把他的外套搭在手臂上，紧紧跟在后头。已身在外地，却还像在我们的城市一样，眼神的交流多过语言。果然，城市与城市间的差异已接近于零。

把行李放进酒店的房间，看着超大的圆形浴缸，我们相对而笑。

“先去吃饭吧。”孙书杰拍拍我的肩膀。

“好。我在网上看见有家苍蝇小馆，评价很高的，我带你去。不过有点儿远，要坐地铁过去。”

“很远就算了吧，就在酒店里随便吃点儿好了。”

“去吧，坐地铁很方便的，而且我们现在有的是时间。”

“对啊，整整四天，我们要待在一起整整四天，一点儿都不用着急，听你的。”

不是节假日，也不是周末，地铁里的人比我们想象的多很多。人挤人的时候，孙书杰在人群中牵住我的手。我的心跳居然加快了，当然不是因为牵手，而是因为这是在公共场合。以往，只有坐在他的车里，他才会左手握住方向盘，右手拉住我的手。我望着他笑笑，像以往那样，对于他的多一点点的恩赐，心存感激。

出了地铁跟着手机导航走，小店虽然深处七拐八拐的小巷子里，但还是很快找到了。小店实在是脏乱得过分，我硬着头皮指着小店的门头说：“就是这里了。”

“太脏了吧，不吃了吧，什么好东西，看起来不像很好吃的样子啊。”

“其实……”我突然很想大哭，似乎我把事情搞砸了，老实说，我一直想大哭，从孙书杰告诉我制订了这次旅行计划开始，就一直想哭。

“其实是这样的，你说要带我来这儿，我就开始在网上找当地的美食、旅游什么的。我看见网上说这家的酱油拌饭很好吃，我就想带你过来。你以前说过，你小时候家里很穷，几乎没有东西吃，后来你开始创业，去上培训班听老师讲课。老师说他小时候家里很穷，经常没有菜吃，就用酱油拌饭。你听了心想，可以啦，还有酱油呢，你小时候，家里连酱油都没有。所以我想，酱油拌饭对你来说一定是种很特别的食物。我想用酱油拌饭来作为我们这次旅行的第一餐，一定非常有意义。可是没想到是这样的啊。我知道我搞砸了。”我真的号啕大哭起来。

“不哭不哭啊。”孙书杰用食指划掉我脸上的眼泪，“那就吃吧，没关系啊。你知道我吃东西都不讲究的，吃什么不都是吃嘛。”

“算了，我看着也不想吃了。不就是酱油拌饭嘛，我回去做给你吃。”

我一边哭一边说。哭出来心里舒服很多，并不是因为酱油拌饭的事。这六年来，我从二十四岁，默默跟着孙书杰直到后天即将到来的三十岁生日，连委屈都已经不能觉察。反而是他要带我出来度假，补偿我的无声无息，这异样的举动恰恰打破了已维持好几年的心理稳定。情人之间的关系，就像是皮球上的平衡木，不能加，不能减，随时要崩塌。是啊，随时要崩塌，却不知道何时崩塌，这个过程持续了六年。

"就是嘛，不吃了，你做饭这么好吃，这家店肯定不能和你的厨艺比。走，我们换一家吃。"孙书杰挽着我的胳膊往大街走。这让我很不适应，一来，我们从没在白天的街道上靠得如此近。二来，相比较他挽着我的胳膊，我更喜欢挽着他的胳膊。但是，这些都是小事吧，好好享受假期才对。

走了很长的路，发现这一带根本没有像样的饭店，最后我们吃了肯德基。果真是标准化流程，这个城市的肯德基与那个城市的肯德基没有一点点差别。

吃完后发现，我们距离海边不太远，步行不过半个小时路程。一路上我们虽然靠得很近，但我想，不会有人觉得我们是夫妻吧。夫妻何至于要紧紧贴在一起，生怕过了这几天再没这样的机会。

海边没多少人，倒是海风呼啦啦地刮，有种请勿靠近的味道。我们谈论着所见的细细碎碎的事物。一个小孩儿从我们身边跑过，孙书杰说："小宝小的时候比他胖，跑得却比他快多了。哧溜一下就跑很远，追都追不上。一下子就长大了，现在连暑假都不愿意回来过，以后回来的时间会越来越少吧。"

"孩子本来就是过客嘛，自己过得开心就好了。"我发觉我的答话既空洞又客套，却不知道怎样才能算精彩。毕竟我没有孩子，并且打掉过一个和孙书杰的孩子，在那个孩子还不能称作孩子的时候。

有人拿着自拍杆，以大海为背景自拍。我和孙书杰没有合影，用他的话说，拍了照片就是罪证。他说，在床上被逮到的几率其实很小，都是短消息啊、留言啊、照片啊什么的，才最容易露出马脚。这些年不怎么拍照，也不自拍，几乎成了习惯。就像现在，连大海也懒得拍。看看就好了，何况也没多好看。

沿着海边走到天黑，我们找了家自选的海鲜店吃晚饭。香喷喷的爆炒海鲜的味道冲进鼻腔，这时候我的兴致才渐渐上来。我分辨着葱、姜、蒜、料酒、酱油，各种鱼虾、贝类的味道，精神一下子抖擞起来。不管有着多无奈的心情，饱饱地吃一顿海鲜大餐才是最实在的事情。

点了文蛤、蛏子、对虾、黄鱼和鳗鱼，满满当当一桌子。

“哇，太多了吧。”我一边嚼着虾公，一边含含糊糊地说。

“不多不多，吃了你好几年饭菜了。”孙书杰笑着，“每次去你那儿都做一桌子的菜给我吃，其实很感动的。”

“我喜欢做饭啊。”有时候想，之所以一直不能离开孙书杰，和他经常去我那儿吃饭有很大的关系。有人陪着吃饭，真的是一件很愉快的事情。孙书杰的妻子是大公司的销售经理，不在家吃饭是常态。我和孙书杰能稳稳当当地保持六年的情人关系，正因为他的妻子是个所谓的女强人，常常节假日也忙得不可开交。照顾不周的老公，在我这儿被照顾得妥妥帖帖，连不足的夫妻生活，我也照顾到了。呵，说到底还是我的原因吧，为什么要照顾他呢？现在是习惯，而之前是我想照顾他而已。可为什么是他呢？照顾了也就照顾了，没有多好，但也没什么不好。

“你也吃啊，这个虾太好吃了，虽然用的这种料酒我不是很喜欢，但这虾的品质真的没话说，肉质结实，鲜甜弹牙。这个剥好壳了，你吃呀。”我把一只完整的虾仁放进孙书杰的碗里。大个儿的虾仁足足占了半只碗，“快吃，超过瘾。”

一瓶啤酒下去，孙书杰也松弛下来。依然是习惯的问题，这半天下来，孙书杰也是绷得紧紧的。尽管在外地，但我们还都是不能安心地享受两个人的亲密时光。如果能一前一后地走着，像两个素不相识的陌生人，而不是这样面对面地坐在饭店的圆桌旁，我们可能会更加自然松弛一些吧。

“我再点个菜吧。”孙书杰神秘兮兮地说。

“不要了，这些都吃不完。”

“就一个菜，生蚝，我生吃，你懂哎。”孙书杰坏坏地笑。

“什么呀，我懂什么呀。”

“壮阳的，呵呵，最近表现不怎么好，我知道。吃这个今天晚上包你满意。”

“哈哈哈哈……”我大笑起来，“随便你。”

孙书杰把柠檬片挤出汁滴进生蚝，哧溜一口吸进嘴里，“嗯，真不怎么好吃，滑溜溜的都不敢嚼。”

“生蚝还是放上满满的蒜泥，用炭火烤的最好吃。还有，上次我做的，用烤箱烤的芝士生蚝也很好吃吧。烤出来的汤汁，混着芝士的奶香，哇，想想就流口水。”

“嗯嗯，你做的东西都好吃。真的，我老婆要是有你一半会做饭就好了。”

“会不会说话。”我狠狠踹了孙书杰一脚。

“好好，我们不谈她，这几天是我们两个人的。来，我再吃个生蚝，晚上好好表现。”

超大圆形浴缸里的水还没放满，孙书杰就开始拉肚子了。不但拉肚子，还胃疼得直打滚。没吃惯鱼生的人，偏要吃那么多生的生蚝。问酒店要了治胃肠炎的药，折腾了一个晚上，凌晨四点左右才睡下。

早上八点不到，就被孙书杰的手机铃声吵醒了。接完电话，孙书杰急促地说：“她被车撞了，邻居打来的，在小区门口，送到旁边的医院了，还在昏迷。我得赶回去，真对不起。突发事件，真是的，我得马上走了。订了三个晚上的房间，不如你自己留在这里再玩几天。真是……真是对不起。”

“我和你一起回去吧，一个人也没什么想去的地方。没关系啊，这种事太突然了。”我一边说着，一边把挂进衣柜里的衣服和洗漱台上的护肤品收进行李箱。

坐上回程火车的一瞬间，突然有种解脱的感觉。除了身体上在大庭广众之下不适应过多接触之外，谈论什么话题让我也有些不自然。朝夕相处四整天，我们能谈论些什么呢？关于未来、关于打算，即使是在我的房子里，我们也不止一次讨论过。苦恼、愤懑、痛心，我都曾有过，但他说得并不是完全没有道理。他的妻子没有什么大的问题，辛苦赚钱养家，对儿子也竭尽所能，脾气急躁一些，却并没有出轨、暧昧这类行为。除了做饭之外，该做的家务，虽做得不是那么完美，却也忙忙碌碌个不停。有什么理由离婚呢？感情不和，或是情感破裂？竟有这样奇怪的离婚理由，而他们什么理由都没有。

没有未来可聊，剩下的只有闲扯，整整四天。有多少天气可说、多少时政可议、多少明星可以八卦？昨天已经感到疲惫，为了找话题绞尽脑汁。现在好多了，回到原点，就当没有这个度假的时光。本来就不该有，把心神打乱了。即使是愉快的假期，没有留下照片，回去后也不能对人讲起，会在记忆里模糊，直到忘记每个细节。

下了火车，我独自回家，孙书杰赶去医院。到家后把物品从行李箱里拿出来整理好，想到明天既然已经请了假，就不用上班了。习惯了就是习惯了，晚上一个人蜷在被子里，反倒觉得耳边清清净净，浑身松懈下来，睡得香甜。

早上，睡到自然醒，居然已经快十二点了。给自己做了火腿煎蛋和牛奶麦片粥，打算把下载了却没时间看的电影挑几部看看。第二部电影看了大半，孙书杰打电话过来。

“我在医院里，她撞得还蛮严重的，锁骨裂了，已经打了钢钉进去，现在还没醒过来。不过医生说没有生命危险了，可看着一直昏迷的样子，还是挺吓人的。现在一直在挂水，我一点儿也走不开。真的是太抱歉了，害你都没玩儿尽兴。”

“没关系啊，你带我出去，我就已经很开心了。”

“嗯……那个……我知道，可能有点儿为难你，你要是不愿意没关系的，真的，我就是问问，你今天没去上班吧？”

“是啊，明天也是请了假的。有什么要帮忙的？你说吧。”

“是这样的，医生说除了挂各种营养液，还可以用注射的方式挂一些汤水，比如乌鱼汤、骨头汤什么的。给她炖汤，我知道你很为难吧。没关系没关系，医院周围应该会有煲汤的店，我去买点儿。”

“我来做吧，你安心照顾好她就好了。是啊，是挺不愿意的，不过算了啊，又不是什么多麻烦的事。”

“你真是太好了。你看这样好不好，你去我家做吧。我家你认识呀，你去过的。你到我家旁边的菜场买了食材，就在我家做。医院就在小区隔壁，这样送过来很近。家里没什么调料，不过医生说，什么都不要放，葱姜料酒盐什么的都不要放。炖几个小时就可以了，只要汤，不要内容，一定要过滤干净，汤里面不要有杂质。真的不麻烦？”

“不麻烦。”我说。

“噢，我家门口有几个空的快递盒子，大门钥匙就在盒子下面，你拿了钥匙自己进去。真是太麻烦你了。”

“真的不麻烦，别客气了，我马上过去。”

挂了电话几秒后，孙书杰的电话又来了。

“谢谢你，生日快乐，真的很感谢。”

按照孙书杰的要求，用漏勺把乌鱼汤过滤干净，装在一个饭盒里。剩下的乌鱼，简单做了个糖醋汁浇在鱼肉身上，装在另一个饭盒里。准备带去给孙书杰吃。

提着饭盒走到医院门口，我打电话问他在哪个病区、哪个病房，孙书杰说：“你不要上来了，你上来不好，可能会被人看到。你等着，我马上下来拿。”

孙书杰接过我手里的饭盒，连声道谢。

“用鱼肉做了个糖醋鱼，你还没吃饭吧，吃了大概也没吃好。你也要注意休息，我回去了。”

“等等，”孙书杰叫住我，“能不能……能不能再麻烦你一下？”

“你说。”

“我今天晚上得住在这儿，这儿有家属用的毯子和折叠床，但是毯子挺薄的，要是可以的话，你能帮我把我的睡衣拿过来吗，穿着牛仔裤睡一夜不怎么舒服。睡衣，还有再拿条毯子，就是沙发上那条，蓝色的，一起拿过来。还好不是太远，太难为你了，真的。那还是算了吧，不换睡衣一个晚上也能对付，我已经觉得很不好意思了。”

我犹豫是去帮他拿睡衣和毯子还是直接回家，最后还是开门进了孙书杰的家。屋子里还飘荡着刚才炖的乌鱼汤的香气，窗外射进的灯光照在电视柜上的全家福照片上。反射在相框玻璃上的光点，使得照片上的人物看起来扭曲变形。一眼看过去，沙发上的蓝色毯子显眼地搭在沙发靠背上。

走过去拿毯子的时候，突然异常的疲惫，顺势在沙发上躺倒下来。蓝色的毯子延伸到鼻子边上，使劲嗅了嗅，沾满了孙书杰的味道。一直处在一种味道中，会渐渐忽略了这种味道。但我和他，因为见面次数的限制，对于他独特的味道，熟悉、亲切，带着爱和无奈。这里不会成为我的家，孙书杰说，房产是他们共有财产。并且现在看来，他的妻子没有生命危险。说来奇怪，蛮不讲理的时候，我会咒骂他的妻子，因为她的存在，我和孙书杰不能在一起。可这次突发的车祸，我的心里竟然有着担心和愧疚。她不完美，但是没有出错。错的是我，几乎全部的错都在于我。是我对孙书杰说，我不在乎你已婚，想要你陪我吃饭，想见到你，想被你抱住，抱得紧紧的。

夜幕来临，肚子咕咕叫的声音在客厅里十分清晰。我站起来，想找找看有什么吃的。茶几上没有顺手可得的零食，冰箱里空空荡荡，没有鸡蛋、没有牛奶、没有饮料，甚至连异味都没有。当我打开橱柜门的时候，几盒碗装方便面滚了下来。抬头看见，满满一柜的方便面，五颜六色、大大小小，仔细辨别，发现没有一种味道是重复的。几十种味道的方便面，或许比超市里的品种更全更丰富。

突然间，我很想吃方便面，我从来没有吃过一碗完整的方便面。烧了开水，拆开一碗芝士肥牛口味的面。认真读了说明，把调料袋挤得干干净净加入面里。浇上开水，盖上盖，静静地等着三分钟过去。

打开盖子的一瞬间，简直可以用异香来形容，几小包或油或酱或粉末的调料包，竟然蕴藏了这么浓厚丰富的味道。一百多克的面条，几乎在瞬间就被我吸进肚子了。

怎么办，我还想吃。从来不是暴饮暴食的人，却像是不能自控似的又撕开了一碗麻辣肥肠味的面。麻辣的口感像是在口腔里旋转，眼泪流了下来，嘴巴却不能停止。

吃第三碗水煮鸡丝口味方便面的时候，胃有了胀痛的感觉，可附赠的塑料叉子还是不住地往我嘴里送面。这个时候，我隐隐约约看见，孙书杰的妻子正站在我的旁边，她用手按住我的头，迫使我一口接一口地吃下去。

吃第四碗炭烤螃蟹口味的时候，胃就像要爆炸了。我流着泪咽下卷曲的面条，妈妈说方便面是垃圾食品，没有营养，并且一吃就会长胖。

我很后悔，不应该有第一口，一辈子不吃方便面，人生也不会有遗憾。不好的东西充满了诱惑，而我是个受不住诱惑的人。我不想再这样了，事情都会有结束的时候，不是现在就是将来。

我被孙书杰妻子幽灵一样的手臂压得抬不起头来。吃下一碗又一碗的方便面，是我对她的忏悔。我错了，即使我痛我苦，也是因为我在一次次可以结束的时候，不去喊停。但是，总会结束的，吃饱了、吃撑了，总会有停下的一刻。

孙书杰打电话过来，兴奋地说："她醒了，几分钟前突然就醒了。然后说很饿。好了好了，这下放心了。谢谢你啊，真的很感谢。"

"不客气。"我挂断电话，删掉了孙书杰的号码。

五年后，和孙书杰在街上偶遇，他喊我的名字。我装作没听见，或认错人，目不斜视地走过去。不想被他看见，这五年我胖了十几斤。年龄大了，新陈代谢慢了的缘故吧，或者是因为胃被撑大了，食量是以前的好几倍。

俯　视

我把试穿了不下五十次的小礼服裙又一次套上，想象着有人从背后温柔地帮我把拉链拉上。好在胳膊比较长，自己拉上没有问题。几千块的衣服和几百块的衣服的确不一样。针脚细密、缝合工整，胸口仅靠裁剪就呈现出起伏的花边。上身内侧自带胸托和垫片，即使下垂的胸部，也被挤出一道明显的乳沟。

我小心翼翼地坐到化妆台前，把看了很多遍的晚宴化妆教程又回忆了一下。粉底液、散粉、眉毛、眼影、眼线、假睫毛、鼻影、口红。四十分钟以后，镜子里面出现的那个女人大概就是我吧。我不能确定是漂亮了还是丑了，不过是不像我而已。

心跳有点儿加快，平复一下自己的心情，不过就是个行业间的联谊活动，何必要如此激动和紧张。但是，这是一个要求穿着晚礼服的酒会。酒会、晚礼服，有各个公司的上层参加。这些是我三十五年来从未经历过的。

脸上泛起潮红，幸好被粉底和腮红遮住，只有自己能感受到微微的燥热。瞥了一眼早已从鞋柜里拿出来搭配礼服的高跟鞋，突然觉得颜色很不好看，式样也过于花哨。鞋子是一种偏灰的紫色，脚面是两根极细的带子，包裹脚跟的部位，有几片牛皮裁剪出的花瓣。在商场里挑选搭配礼服的鞋子时，一眼就看中了这款。与我平时穿的鞋子完全不同，精致细腻，像可以摆放在桌上欣赏的工艺品。

但现在看起来并不是这样，颜色不够高贵，旧恹恹的没有一点儿光泽。款式也过于少女，我提醒自己，我已经三十五岁了。我无奈地套上高跟鞋，果然不好看呀。如果今天不能穿的话，这双鞋子恐怕再没有机会走出房间的大门。我想扔掉它，也许我还需要扔掉很多东西，卡通图案的T恤、荧光色的首饰、破洞的牛仔裤……时尚杂志教导我们，放置了两年没有穿戴的东西，统统需要扔掉。

我可以不去参加酒会吗？我想瘫倒在床上放松一下，又怕把礼服弄出褶皱。我知道我会去，可是我没有鞋子。

酒会和想象中一样的富丽堂皇，不，也许更好。并不像电影里那样站立在那里，手捧酒杯和食物。那样会很尴尬，因为穿着露出肩膀和胸口的衣服时，会不知道如何站立。有长条形的桌子可以坐下吃东西或者休息，我更愿意坐着，至少可以藏住不合适的鞋子。

行业高层的简短演讲过后，大家在乐队轻柔的演奏中开始了自由随意的交谈和用餐。和同事们说了几句互相夸赞的客套话之后，大家各自散开，或者是故意甩开刚进公司不久的我。我默默地拿了一些食物和饮料，坐下开始吃东西。也有几个像我这样落单的家伙，但我们彼此并不对视，以免更加尴尬。

一点一点地吃掉盘子里的食物，喝掉饮料，时间大约过去了十五分钟。站起身想去第二次拿食物的时候，发现小腿软绵绵的。我这才意识到，刚拿的蓝紫色的饮料，应该含有酒精。刚才喝第一口的时候，觉得味道不太对劲，却又不好意思弃之不理去换杯别的。

上大学的时候和同学喝过几次酒，知道自己酒量不行，以后也没什么机会喝酒。我晕乎乎地向餐台走，努力控制自己的腿，生怕让别人看出我已经醉了。

台上的弦乐四重奏正在演奏，是海顿的作品，带着故作的高贵，以及莫名的轻浮。我的脚步不自主地跟上节奏，像是被操控，被旋进一个光彩熠熠的玻璃球。

我微笑起来，并没有去取食物。我站进一个不引人注意的角落里，我看向四周，这间宴会厅真大啊，水晶吊灯在折射光芒，女人们的礼服全都反射着光芒。一只只闪亮的灯泡组成行业酒会的缩写，不断地闪烁变化。

我听见与音乐糅杂在一起的交谈声和笑声，杯盘的碰撞声，再仔细听，还有女人裙摆摩擦大腿的声音。

被肖曾凡盯住的时候，我的身体正随着音乐的节奏或者是酒精的灼热摇摆着，脚尖有一下没一下地打着节拍，小声地哼着旋律。应该是满脸通红吧，又燥热又窘迫。想控制住身体的摇摆，似乎不能完全做到，总感觉还在微微地摇晃，或者是整间大厅在摇晃，空气在摇晃。

“你好。”肖曾凡对我微笑、靠近。

“你好。”我想装出冷漠、拒人于千里之外的表情，却似乎忍不住地微笑。他看起来那么干净平滑，窄窄的深色西装泛着幽蓝的微光，像火苗的尖尖，挺拔地站立在我身边，带着炙热的压迫感。

“我叫肖曾凡，传说中的程序员。”他笑起来，像钻出泥土的春笋，不动声色地有了变化。

“我叫陆歆，以前是会计，跟着老公调动工作到这里。刚到典沸投资行不久。”

一阵沉默，好在有背景音乐，不致冷场。

“这音乐真好听。”他说。

“嗯，海顿的《小夜曲》。”

“真厉害。”

“太著名了，应该算是常识。”我像给孩子上课的老师。

“你懂音乐吧？”肖曾凡问。

“以前学过钢琴，很久以前了。”我莫名地觉得害羞起来，低下头微笑。

“我就知道。”肖曾凡突然拉了一下我的手，“这么修长，又细又直。”

我吓得一哆嗦，完全没有料到会有触碰，并且不是无意的。后来，肖曾凡和我说，那时候，他远远地看见我跟着音乐摇摆的样子，就不能控制地想要靠近，想触摸我。“你穿着灰蒙蒙的裙子、灰蒙蒙的鞋子，整个人都灰蒙蒙的。”

“灰蒙蒙？那是不是脏兮兮的意思？”我瞪着眼睛问他。

“不是不是，我的意思是……是……看起来像在雾里一样。”

刚毕业的理工科男生的话，大概都是这样词不达意吧。但是已经到了离不开这些话的地步。

那天酒会结束回到家里，老公躺在床上打着鼾。电视开着，里面放着足球赛。刚准备关电视，他一下子醒了，“好球！”他大喊一声。

“你到底是睡觉还是看啊？”

“看，曼联对切尔西啊。”他把滑下去的身体向上挪一挪，稍微坐直了些。

我去卫生间洗澡，镜子里看见自己浓妆艳抹不真实的样子，奇怪老公竟然没有发现。还有这身古怪的装扮，不是很古怪吗？它是礼服，不是衣服。就是说我现在没有穿衣服，可是他竟然没有发现。

我觉得出轨应该是一件很容易的事情吧，只要小心，被抓住的几率微乎其微到只有电视剧里才会出现。我开车载着肖曾凡到市郊江边的农家乐吃饭，这里 99.9% 不会遇到熟人。我刚到这座城市，而老家在外地，刚毕业不久的肖曾凡也不认识这个城市里太多的人。

“约我吃饭，是不是因为在这里时间短，还没有朋友啊？”肖曾凡问。

“不是你约我的吗？”

“不是，是你问我晚上干什么的。”

“是你问我喜欢不喜欢吃江鲜的。”

“是你说你好像有点儿水土不服，胃口不好的。”

“是你说你有个方案过了，拿了笔奖金。”

“是你说最近天气不错啊。”

“是你说……你说……”

我们都忍不住笑起来。晚宴那天，互相留了电话，回家后立刻加了微信。聊了足足一个星期，完全没有重点，今天就像是到了该见面的时候，我们又见面了。

在整个吃饭的过程中我都像个孩子似的亢奋。开了车，没有碰一点儿酒。这次的相见还是那么愉悦，但不是因为酒精。看见什么都觉得那么好玩，那么美好。

“哇，你看，小杂鱼里有一只虾子，快看，还有一个这么小这么小的螺蛳。好可爱。”我把挑出来的小螺蛳用纸巾擦了擦，放在掌心里，伸到肖曾凡的眼前。

“看，虽然小，上面还有花纹呢，太精致了。”我的声音变得像日剧里的对白。

“真美。”肖曾凡垂下眼睑看了看，睫毛浓密挺直，在脸上留下阴影，“你的手真美。”

我缩回手，笑得不知所措。看见对面江堤上雾蒙蒙的灯光，像梦境一样不现实。

“等再暖和一点儿的时候，我们就可以坐到外面，看着江景，听着江水的声音，牵着你的手。”肖曾凡突兀地说。

真的，我觉得这话特别恶心。那么造作，可是又不自觉地心跳加快。从来没有人和我说过这样的话，即使是上大学时，即使是老公追我的时候也没有。看见电视剧里这样的台词，以为只是编剧的脑子出了问题，现实中不会出现。可现在就在耳边，一个挺帅气的小男孩儿在对我说。

吃完饭，我开车顺着江边兜了半个多小时，已经八点半了，我把车开到肖曾凡家楼下。

“我不知道和我合租的小子有没有回来，要不你和我上去看看？”

“不了，就算是加班，超过九点回去也不太好。”我一直微笑着，发现面对肖曾凡，根本收不住自己微笑的脸。

“你不是到了新公司嘛，新公司和原来不一样啊，要加班到很晚的。”肖曾凡依旧是个孩子。

“下车吧，小傻瓜。”我亲吻了一下肖曾凡的左脸颊，感觉着细细软软的小绒毛。

肖曾凡不情不愿地下了车，站在原地，看着我掉头、走远。

之后是过年，我们各自回了老家。我盼望肖曾凡能打电话给我，实际上更多的是害怕他会打给我。和老公二十四小时待在一起，没有办法听见肖曾凡的声音。微信聊天也是潦潦草草，简单写几个字。好在他乖巧地没有打过一次电话，好在表面欢乐祥和，内心焦躁不安的假期很快过去。一上班，我们迫不及待地又见了一面。

“把车开到那里。”肖曾凡指着前面的一片树林说。

车还没停好，他的手已经摸向我的脖子，想往里伸。

“不行不行。”我躲闪开来，“会有人过来的。”一来我确实担心有人过来，二来我对自己哺乳过后下垂的胸部充满自卑。

肖曾凡和我在车里近似扭打起来，我一直在反抗，并不是半推半就，我真的不愿意。树林里并不安全，过往车辆的灯光，每隔几秒扫射进车内，从马路走进树林也不过两三分钟。不行，这里绝对不行。

之后我才发现，出轨并不是一件容易的事情，我是说真正意义上的出轨。肖曾凡无奈地把脸别向窗外。我对自己也非常失望。

“去开房间吧。”肖曾凡说。

“不行，开房都要登记身份证的，会有记录，一查就能查出来。”

“用我的身份证，”肖曾凡满脸期待地说，“我先开好房，然后我们分头进去，不会有事的。”

“不行，酒店都有摄像头，会拍下来的。如果要查还是能查到。”

“你胆子怎么那么小啊。”肖曾凡气鼓鼓地又把头扭向窗外。

送他回去的一路上，我提心吊胆，那么害怕他从此以后再也不理我了。我想要他，却迈不出那决定性的一步。

肖曾凡下车的前一秒说，“下次我请你吃日料。”依旧带着气鼓鼓的语气。

“在哪里？”

“不在市区啦，”他挤压着嗓音说，“很偏僻的地方。”肖曾凡推上车门，头也不回地走进小区。没有看着我掉头、走远。

这天和老公一起去家门口的超市买生活用品，大米、鸡蛋、卷纸、垃圾袋等等。整包的卷纸放在货架的最上层，我踮起脚尖伸手去够，指尖触碰到却还是拿不下来。老公从我身后，一使劲拽下一包，放入超市购物车内。就在卷纸被拽下的一瞬间，我发现墙角上安装着一只摄像头。从摄像头的角度，正好可以看见刚才的那一幕吧。高大的老公帮着娇小的妻子，从货架上拿下一包卷纸。应该是温馨的画面吧？我想象着，如果是肖曾凡高高瘦瘦的身体伫立在我身后，环抱着我，帮我取下一包卷纸。那样会是一幅多美的画面啊。为什么觉得在这画面里不应该出现老公，而应该是肖曾凡，我完全说不清楚。我如此想念他，随时随地产生出想要拥抱他的渴望。这种身体的渴望只针对肖曾凡，老公无法给予，甚至觉得不愿意被老公触碰，就像刚才他在我身后帮我够卷纸的举动，让我很不自在。

要买的东西全部放入购物车后，老公说："你去结账，我去白酒柜台看看，好了你喊我。"我推着购物车去了收银台。

因为是家门口的社区店，经常来买东西，和店里的工作人员都很熟识。

"这条丝巾真好看啊，衬得气色超好。"收银员一边扫码一边和我闲聊。

"谢谢，刚买的，我也觉得这个颜色特别衬皮肤。"我随口应着。

"哎，那天我在西圩路看到你哎，去有事啊？"收银员问。

西圩路？那是和肖曾凡吃日料的地方。我浑身一下子绷紧，她看到我和肖曾凡了？"嗯，去有点儿事。"我胡乱地回答。

"我家就住那附近。"收银员说。

"哦，那你上班挺远的呀。"

"是啊，每天六点多点儿就要起床了。"

我暗暗松了口气，也许她不是想说看见我偷情之类，只是抱怨一下上班很远。

"那真是够辛苦的。"我接过她的话。

看着远处老公在看白酒的背影，心有余悸。如果刚才他在我旁边，听到收银员说在城西看见我。他会不会问我为什么去城西？如果问的话我要怎么回答？在完全没有准备的情况下，我该说什么谎才能蒙混过关？以后一定要更加小心啊，各种理由、借口、谎言也要提前准备好，我暗自告诫自己。

经过上次收银员的事，每次约会我都更加小心翼翼。平均下来，我和肖曾凡大约半个月见一次面。我觉得这样的频率不太容易被老公发现。约会的内容不外乎吃饭和看电影。看电影的时候，我坚持坐在车里，等电影开场几分钟后再进去。灯已经熄灭，而且开始都是广告，对电影没有一点儿影响。这样多好。

混乱的科幻电影，既是与第一部有关联的前传，每个角色又都有着长串拗口的名字，没看一会儿就放弃了动脑筋思考情节的劳累。我偷偷扭头去看肖曾凡，他真好看。鼻子直挺挺的，皮肤也光洁到可以反射大屏幕的光。他猛地扭过头，一下子捉住我看他的目光。我没有办法躲闪他的视线，像是被施了魔法般一直凝视着他。我在心里挣扎，不能被他这样盯住看，我知道我的眼角有三根细小的皱纹，鼻头上用粉底遮盖的斑，也经不起这样的近距离。可是就是不能挪开视线，就是不能把脑袋转回大屏幕。

我看见他一点一点地凑近，他的鼻息喷到我脸上，带着一种像刚修剪过的草坪的味道。我从来没有正面迎接过一张男性的脸，我的呼吸停滞了，浑身僵硬。他的脸越来越近，越来越近，直到嘴唇被亲吻住，我这才大大地松了一口气。

两张面孔的侧颜，纠缠在昏暗的环境中，横穿影院的光柱勾勒出侧颜的轮廓。我在亲吻中想象着我们看起来的样子，很美吗？很协调吗？能看出我们的年龄差距来吗？

“看完电影去我那儿吧？”肖曾凡把捧着我脸颊的手轻轻放下，在黑暗里对着我的耳朵说。

“可是……”

“今天那小子和同事聚餐，应该比较晚才回来。”

“可是……”

“现在就走吧，这电影没啥意思。”肖曾凡拉着我离开电影院。

我低着头，跟着肖曾凡爬上三楼。我想象着大门刚一被关上，肖曾凡如暴风骤雨般的拥抱和亲吻。我脸红心跳、呼吸困难，今天我就要迈出这决定性的一步了，我要记住今天。

用钥匙打开门，肖曾凡定在门口。

“你在家？没和同事……”

我越过肖曾凡的肩膀，看见他的室友抱着手机，斜靠在沙发上。

“没，最漂亮的两个妞都不去，没什么意思，就不聚了。”室友侧过头看见了我。

“呦——”室友发出一个古怪的声音，“她终于肯跟你回来啦，不错嘛，有些胆识，品位也独特。你们进来你们进来，我立马滚回房间去。我什么都看不见，什么都听不到哈。”

我转头向楼下冲，速度惊人。直到楼下，肖曾凡才追上，一把抓住我胳膊。

“你跑什么呀，我根本不知道他会在家。”

“不是在不在家的问题。”我愤怒地瞪着他，“我告诉过你，我们的事情不能和别人说，什么人都不能说，一点儿也不能提。可是，那个家伙什么都知道对不对？”

“我就说了我在和一个女孩儿……女人在交往，就这些，其他什么都没说。”

“你当我傻吗？他说有胆识，就是知道我已婚；说品位独特，就是知道我的年龄。你明明就是说了，你把什么都告诉他了。你为什么骗我。”我压低声音咆哮起来。

“我又没说具体，你的名字，你的公司，你的情况，我都没说。我们都认识半年了，可都没见过几次面，我都没怎么碰过你。我每天都想着你，想看见你，你不在的时候，我想你的时候，可能忍不住就说了一点点吧。其他什么都没说，真的。我想每天能看到你。”

“想看我？那你在我家装个监控好了。”不知怎么，我突然想起超市里的那只摄像头。

“好啊！”肖曾凡立刻眼睛发亮地盯着我，“真的可以吗？在你家装上摄像头，连接我的手机和电脑，我可以随时看你？”

话题转变了，本来就着肖曾凡不遵守游戏规则，把我们的事情说给别人听，而预备大吵一顿的。现在，我们围绕在我家里装上摄像头展开了讨论。

我为什么会同意，并且觉得十分有趣，也满怀期待。这样的期待甚至超越把肖曾凡拥到怀里抚摸的冲动。他可以看见我，每天都可以，就像是我们每天都在一起，而我却没有被老公发现的担忧，没有一点儿道德上的罪恶。超棒的主意。

一个星期之后，三个摄像头分别装在我家的客厅、书房和厨房里。多精妙的科技，它们只有大拇指大小。完全不用担心被老公找到，我觉得即使家里多出几件足球大小的物体，老公也不会发觉。

当我从肖曾凡的手机上看到我家的场景时，觉得异常恍惚。天哪，我看见客厅的地上有一块污渍，沙发的褶皱没有捋平，白色书桌上一块显眼的咖啡渍，厨房的台面上散落着几颗发了芽的大蒜。

“我们家好乱。”我低声说。

“这还叫乱，幸好你没进我的房间。”

肖曾凡摸了摸我的耳垂。我赶紧把凑近他身边看手机的脸收回。

“以后你就可以天天看见我了。”我开心地说。

“只是看见啊。”

在摄像头的监控下，我是多么的快乐。我捧着装满洗好衣服的脸盆通过客厅走向阳台，我想象画面中的自己像《捧陶罐的少女》一样唯美。我把炒好的菜装盘，在镜头下翘起兰花指，捻起一颗放进嘴里，做出美味到惊讶的表情咀嚼。就像美食节目的美女主播。我洗好碗，可以看到肖曾凡发来的微信：洗碗要戴手套，那么漂亮的手别被弄粗糙了。心里暖到发甜。

下班回来感到有点儿疲倦，我还是把地板拖了一遍，因为我知道肖曾凡在看着我。面对老公对我的爱搭不理，我不再对他发火，因为我知道肖曾凡在看着我，看着我的成熟、稳重、端庄、勤劳、贤惠。

我们不再见面，我爱极了这样的关系。我买了吊带真丝睡裙，当然不是为了老公。睡裙里穿一件带水垫的内推式文胸，效果非常出色，把胸部挤出一道深沟。从镜头里看，一定看不出它已经下垂。我爱上了镜头里自己推测出的自己，没有近距离，看不见脸上的蝴蝶斑和细纹。没有触摸，感觉不到皮肤的松弛和无力。近似于完美，想到这些，我更加努力地做家务，更加努力地成熟、稳重、端庄、勤劳、贤惠。

家里已经打扫得近乎一尘不染，所有的杂物都被收纳归位，桌面、台面空空荡荡。不但暴露在外面的沙发套、靠枕、窗帘上没有一丝褶皱，就连衣柜里的衣服也全部熨烫过了。墙上装饰画的玻璃框明亮得闪着尖刺一样的光芒，只有摄像头上应该还有些灰尘，因为我不敢靠近它，怕它近距离地拍摄下我的皱纹和蝴蝶斑。

无所事事地在屋里兜兜转转，最后在多年没有开启的钢琴旁边停住。弹一会儿钢琴吧。我把钢琴盖打开，又从琴凳的收纳盒里拿出一本以前用的钢琴谱。随手翻开陈旧的钢琴谱，纸张发出脆绷绷的翻卷声。翻开的这一页上印着《少女的祈祷》，我哑然失笑，少女？那是多么遥远的事情，依稀记得还是少女时候的我，最喜欢这支曲子。现在还能记得怎么弹吗？我试着在键盘上弹奏出几小节。本应像教堂的钟声一样美好的前奏，因为钢琴常年不用，走音变形，竟带着几分滑稽。

我照着乐谱磕磕绊绊地弹完，自然谈不上美妙。但肖曾凡会看见吧，看见我坐在钢琴边，用一双被他夸赞过无数次的手，在钢琴上轻柔流动。是很美好的画面吗？肖曾凡会发来消息告诉我，我弹琴的样子很美吗？我一边等待他的消息一边回忆着我的过去，几年之前的事情，现在想起来会觉得鲜活生动。反而最近这些年的生活，像一块可有可无的空白，什么细节都没能记住。还好有你，肖曾凡，我现在能记住一些事情了，我们约会的地址，我们吃过的美食，我们看过的电影，我们在一起聊的有趣、暧昧的段子……从认识你开始，像是进入了一个新的元年，有各种标志性的事件可以记载时间。一直等到天黑，肖曾凡还是没有发来信息。

一个下大雨的夜晚，老公应酬还没有回来，我突然意识到肖曾凡已经很久没有和我说过话了，很久没有提过要见面的要求，很久没有打过电话、发过微信。我发给他的，思念他、赞美他的内容，他都一直没有回复。为什么才发现，是沉迷在想象中镜头下的完美的自我太久了吗？

“喂，”我对着话筒，用温柔，带着微弱喘息的声音说，“你在干吗？”

“哦，在家。”肖曾凡平淡的语气，答非所问。

“现在可以出来吗？”

“今天算了，下大雨。”

“可是，我们很久都没见面了。”

“改天吧，今天不方便。”

“可是……”我还没说完，肖曾凡已经挂了电话。

我现在那么地想见到他，想确认他在看着我，看着镜头里面的我。我想看见他发给我的只字片语，“看起来真好吃。”“你身材真好。”“早点儿休息吧。”“要多喝热水。”……我现在一定要见到他。

我撑着伞走到停车场，发动汽车的时候我想，今天必定要迈出决定性的一步。他的室友已经见过我了、知道我了，这就没有什么不好意思的了。

握着方向盘的手有些发抖，我告诉自己，现在没有人在看着我，我即将要做的事情，也没有监控。心跳得厉害，在上楼之前，我还是打了一个电话给肖曾凡，像是一个缓冲，给自己一个预备的动作。

“我在你家楼下，我马上上去。”

“不是说不要过来吗？你别上来，我马上下去。”肖曾凡迅速挂断电话。

我撑着伞走到单元楼跟前，肖曾凡喘着气从楼上下来，在单元楼的屋檐下停住。我们对视着，很陌生的样子。

“你回去吧，家里有客人，不方便。”肖曾凡话还没说完，从三楼，他房间的窗户里探出一个人来。

逆着屋里透出的光，我看不清她的脸，侧脸的轮廓可以看见肉乎乎的两颊和下巴，声音很年轻，年轻到下巴上的肉也似乎充盈着胶原蛋白。

“肖曾凡——”她喊了一声。

肖曾凡钻出屋檐，抬头看向楼上，雨水劈打着他的脸。

“雨下得这么大，你喊你同事上来说吧。”她温柔地喊道。

“马上就说完了，”肖曾凡眯起眼睛朝楼上喊，“你赶紧进去，把窗户关好，乖。”

她果然乖乖地关上窗户。

“我女朋友。”肖曾凡说。

“知道。”

“以后不联系了吧。”

“好。”我说，我咽了一口吐沫，吞咽有些困难，“你以后能不能有空的时候看看监控，看看我？”

“我已经把那个软件删了，觉得没什么必要。”肖曾凡擦了一把脸上的雨水。

“为什么呀？”我发觉自己的嗓音在颤抖，“你看看会死啊，我又不会打扰你，你正常过你的生活，你交女朋友、结婚、找小三，随便干什么，我又不会打扰你。你就不能看看我吗！”

“没这个必要。”

“那你把买摄像头的钱还我，是你要看的，所以我才买的！你还我钱，你还钱！”我压抑住歇斯底里的咆哮。

“你神经病呀。”肖曾凡头也不回地跑上楼。

我想追上来，想一把揪住他，想把他按倒在地上，踢他、踹他、撕咬他。可我还是站在原地无法动弹。

我觉得该是痛哭流涕的时候了，可一点儿眼泪也没有。浑身剧烈地抖动，一次次地深呼吸，还是抑制不住地颤抖。有人擦着我的肩膀上楼。我装作若无其事地迈开步伐向车子走去。我想扔掉雨伞，让大雨淋遍全身，冲刷身体，也许也可以冲刷心灵。可我不敢丢掉雨伞，不知道应该丢在哪儿，难道就往路面上一扔。我不敢丢掉雨伞在大雨中行走，会被来往的人用异样的眼光打量。这会比淋雨本身更可怕。

我一边开着车一边想，冲进家门后，我要重重地把门摔上。鞋也不换，我要把拇指大小的摄像头从三个地方拿下来，使劲地扔在地上，用高跟鞋底踩碎踩烂。

我推开门，看见老公坐在桌子边上，看着手机吃着凤梨酥。

“晚上没吃饱？”我一边换上软底的拖鞋一边问。

“嗯，应酬嘛，基本都在讲话。”

我不动声色地把摄像头全都拿下来，握在手心，不知该如何处理。现在没有办法把它们踩碎踩烂，但心里的颤抖、燃烧依然在持续。如果现在还有一只摄像头在拍我的话，会拍到我成熟、稳重、端庄、勤劳、贤惠的样子的，一定。

我第一次看到摄像头记录下的我的样子。画面色彩黯淡，捧在我手中的菜，看不出我精心的摆盘和颜色的搭配。摄像头位置较高，画面上的我看起来腿短、头大，靠近镜头边缘的时候，人被压扁扭曲到变形。我低着头在拖地，原来除了胸部的下垂，面部也下垂得厉害。模糊的镜头下，也能看清这是一个中年妇女的身影。

摄像头自带的内存只能记录三天的内容，再往前的都被新的内容自动覆盖了。我看见我打扫、做饭、看电视、网购，穿着软底的拖鞋在家里巡视，把歪斜的挂钟挪正，把地上一块凤梨酥的屑捡起来，扔进垃圾桶。我看见我和老公坐在餐桌边吃饭，他边吃边滑动着碗旁边手机的屏幕。他偶尔抬一秒钟眼睛，然后继续盯着手机，这个时候是在读手机上的内容给我听。

三天浓缩成精华，浓缩了我三十六岁、四十六岁、五十六岁，甚至七十六岁、八十六岁的所有生活。我擦了一下我的眼泪和鼻涕，意识到这个动作不够成熟、稳重、端庄、勤劳、贤惠。我笑起来，我曾经和一个小男孩儿有过一段刻骨铭心的不伦之恋，但是我们没有被发现。我现在的生活很好，从镜头里看我依然完美。

归　零

2007 年 11 月

困在这里的第七天，我觉得不用这么折磨自己，但与其说是折磨，我认为这是更适合我的生活方式。姜一静彻彻底底地消失了，像是没有存在过。洗漱台上空出了很多地方，镜子前面开阔出来，之前被瓶瓶罐罐遮盖的白色台面映入镜子，反光使得镜子异常明亮，就连镜子里的那个我，也清晰到毛孔毕见。我仔细打量镜子里的自己，显然他与我的身份、地位、性格是相符的。那么让人厌恶的一张脸，一无所有，却要摆出一副冷漠、不可一世的表情。但这不是摆出来的表情，从出生的那一刻起，这副衰败且缺乏情感的表情便伴随着我，伴随了三十年。我掀起眉毛，斜瞄着眼睛，嘴角加上些微笑，玩世不恭，掌控一切的表情。是这样吗？同样的脸上，是另一副这样的表情？但镜子里这样的自己，像掩饰疲惫的强撑，只显得更加滑稽、造作。这让我极度厌恶，如果能够一拳打碎镜子，我愿意这样做。但无能的我，只有镜子这边懦弱、冷漠、衰败的性格。

家里能吃的东西都吃完了，最后一个发芽的土豆，在昨天用水煮了之后，蘸着盐吃下去，非常美味。我想起姜一静做的青椒土豆丝，她会做的菜不多，这是其中的一道。“好吃吗？”她问。好吃吗？还行吧，青椒还有生味，土豆已经软烂。我点点头，没有说话。“你说好吃会死啊，你说句话会死啊！”姜一静说着把筷子拍在桌上离开餐桌。

每当她转身走开，我感到的不仅仅是孤独，更觉得空旷和自在。从出生以来，我就是这么孤立存在的吧。你和我说过，我是个没有同感的人，也就是不能感受到别人的感受。“至少需要表达一下自己的态度吧。”你说。你现在在什么地方？那么随机的相遇，那么寥寥无几的相处，你反倒成为对我来说至关重要的人。我现在就想对你把事情的真相说出来，甚至都不想和我自己说。

等待没有具体的期限，我们没有办法预见下一次见面的时间。但是你总会出现的，这我可以非常肯定。我躺在床上，听见有敲门的声音，当然不会是你咯。除了你，我什么人都不想见。我一动不动，任凭敲门、喊门、踹门的声音一声大过一声。

“刘乐博，我们知道你在里面，快开门！”门外的人大喊。

1987 年 9 月

那天是我第一次有知觉地触碰到你。

课堂上，杨老师把四（5）班的一摞数学作业本递给我，“去帮我把本子放到我办公桌上，谢谢。”对于杨老师来说，这是随机的，因为刚巧我在她旁边，但对于我这个成绩中等、没有好朋友、在班上没有存在感的小学生来说，这样的使命是无上的光荣和信任。

教室走廊上空荡荡的，有的教室里传来集体朗读的声音。我小心翼翼地捧着四十多本作业，像是游离到了世界之外。这种感觉很好，在同学中，他们的谈笑、追闹，似乎永远和我无关。对于他们的笑，我永远找不到可笑的地方。小学生不就是学习吗，为什么要有下课的时间，要有午餐后的休息，要有放学后的结伴回家。我曾经有过朋友吧，会和我一起回家的同学。渐渐地，他疏远我了，他更愿意和那个会做鬼脸、会骂脏话的同学一起走。其实这样也好，一个人安安静静地待在一处，这对我来说非常舒服。

楼梯转角处，我沿着扶手上楼，突然我像是撞到了什么东西。或者说不是一件东西，那是一股迎面而来的力量。那股力量之大，把我推倒，我一屁股坐在地上，手臂条件反射地上扬，手里的作业本哗啦啦飞扬开来。

有的散落在地上，有的顺着扶手的空隙落到楼下，有的作业本打开，像翅膀振翅而飞。

“啊。”我听见一个声音。

“谁？”我问。上下左右看不见一个人。

“谁？”那声音问。

“有人吗？”我问。

“你撞到我了。”声音说。

“是你撞到我了。”我听见声音从我上一级的台阶上发出，却看不见任何人影。

我从地上爬起来，一把揪住那个看不见的声音。我真的抓住了一件东西，是校服上衣的手感。

“你干什么？”声音生气了。“石航，你先去教室上课，我这里出了点儿事。”声音像是在和别人说话，“我也不知道，感觉挺麻烦的。”

我死死揪住声音的上衣，感觉到对方的推挡。面对一个看不见的，或许是人的家伙，我的愤怒没有像以往面对可见的人那样，被握紧的拳头压制住。

“你到底松不松手？”声音压得低低的，大概从他那里也看不见我，以致担心会被别人看见面对着空气说话。

我也有这样的顾虑。但是不知道为什么，我前所未有地可以正常地用嗓音说话了。面对大多数人，我会紧张得把声音卡在喉咙里。即使是回答“嗯”“是”“好”……这样简单的字，我也胆怯地发不出清楚的声音。

“你撞到我了，你把我的本子弄散得到处都是。如果你不撞我，不会这样的。”我把事情表述得明明白白，我觉得委屈、惊讶和痛快，以至于我哭了出来。

“我又看不见你，我要赶去上课，我迟到了！”声音急着想摆脱掉我。

“我也看不见你，但是是你撞到我，我才会把本子弄散的。”

“你看不见我，怎么知道是我弄的？”声音咬牙切齿。

“这里除了你没有别人，就是你弄的。”我不愿意松开手，就像是抓住了一件武器，一件可以让我自由说话的武器，“你要道歉，你要帮我把本子捡起来。”

“我根本看不见什么本子，我都不知道你是不是怪物。你松手！”

我们扭打在一起，这是我第一次和人打架。我哭得痛不欲生，像是把大家对我的不理不睬全部发泄到这个看不见的声音上一样。

我一边抓着他拳打脚踢，一边哭着说：“你不许走，你赔，是你不对……”

“啊——”我听到一声尖叫。

教音乐的汤老师站在距离我十来米处的走廊上，她瞪大了眼睛，粉白的皮肤因为恐惧而涨得通红。

“你，刘乐博……你怎么……你怎么回事……”

她看见我做着揪住空气的动作，对着空气挥舞拳脚，嘴里骂骂咧咧地自言自语，并且流着悲伤的眼泪。她一定以为我疯了，她也像我一样看不见你，她甚至听不见你的声音，而我可以。

走廊的教室里伸出老师们好奇的脑袋，然后冒出同学们震惊的小脑袋。他们看见我红着眼眶，僵死着一副打架的架势，周围一片本子散落的狼藉。我在浑浑噩噩中被带进了校长办公室，很快妈妈也被请了过来。

“怎么会这样呢，我已经给他请神婆驱过邪了。”妈妈带着哭腔说。

“请注意谈话内容，不要在孩子面前搞封建迷信。”校长皱着眉头冷冰冰地说，“这么说，以前有过这样的情况？”

“好多年前了，四五岁的时候吧，也就出现过一两次。”

“于是就请了神婆？要用科学的方法解决问题嘛。”校长严肃地批评道。

“我怎么没带他看过医生啊，市里的两家脑科医院都去过了，什么CT、什么共振，该查的都查了，什么问题都没有。”妈妈急得把手里的包拿起来又放下，放下又拿起来。

“要不要在家休息一阵子啊？”校长忧心忡忡地问。

“那怎么行？不行不行，小孩子哪有不上学的。据我观察也就一天半天的，不会有事的，绝对不会影响到学校的。”妈妈苦苦地哀求道。

原来我和你见过？

记忆一点点拆开，以前太小了，迷迷糊糊地记不清楚。但我想起我见过你了，不，是听过你。

“老伙计。”我像配音演员一样跟你打招呼。

“嘿，老伙计。”你说。

1982年7月

我独自在家，做着妈妈给我留下的暑假作业。妈妈说，就要上小学了，现在再不开始学习的话，一切就都太晚了。我不明白什么太晚了，会晚多久，但我什么也不想说。妈妈说我太内向了，以后能从事的只能是研究之类的工作，其他的工作做不了，所以现在开始就要好好学习，一定要成为成绩优秀的人，不然我的人生就要完蛋了。我很害怕完蛋的人生，所以老老实实地做着作业，直到听见你的声音。

“前方发现敌人，伙计们，是我们大显身手的时候了。”

我听见一个男孩儿的声音，那么清晰，就在耳边。

“你是谁？”我怯怯地问。

“你是谁？”你问。

“你好，我叫刘乐博，今年五岁了。我来自省级机关第三幼儿园。我的爱好是画画、看书和下围棋。”我把妈妈教我的自我介绍完完整整地说了出来。我很奇怪，每当妈妈要我和别人打招呼、做自我介绍的时候，我都说不顺溜。可这次，我一下子就说周全了。

“我也叫刘乐博，我也五岁，不过和你不在一个幼儿园。”

原来是个和我一样名字、一样大的小男孩儿。“那你的爱好是什么？”我问。

“爱好？”你想了想，“我没有什么爱好。嗯……我喜欢看动画片。”

“你妈妈让你看动画片？”

“我没有妈妈。”你说。

“怎么会没有妈妈？”

“我妈妈生我的时候就死了，我和我爷爷奶奶住。”

“那你爸爸呢？”我问。

“爸爸有时候会回来，一回来就带好多好吃的好玩的，我爸爸很有钱的。”

“你爸爸会给你买巧克力吗？”我问。

“当然有巧克力啦，除了巧克力还有肉脯、葡萄干、跳跳糖、夹心饼干、娃哈哈……什么都有。”

那是第一次，我羡慕起你的生活，你有个有钱的爸爸，会给你买好吃的、好玩的，而不像我爸爸因为听见妈妈说，这个没营养、那个幼稚而不给我买。我特别爱吃巧克力，可妈妈会说小孩子不能多吃，作为作业完成得好的奖励，一次可以得到一小格。我会把这一小格巧克力含在嘴里，尽量不让口水碰到它，让它慢慢慢慢地融化，持续地在嘴里散发又甜又涩的香味。

我想成为你，从那个时候就开始了吧。然而事与愿违，我根本做不到。

“我们来玩游戏吧。”你说。

我一直很害怕和其他小朋友玩游戏，因为我怕输。或者说，我就是害怕和小朋友们在一起，害怕和别人做比较，但面对看不见的你，我想都没想就答应了。

“玩什么？”我问。

“我们玩打仗游戏，你周围有什么东西？”

“面前有写字台还有作业本，房间里有窗户、床、衣柜。”

“敌人就要靠近了，我们先隐蔽好。准备好了吗？老伙计？”你发出古怪的声音。

“什么是老伙计？”我不懂。

“动画片里就是这么说的。”

“是，老伙计。”我丢下作业，爬上窗台，用窗帘把自己紧紧裹起来。

“老伙计，敌人已经靠近，你的枪在哪里？”……

妈妈回来的时候，正好看见我披着窗帘从衣柜上往床上跳，嘴里大喊着：“老伙计，我来了，我发现敌人了！”房间里所有的棍状物体都被我拖出来，扔得到处都是。作业本被撕了，团成一只只炮弹。我汗流浃背，连内裤都被汗水浸湿。

“乐乐……”妈妈惊恐地望着我，“你在干什么？你在和谁说话？”

“不好，老伙计，我妈妈回来了。快撤。”

晚上我筋疲力尽地躺在床上，听见妈妈和爸爸说：“这孩子可能精神出了问题，我听见他一直在和别人说话。”

“幻想中的朋友吧，我听说过这种事，可能是太孤单，或者压力太大了吧。”

“你没看到他的样子，非常可怕，好像那个不存在的人就在他旁边一样。”

“你也别太紧张，可能过一阵就好了。”爸爸安慰着说。

“不行不行，我明天一定要带他去脑科医院看看，肯定是有精神问题了。我一直觉得他成天闷不作声的，完全不像个正常的小孩。是不是因为剖腹产的原因，不健康啊。我就说啊，如果坚持自己生的话，可能就不会这样了，唉……”

1977 年 11 月

雷电交加的夜晚，伴随着妈妈痛苦的大叫声，大雨将至。分娩有多痛？或者说分娩之前有多痛？我不知道。产房里暖气不够足，大部分人都没有脱去外套。可是妈妈已经大汗淋漓，一丝丝呈 S 形的刘海粘在脑门上面，她用嘴巴呼呼呼呼地喘着气。

“不行就剖腹产吧。”爸爸心疼地望着在床上扭动的妈妈。

“我能行的，我还能忍。”妈妈咬牙切齿地说。

折腾了十几个小时，妈妈在疼痛里昏睡过去。倾盆而下的大雨把妈妈从昏昏沉沉中拖起，她睁大眼睛，看见旁边围着的护士和爸爸，一台仪器正在检测着她肚子里的我。

“胎位不正，建议还是剖腹产。”护士的语气没有一点儿起伏，妈妈听不出她是真的建议，还是出于赚钱的目的。“需要剖腹产的话到我那儿签同意书。”护士对着爸爸依然没有语调地说。

“我想要顺产。”妈妈执着地说，“顺产的宝宝会聪明活泼，我喜欢聪明活泼的宝宝。”妈妈的声音因为疼痛非常微弱。

“哪来的这种话。”护士一边收拾仪器，一边嘀咕着。

“老公，你要支持我，你陪着我。”妈妈拉着爸爸的手。

爸爸皱着眉头，对于妈妈这种较高学历的无知，爸爸使劲忍让着。

“我去给你买巧克力，”爸爸说，“吃巧克力可以增强体力。”

“嗯。”妈妈虚弱地说，“你快点儿回来。”

爸爸走出病房的门，他不知道他该做怎样的决定，剖腹产还是顺产。最终的决定会导致什么样的后果？爸爸快速地踱来踱去，橡胶鞋底在医院的走廊上时不时擦出吱吱的声音。剖腹产的孩子和顺产的孩子究竟有什么不同？虽然爸爸知道根本没有什么科学依据能证明顺产的孩子比剖腹产的孩子聪明活泼，但妻子不断地强调这个观念，如果剖腹产的话，孩子真的会不够聪明活泼？或在潜意识里认为那是个不够聪明活泼的孩子？走廊尽头时钟上的秒针，一下一下向前挪动，很快就要到明天了。中午过后，进医院时填写的入院手续上，写下的“11 月 22 日”，就像是发生在很久以前，而不是十几个小时之前的事情。

妈妈嘶哑压抑的喊叫声，不时传出病房。爸爸的心紧紧揪起来，即使走出妇产科大楼，走向医院小卖部的路上，那惨烈的喊叫声依然像在耳边。一直以来，妈妈在夫妻关系中占据着主导，妈妈的话是不可违抗的，爸爸觉得如果签下剖腹产同意书的话，必然遭受妈妈的指责甚至辱骂。但现在的情况比日常生活中任何一次分歧都要紧急、严重。爸爸想要回避头脑里最坏情况的发生，母子双亡、孩子夭折，或者……难产而亡，但血腥的场面，和看过的这方面的新闻事件，不断在眼前闪现。“我的妻子会死掉”这样的想法敲击着爸爸的全身，让他痛苦得喘不过气来。她会死掉的，她会死掉的。

爸爸飞奔着冲回妇产科，速度惊人，跑出一条发着光的直线，直线两边的时间被一分为二，我留在这里，等待我一生的命运。

爸爸找到护士，上气不接下气地说：“快……快让我签剖腹产同意书，不用管她，赶紧剖！”

妈妈被推进手术室的时候，她声嘶力竭地喊着，“我要吃巧克力，吃了巧克力就好了，快给我吃巧克力……”

那一声声的喊叫盖过惊雷，像是一个信念从那一秒开始注入我的基因，吃了巧克力就好了，我这么想，可是从来没有好过。

1988年2月

“嗨，老伙计。”你说。

“嗨。”我回应道。之前的几次相遇，对于你的出现我渐渐习以为常。“你出现之前，我会觉得微微有些发热，然后就知道你来了。”我问，“你呢，你是什么感觉？”

“我微微有些发冷。”你笑起来，“开玩笑的，没什么感觉，就是知道你来了。你在干什么？”

“我在看书，”我说，“爸妈走亲戚去了，我实在不想去，就说要在家复习功课。大概我妈也不愿意带我出去吧，又不会讲话，真不知道要讲什么。出去的话，我妈还要经常跟别人说，我的神经有轻微的问题，向人家解释我不说话的原因。你在干什么？”

“泡妞啊，”你得意扬扬地说，“我们在吃冰淇淋，所以微微有些发冷，哈哈。她去上洗手间了。一会儿她回来了，我们就不聊了啊。”

“泡妞？吃冰淇淋？”我有些不敢相信，我们才是初中生，竟然可以约会，并且吃冰淇淋，而现在是冬天最冷的时候。

“巧克力冰淇淋？”我问。

“不是啊，我点的朗姆的，她点的草莓味的。你还真是爱吃巧克力啊。”

“漂亮吗，你女朋友？”我问。

“也不能算是女朋友吧。前几个月不是我生日吗，就是11月23号，她送了我张贺卡，然后向我表白了。”

“等一下，”我叫起来，“11月23号，你说你的生日是11月23号？”

“对啊，怎么啦？”

“可我是11月22日生的啊。”我觉得不能接受。

“啊，原来你还比我大一天啊，要不要喊你哥？”你哈哈大笑起来。

“你难道不是我创造出来的幻想中的朋友？我一直以为我们同年同月同日出生，你也叫刘乐博，因为我不喜欢我的妈妈，所以我就把你设计成一个没有妈妈的孩子。你一直陪伴我长大，我没有办法和别人正常交谈，却可以和你这个幻想中的朋友交谈。我一直在确认你是不存在的，而我对你的友谊却是真实的。幻想中的朋友，会自己设置出生日期？”

“说什么呀，”你不屑地哼了一声，“我可是一个活生生的人啊！什么时候成你创造出来的人物啦？”你大声地喊出来，然后又像是怕被周围的人听见似的，压低了嗓门，“我一直觉得我们能有这样的接触，是因为我们打通了两个平行宇宙之间的通道。”

“平行宇宙？”我想了想，“就是不相交的两个不同的时间和空间？”

“大概吧，大概什么环节出了 bug，我们就这样莫名其妙地能听见对方了。”

“可是我们见不到彼此啊，只打通了听觉的通道，以及偶尔的触觉通道，却打不开视觉的通道？那味觉呢？嗅觉呢？”我一个劲地追问。因为这对我来说不好理解，我或许已经在深层的意识里，把自己界定成为一个有精神问题的人，就像妈妈说的那样，头脑不正常。我会去看一些心理方面的书籍，希望通过书里的内容为我的不合群、冷漠以及出现“幻听”（你的出现）找到答案。一切都是在科学的范畴中进行的，而你告诉我，你是真实存在的，并非我想象中的，我创造出的一个和我同时出生，却有着我没有的或者潜在的开朗性格的虚拟人物。瞬间，你的出现不再是美好的，也许不应该说美好。但之前，当你出现的时候，我会认为那是我潜在的意识、我内在的性格出现了，而现在，你的出现仅仅是另一个平行宇宙的一个与我同名，且年龄相仿的男孩儿，你与我有关吗？仅仅是同名？为什么我们俩的通道可以打通？也许你真的有你自己的那个世界？我有一连串的问题想问。

“别和我说话了，我的妞儿过来了。”你含含糊糊地说，大概不愿张开嘴巴，怕被你的妞儿发现你的异常。

2003 年 9 月

回家的路上，你出现了。“嗨，老伙计，觉得你不太开心啊。”我说。

“嗯，有点儿烦。”你说，“我银行工作也辞了，想创业做网络商圈。哎呀，太难啦，乌七八糟的关系、关卡，这个部门、那个机构，还有基地、技术、运营、服务器、网络资源……什么都是要花钱的呀。后悔了，有点儿后悔了。可银行那种地方我也待不住啊，几个朋友倒还是不错啊，连工资都发不出了，还一直跟着我，如果现在就放弃的话，这大半年的努力也算是白费了，对不起朋友啊。唉……”你深深地叹了口气。

“你还记得我们高考时的事吗？”我站立在彩票投注站的门口。

“记得。在你的那个世界，比我早一天开考。你把你能记得的题目都告诉了我，特别是我最担心的作文。我记得是一个寓言故事。‘在一座小岛上，遍地生长着一种名为两生花的植物。它的花朵迷人芬芳，最为奇特的是所有的两生花都是一蒂双花，两朵花朵亲密无间，却始终朝相反的两个方向开放，永远看不到对方的容貌。尽管如此，两朵花一损俱损，看似互不相关，却又深深相连。花期将尽时，同蒂的两只花朵会极力扭转花枝，在陨落的那一瞬间终于有了唯一的一次相对。一生相连却背对而生的两生花终于在死亡的前夜相遇，双双陨落。’你写的是事物的两面性，具有相辅相成的关系吧。我也是这么写的，不过那天晚上我查了好多资料，论证、论据、名人名言十足。所以高考成绩好得把老师都吓了一跳。谢谢你啊。”你说着说着，像是暂时忘记了资金缺乏的烦恼。多希望我有这样的性格。

“既然我们俩的世界如此高度重合，”我说，“还有些事应该也会再次发生的吧。”

“什么意思？”你问。

“明天的彩票。”

2005年9月

我一直没问彩票中了多少钱，但我知道这几年你买了一辆橘色的路虎，公司租下了整整一层办公大楼，前台又换了一个漂亮妹子。

“我在和另一个舅舅说话啊。”你奶声奶气地说。

“嗯？在干吗？”

“在带小孩儿，小土豆，我堂姐的小孩儿。没事，我们正常说话好了，他三岁都不到，话都说不清楚，不会告状的，告诉姑姑他们也不知道他说的什么意思。”你又变成幼稚的声音说，“舅舅不会讲故事啊，舅舅说的故事都是有颜色的。哈哈哈哈。”你自顾自地大笑起来，“快，告诉我几个故事，要讲什么故事给小朋友听？”

“故事？”我想了想，“可以讲‘卧薪尝胆’‘囊萤映雪’‘闻鸡起舞’‘愚公移山’‘卧薪尝胆’‘悬梁刺股’……”

“够了够了够了，怎么全都苦了吧唧的，小孩子哪要听这样的啊。”你打断我。

“小时候我妈就是说这些故事啊。”

“我跟你说啊，这小子逗得不得了。刚才他把我女朋友文胸翻出来，然后顶在头上，跟我说，‘我是小兔儿。’哈哈哈哈，把我笑死了。”你笑得停不下来，“我跟你说，小孩儿真是好玩得不得了，你说什么他都信，而且嫩得嘛，软乎乎、滑溜溜的，说什么都是口齿不清的，太好玩了。过几年我也弄个小孩儿出来玩玩，”你笑得特别开心，“土豆啊，我讲个故事给你听。从前呢有个人，有一天他嘭的一声变成了两个人。他就问另一个人，你是谁啊？另一个人说，我是我啊，你是谁啊？这个人又问，那你是我了，我又不是你，难道我不是我了？那我是谁啊？哈哈哈哈，笑死了。哎哎，你看哎，哦，你看不到，这小子都听蒙了。太可乐了……”

突然间，我觉得你的笑声非常刺耳。这很好笑吗？这有什么好笑的。偶然的相遇中，我时常听见你的笑声，你觉得什么都很好笑，看什么都很有趣。前台的妹子、马路边的一个人、屋顶上的一只猫、朋友开的按摩中心、吃到了一根疑似阴毛的毛发、一个无聊的黄色笑话……什么都让你兴致勃勃，让你说道个没完。而我为什么没有碰到这样的事情？

也许有，但我看不到。我没有觉得照看一个小孩儿是件让人开心的事情。小孩儿会莫名其妙地哭闹，无论和小孩儿说什么，他们都完全不能理解。在饭馆吃饭的时候，会看到小孩儿吃得满身满脸满手都是油渍，小孩儿的所有玩具都是黏糊糊脏兮兮的，小孩儿做的事情永远是没有逻辑的。

我知道，我有问题。所有的人都在赞赏小孩儿的可爱、纯真，像花朵、像天使。我为什么感受不到，不只这些，春天的美景、秋天的收获，雨过天晴、瑞雪丰年……所有的关于美的事物，在我看来都是言过其实、矫揉造作。我把这些与别人不同的感受深深埋藏心底，我厌恶他们都能感受到相同的情感，而我不能。

你也能够感受到与别人一样的情绪，为什么你可以？你不就是我吗？你不是也叫刘乐博吗？你不也是二十多岁吗？我们不是应该没有差别吗？可为什么你会觉得小孩儿可爱？小孩儿怎么可能可爱，那么无知的一种生物。我听着你阴阳怪气地给土豆唱儿歌，听着你开怀地大笑。我紧紧捂上耳朵，可你的声音来自另一个时空，我在这里捂上耳朵，也无法阻止你高亢结实的笑声穿透耳膜。

“你不要再笑啦！”我大喊着，发现你已经走了。

2007 年 11 月

砰砰砰的敲门节奏声更加紧密，穿插着肚子饥饿的咕咕叫声。“刘乐博，我们知道你在里面，快开门！”门外很吵。现在来点儿巧克力就好了，想到巧克力，嘴巴里流出干涩泡沫状的口水。纯度 80% 的黑巧克力是最好吃的，略显粗糙，一些微小的颗粒感摩擦着舌头表面。甜味在苦味之后慢慢渗透出来，一不小心就失去了踪迹。对巧克力的贪婪就像是从娘胎里带出来一样，除巧克力以外的甜食很少碰，唯独对那种特殊的苦味着迷。但家里却不常备巧克力，在想吃的时候，拼命忍着，像是一种自虐，在想得到苦涩甜味和压抑住这种冲动之间，有一种心悸的快感。但有时候会忍无可忍，就像现在。

我从床上爬起来，拖沓着脚步打开大门。

“我们是宁东派出所的，怀疑你和姜一静的失踪案有关，请跟我们走一趟。”门外的人说。

“我可以去买块巧克力吗？”我问。

警察愣了愣，“现在不行。”

我被带进一间黑乎乎的屋子，除了桌椅只有一盏刺眼的台灯。

“说说看，你这几天的行程。”警察问。

“我……我在家。”

“一直在家？从几号到几号？”

“这个……星期，都……都在家。”

“谁可以证明你一直在家？”

“没……没有。”

警察不停地问我问题，有那么一会儿我开始在脑袋里整理想要说的话，可我知道，我无法面对一个陌生人把事情的来龙去脉说清楚。我恐惧面对真实的人，也不是说你不是真实的人。但你真实而虚幻，承载着我太多的感情和语言。我依赖你、羡慕你、嫉妒你，甚至憎恨你。没有你的存在，我或许能少发现到一些我性格的弊端；没有你的存在，我熊熊燃烧的怒火或许会熄灭几分。是我成就了你，你的成功多少有我的帮助，而你对我呢？你为我做了什么？除了让我在对比中更加的自卑和痛苦，让我的精神问题扩大到极限。请你出现，我的老伙计，我想和你说一些事情，清清楚楚地把真相告诉给你听。

“说说，你和姜一静是什么关系？”警察问。

2006 年 2 月

我把牛奶、黄油在小火上融化，勺子轻轻地搅拌，看着融化的黄油像抽象画一样，在牛奶里拉出弧形的线条，直至消失。之后把可可粉放入，花了很长的时间，可可粉和黏稠的牛奶黄油才融为一体。继续加热到沸腾、黏稠。这时，你来了。

“老伙计，在干什么？”你问。

“做……做巧克力。”

“怎么跟我说话也结结巴巴的了，明白了，送女朋友巧克力是不是？明天情人节。”

“不是女朋友。”我说。

“暗恋？”

“算是吧。”我把融化好的巧克力放置在冰碗上，加入少量朗姆酒继续搅拌，让其慢慢冷却，“刚到我们部门不久的新人。”

“她叫什么名字？”你问。

“姜一静。”

“我们俩的世界果然重合啊，我现在的马子也叫姜一静。”

“你，你不是结过婚了吗？”我诧异地问。

“那就不叫马子，叫情人好不好？有什么大惊小怪啊。”你坏笑一声，“亲手制作巧克力，这个创意不错，那还有什么？”

“还有一张卡片。”

“我是问真正的情人节礼物。”

“嗯？”我疑惑地问，“不是在做巧克力了吗？”

“我靠，你都快三十岁的人啦，你以为你中学生？”

“什么意思？”

“什么年龄送什么样的礼物。学生党那是没钱，送盒巧克力意思意思就行。你都工作了，哥，没点儿像样的礼物怎么拿得出手？”

“那要送什么？”我着急了。

“现在几点？你那里也是七点吗？”你问。

“嗯，六点五十七分，怎么了？”

“立刻出门，找最近的商场，大型商场那种。一楼珠宝柜台，别找黄金、钻石那种，名字洋气的，施华洛世奇、蒂芙尼、宝格丽……经常听我老婆念叨的大概这些名字。别嫌贵，知道你是个小会计，收入一般，但骗到手还是要下点儿本钱的。快快快，赶紧出门。”

“那巧克力呢？要不要送？”我问。

“送，当然要送。是加分项，又暖又有钱，女人嘛，就那么几样爱好，没有什么特别的女人，区别就在于长得漂亮还是不漂亮。按我说的办，放心，没问题的。”

我急急忙忙把巧克力液倒进模具，放入冰箱冷冻，穿上鞋子直奔商场。

一路上，你左叮咛右嘱咐，大方点儿，对待女人要舍得花钱，要让她觉得你把她当成个宝贝，其实不就是想睡她嘛，睡了之后就好办了。你明天先按我教你的，怎么说怎么做，之后有什么问题，我们迟早还是会碰到的，关于女人的一切你都可以问我……然后你像过去那样，声音越来越远，直到消失。

我买了一条项链，合金的，将近三千块。姜一静看到烫着金色LOGO的盒子，红着脸低着头抿着嘴收下。快下班的时候，姜一静轻悄悄地挪到我身边，低声说：“谢谢你的巧克力，非常好吃。嗯，你晚上有什么安排？”

2007年9月

股票页面跳出来的前几秒钟，我的手心里已经攒满了汗。今天再继续跌的话，我大概这一生都将无力偿还。几个月前，你兴奋地告诉我，你买的股票大赚了一笔。我理解的大赚或许和你所谓的大赚不是同一种计量单位。你那么兴奋，为什么你总是那么兴奋，为什么你的命运总有太多的让人兴奋的事情。

“你没买过股票？”你问。

“我没什么多余的钱，而且姜一静花钱实在是大手大脚，工资根本不够用，积蓄也……”突然我停止了对你说话。我为什么要对你说这些，现在的你也许根本无法理解我的窘境。我们的差距已经越来越大，我们已经不是在一起玩儿打仗游戏的小孩儿。或许从刚认识的时候起，你就不了解我。不了解我的压抑和疼痛，你活在你阳光开朗的另一个世界。我们为什么要认识？

“如果有点儿闲钱，还是买点儿股票比较好，作为投资不是很好吗？我跟你说，我炒股也有好几年了，大风大浪谈不上，给你点儿技术性的指导还是可以的。”你的语气竟然带着点儿说教的意味，“要知道主力操盘一只股票的最终目的就是获利，前提就是要让自己的成本最低，同时抬高你的交易成本，这样未来主力的利润才会最大化。所以主力在建仓期总是要反复打压，让你感觉不涨，让你感到恐惧和绝望，你绝望地卖出，其实代表着大部分意志不坚定的股民也如此卖出，结果主力吃到廉价筹码，清洗了浮筹之后一路大阳、涨停板拉升启动主升浪绝尘而去……”

我脑袋里嗡嗡作响，完全不知道你在说什么，就像妈妈给我讲解题目，我捏紧拳头不让自己发出咆哮。你走了之后，我很久才缓过神来。虽然对你说的云里雾里，但意思应该就是跌的时候一定要稳住，一卖就让主力得逞了。只要挺住就可以赚钱，是不是这样？买股票可以赚钱，我现在多么需要钱。

我挪用单位里的公款买了股票，我很想让你告诉我买哪只股票，我为什么在你出现的时候不问问你。我漫无目的地挑选了三只股票，也许股票代表着我的命运，一路狂跌。我相信你说的，要挺住，不让主力得逞，这样才能赚到钱。这一挺，几个月过去，亏空越来越大。

电脑屏幕上，“自选股”页面一片深绿。我知道我完蛋了，就像妈妈说的，“再这样下去你就完蛋了。”已经不需要再这样下去。

为什么在我身上发生的事不能在你身上重演。我多么希望你像我一样的衰败、一样的灰暗。我想要见到你，我会告诉你一只跌到死的股票，和你说，赶紧买这只股票，我这里在大涨，明天你那里也会大涨的。我想要你像我一样的一无所有，我想要你死。

2007 年 11 月

从审讯室出来的时候，双腿不受控制地颤抖，歪歪倒倒地不能正常行走。过了好几个日夜吧，外面的阳光刺得人睁不开眼睛，眼前白花花一片，物体只有模糊的轮廓。我摸摸衣服内侧的口袋，还好，最后一块巧克力还在。

你快出现吧，被警察逼问的时候，我真的快撑不住了。我想见到你，看看你是一副什么样的嘴脸。你就是我，我就是你。三十年前那个风雨交加的夜晚，由于我们爸爸的犹豫不决，产生了两种不同的后果。我们的妈妈在 11 月 22 日与 11 月 23 日的临界点，24 点前她剖腹产下了我，24 点后顺产生下了你，于是，我们的世界被划分开来，在那一刻，平行的世界产生了。我的世界里，我的妈妈活着，她对待内向、害羞的我，像高高在上的神，指责、挑剔、压制、掌控。而在你的世界里，开朗的你无拘无束地生活在那个宽松的环境中。你有真心爱你的爸爸、忠心耿耿的朋友、成功并上升的事业，还有被你玩弄的女人。而这一切，是我做梦都想要得到，却永远无法拥有的。我明白，这不是你的错，是我的失败，衬托出你的幸福。反之，是你的光芒对比了我的阴暗。我想看见你，看你有多得意多风光多灿烂开朗。

“嗨，老伙计，在干吗？”你轻松的声音又出现了，“我这儿可出大事了，我这里的姜一静失踪了，你那里的怎么样？她闺蜜、父母都找到我，说失踪有一个星期了，问我要人，我哪儿知道她去什么地方了。我也算心地善良，只好帮着找呗。就开着车这么漫无目的地兜，可这也不是办法啊。正好陪我聊聊。”

“好的。”我说着把口袋里的巧克力拿出来含进嘴里，口腔里立刻充满着香气，我忍着不去咀嚼，好让它慢慢慢慢地释放，我还需要一点时间。

我转身再次走进公安局，对刚刚审讯我的警察说：“我全部交代。”

“交代什么？”你问。

我坐下，两名警察在桌子对面与我对视。

我对你说：“一个月前，我发现姜一静对我躲躲闪闪，我觉得她想和我分手，或者是有了别人。”

“你们又没结婚，分分合合，今天这个明天那个也不是什么不得了的事情。”你似乎是在安慰我。

“你知道我为她花了多少钱吗？从珠宝首饰到化妆品，还有那么多的衣服、鞋子、皮包，你知道一只包有多贵吗？你当然知道，你最擅长用这些东西骗女人。当然了，你比我有钱得多。我听了你的话，只要她一说，我立刻就买。这一年多，我花光了我所有的积蓄。之后我用公司的钱买了股票，我以为我可以像你一样大赚一笔。可是股票一直在跌一直在跌，已经亏空两百多万了，我已经完蛋了。”

“怎么会这样，是我错了，不应该和你说股票的事。”你的声音在我耳边响起。

“不是你做错了什么，只不过你的存在就是错误。”我咽了一口唾沫，嘴里的巧克力已经完全融化，又甜又涩。

“什么意思？”你问。

“于是，我跟踪了姜一静。我想看见她和别人约会，对，我一直有自虐的倾向，我喜欢让我难受的东西。我就是自找，我明知道她已经不愿意和我在一起了，我明知道她有了别的男人。可我就是想要看看。”

“何必呢。”你说。

“我一直跟踪她，直到看见她和一个男人进了一家餐厅。也许事情到这里就该结束了。对啊，男女之间分分合合，今天这个明天那个也不是什么不得了的事情。我用我的积蓄换了她一年多的陪伴，我们了断了，算清了。”

“就是嘛。”

“可是，我喜欢自虐，我想看看他们怎么亲热、怎么聊天，吃什么、喝什么。就想让自己的心脏一阵一阵地疼痛，就像小时候妈妈说，‘你这样就完蛋了’时的那种感觉。

“我把口罩戴上，连帽衫的帽子戴上，在闹哄哄的餐厅里溜到他们旁边一桌。我和他们背对着背，我能清清楚楚地听见他们说话。”

“姜一静说了什么刺激你的话吧？”你问。

“不，我不记得她说什么了。”

“哦？”

“但是，我听见了那个男人说话的声音。突然间我像是被拧住的心脏彻底碎掉。那个声音和你的声音一模一样。”

“还有这种事？”

"除了声音，语调、语气，那种玩世不恭，那种感觉可以掌控一切的口气，还有哈哈哈哈大笑的声音，就在我身后。我以为是你，但我知道那不是你，可是我又不能不把他想象成你。

"你知道吗？我一直在羡慕你、嫉妒你，我们是存在于两个时空的同一个人，我们该像双生花那样，同时含苞，同时绽放，同样的绚烂。可此时此刻，我们俩同样的此时此刻。我坐在一间阴暗的屋子里，你开着跑车在大街上游荡，但你的公司还在为你源源不断地赚钱。一朵苟延残喘，一朵妖娆怒放。

"我无法容忍你的存在，我把怒火发泄到姜一静身上。我不能容忍我的女人，或者说我曾经的女人爱上你，即使是你的替身，哪怕是一个和你声音一样的人。

"上个星期一，我把姜一静约到江边。她说，'我们分手吧，我不能忍受成天和一个几乎不说话的人在一起。而且你没有朋友、没有任何爱好和娱乐，你为什么要活在这个世界上。'

"我同意了，我说分手前再吃一颗我做的巧克力吧。我把掺了毒药的巧克力递给她，她想也没想地吞了下去。你去江边找找吧，但尸体应该早就漂走了，我也不知道她在哪儿。这一次我帮不了你什么忙。"

我觉得胃里像刀绞一样痛，表情就像姜一静临死前一样痛苦。

"他好像是在和另一个人说话。"一名警察对另一名说。

"人格分裂？那样会影响判刑呀。"

警察话音刚落，我嗷地吐出一堆白沫。

"救护车，快叫救护车……"我觉得飘飘忽忽，耳边你呼喊的声音像被呼呼的大风吹散，我似乎听见妈妈说，他精神有问题啊，这不能怪他，他有精神病啊……声音越来越模糊，越来越模糊。

我感到前所未有的轻盈，像脱去了躯壳般的自由，温和的风，干净的气味，展开的双翅。我终于飞出笼罩了我一辈子的穹庐，更为重要的是，我即将看到你，看到你真正的模样，看到你死亡的模样。

籍秋古镇

每天晚上，我都会为女儿读个小故事，“三个士兵疲惫地走在一条乡村路上。他们又累又饿，事实上，他们已经两天什么东西也没吃了。”

女儿睁大眼睛聚精会神听的样子十分可爱。

“当三个士兵接近一个村庄时，村民忙开了。他们知道士兵通常是很饿的，所以家家户户都把可以吃的东西收藏起来。饥肠辘辘的士兵们想出了一个绝招。他们向村民们宣布，要做一锅石头汤。好奇的村民们为他们准备好了木柴和大锅，士兵们真的开始用石头煮汤了。当然，为了汤的味道更鲜美一点，他们还需要一点作料，比如盐和胡椒什么的……当然有一点胡萝卜会更好……卷心菜呀、土豆呀、牛肉呀配一些也不错。”

我顿了顿，女儿焦急地问：“后来呢？”

“后来，”我指着绘本上的图画说，“最后，一锅神奇的石头汤真的煮好了，好喝得连国王都可以喝了。”

“妈妈，你喝过石头汤吗？”

“我……”

“妈妈妈妈，你别睡啊，醒醒啊。”

我从乱七八糟的梦里醒过来，发现口水流到半倒着的副驾驶的椅背上。我偷偷擦了擦嘴角，又不动声色地用后背蹭去椅背上的口水痕迹。我看了看正在开车的林老师，他扭过头看我。我微微笑了笑，不知道有没有被他看见我流口水的尴尬画面。

“最近工作不顺利？”林老师问。

“啊，你怎么知道？”

“一直皱着眉头说梦话。”

“我说什么啦？”我坐起身子，把放倒的靠背调直。

“‘不行不行，根本没有可行性，预算也超出了……’大概这些。”

我想是梦到昨天晚上，我把做的报告打印出来修改，越看越不满意。内容就不说了，遣词造句也一股浓浓的学生腔，真不知道怎么能写出像同事那样超酷的报告出来。

“能力差呗。”我叹了口气。

“还是这么不自信。”林老师轻轻地说。

“我们到哪儿了？”我问。

“如果我告诉你，作为地理老师，我迷路了，你会不会笑话我？”

“什么嘛。”我笑了起来。

“是真的，从上一条盘山路出来以后，GPS 就完全失灵了。”

“那我们要去的籍秋古镇在什么地方？”

“应该是往西，但现在阴天看不见太阳，不过从植被的生长来看，就那个方向了。”林老师指了指左前方，“现在就这一条小道，顺着走，碰到人再问吧。”

真是，我心里嘀咕着。从早晨八点多开车到现在快两点，就是为了不被熟人发现的约会。林老师是我高中时的地理老师，那个时候莫名其妙地喜欢地理课、喜欢他。搞不清是因为喜欢地理课而喜欢他，还是因为喜欢他而喜欢地理课。但同学们却没有我这样的感受，甚至觉得林老师是一个烂乎乎脏兮兮的老男人，地理课也乏味无趣。

我看了看林老师的侧面，发际线后退，剩下的头发也都油腻稀疏。车里散发着一股浓重的老油气味。说不上难闻，却实实在在飘散在车里的空气中，就像一栋砖木结构、百年以上的老房子。车子也是够破，吭噔吭噔地在乡村小道上跑了四五个小时。硬邦邦的座位把我的屁股颠得发疼。

小道漫长，看不见尽头，路边尽是相似的深秋景色，不觉有些犯困。突然林老师伸出右手，一把抓住了我搁在腿上的左手。我一个激灵，完全清醒了。我这才真切地意识到，答应和林老师出来，就已经做好了和他发生关系的打算。真的做好准备了吗？

我缓缓抽回手，是啊，就像完成高中时没有完成的心愿。情窦初开的少女总会有一个想象的对象，那个时候想象不偏不倚地落到了林老师头上。他不优秀，甚至看起来的确烂乎乎脏兮兮，但既然已经决定了，况且车已经开出四五个小时，没有办法回头了。

“哎，你看，前面有村子，也许已经到了。”林老师指着给我看。

眼看着村庄就在半山腰的雾气中半隐半现，车子的发动机却突然停止了工作。林老师赶紧踩住刹车，车子在这条僻静的小道上不动了，而且再也没有动。重新启动了几十次，完全没有反应。林老师打开前车盖，也看不出哪里出了问题。

“叫拖车吧。”我说，突然反应过来，这里没有信号，“电话信号也没有吗？”我拿出手机看了看，屏幕显示时间的数字跳了几下，之后全屏呈现密集的黑色圆点。什么情况？我看看林老师，他举着他的手机对我摇摇头，屏幕上也满是黑点。

我们只好弃车，背上行李包步行向村庄走去。山林间的秋叶可谓美艳。杏黄、火红，我像是出生以来第一次如此近距离地接触到满目的秋景，皮肤像在浓郁的色彩中被染上了凄凉的暖色。大概是从那一刻起，有什么东西渗透皮肤，进入到了血液，林老师也是这样吧。或许是我胡思乱想，但这以后，我们被我们熟悉的城市抛开了，然后很久很久我们都没回去。

“你醒醒，喂，醒醒……”我被韩方修推醒。

“嗯……”我迷迷糊糊睁开眼睛，看见韩方修睡在我右侧。虽然还没结婚，但我觉得迟早会的吧。他是那种看上去可以信赖以及理解力较高的人。

“你知道林老师去哪儿了吧？”他问。

“你什么意思？”我突然清醒了，“不知道你在说什么。”

“你不知道我在说什么，可我清清楚楚听到你在说什么。你说，‘林老师，我们离开这儿吧，这儿不对劲。’你知道他在哪儿对不对？”

“我不知道！”我清楚自己又说梦话了。

林老师的老婆过来问了几次，她查到林老师失踪之前和我有过几次通话记录。我一口咬定我和林老师只是通话，除了上次高中同学聚会，我们没有见过面。我一直重复着，我和林老师没有单独见过面，没有单独见过面。

“也许我说了关于林老师的梦话，那还不是因为林老师的老婆总是来骚扰我，不过是‘日有所思，夜有所梦’罢了。”因为我和林老师是不正当的关系，不可以承认。所以我没有单独见过林老师，没有单独见过林老师。渐渐我发现，我似乎真的没有见过林老师。那个深秋的古镇，不过是我的一个梦，梦里面有一个和林老师长得相似的男人。他是我少女情怀的一个投影，一个虚构。

我和林老师没走盘山公路，觉得走山间小道会更快到达村子。山坡比远看起来陡峭得多，林老师走在前面，时不时拉下我的手或小臂。到达中途的一个缓坡，我们停下来，大口地喘气。

“是不是阴天的关系，雾蒙蒙的像做梦一样。”我伸手摘下一片枫叶，哒的折断声，清晰地传进耳朵。“这里好安静啊。”我深深吸了口潮湿的空气。

“如果我说地理老师喜欢诗词的话，你会不会笑话我？”林老师问。

“我保证能猜到你现在想吟什么诗。”我笑起来。

“你说。”

“停车坐爱枫林晚，霜叶红于二月花。”

“哈哈哈哈。”我们一起大笑起来。

一路上我们没有什么对话，不过是“小心”“看那棵树”“快到了”……我使劲想回忆上学时和林老师有关的事情，可以当作话题的共同经历。可我寻找不到他成为我少女幻想的原因，感到记忆一片苍白。

村庄的轮廓越来越近，可依然笼罩在氤氲雾气中，连呼吸也变得缥缈，遍寻不到现实感。又走了大约十多分钟，一株似乎代表着崇高、传统、准则、保守、愚昧……的巨大榕树出现在面前。我嘲笑自己为什么要给一棵树加上众多定义，前方的村庄有着不容侵犯的姿态，让人不愿踏入，也不想接近那棵树。

特别是榕树下，一尊石马的雕像，马头清晰可辨的鬃毛和雕刻得细致入微的双眼皮，马身曲线柔软，却因为暗灰色的石材，有着奇特的冲突和不自然。

“好奇怪的感觉啊。”我喃喃说着。

“天气不好的原因吧。”林老师拉起我的手，“先找到人再说吧。”

我们踏进了这个从汉代开始，就以石刻著称延续至今的籍秋古镇。

再爬上一个小土坡后，便出现了青石板铺陈的小路。路边丢弃着很多雕刻着传统图案的石块和类似井沿、石锁，或不知道用途的大石块。有的相对完整，有的四分五裂，有的上面已经长出高高的植物。人家也渐次出现，多是石头建造的古朴建筑。照壁、院落、房屋……一律是渗透了十足水气的深灰色。

一口水井边的地面异常湿滑，一个老奶奶捧着一盆衣服，小心翼翼地走下来。老奶奶的脸上、手上全是像刀刻似的深深皱纹。不知是因为负重，还是年纪的原因，就像即将飘落的枯叶，整个人颤颤巍巍。

“你好，”林老师客客气气地问，“请问镇上的酒店，呃，客栈，不是，旅馆在哪里啊？”

老奶奶抬头看看我们，目光直直地落到我的脸上。

“姑娘脸上的轮廓线条真好看啊。”老奶奶答非所问。

“请问……”林老师提高了嗓门。

“住店啊，”老奶奶说，“过了前面那个路口，看见一座挂灯笼的房子，转进房子旁边的巷子，穿过巷子就是，一直往西，招待所就在废弃的石雕场最西面了。”

我们谢过老奶奶继续向前走，很快看见那座挂灯笼的房子。所谓灯笼，已经破败到千疮百孔，只留下淡粉色的曾经是灯笼的印记。

转进巷子，林老师说：“果然是雕刻之乡啊，连这样的老人家都知道轮廓、线条这些。”林老师看看我，“不过，真的是好看啊。”

我突然感到脸红，也因为脸红这件事而脸红，像情窦初开的小姑娘，实际上已经和韩方修谈了两年多，大概快结婚了。

行走在落叶的青石小路上，我和林老师的手握得紧紧的，即使是和韩方修，即使是热恋时期，也没有人这样握紧过我的手。我希望这不是林老师的一往情深，只是他单纯的生理上的欲望，因为现在的我感到瑟瑟发抖，想要赶紧完成任务，赶紧回家，离开这个阴森森的地方。

小巷窄到展开双臂，指尖可以触碰到两边房屋的墙壁。我真的这样做了，展开胸、肩，尽量延伸手臂，左右手的指尖抵住湿漉漉的灰色石墙。林老师微笑着靠近我胸口，我突然间迷茫在一片温热中。林老师单薄的身体，竟然充满热量，暖融融的，让我一个劲地向前抵住他的身体，直到把他抵在潮湿的石墙上。

我记得第一次和韩方修接吻的时候，已经靠得那么那么近了，却始终没有最后接触到一起的勇气，像隔着一公里那样的一厘米距离。即使最后吻在了一起，却还是能够感受到彼此，感受到他的嘴唇，他的鼻子。

我和林老师紧紧地接吻，像衣服上的撕拉粘一样。一边是密密麻麻的弯钩，一边是密密麻麻钩住弯钩的拱形。像发泄学生时代没有发泄出的情绪，那个时候就想象这样紧紧勾住林老师的脖子，死死地把他固定住。就像忘记了一切，连脑浆都在温热中融化。直到很久以后，我们俩一起深深地叹了口气。

“走吧。”林老师说。

我跟在他后面，看见他的背包上，因刚刚被压在潮湿的墙壁上，而呈现出一块近似圆形的水迹。像是一张表情怪异的人脸，轮廓模糊，线条扭曲。

窄巷出来，眼前豁然开阔到眼睛不能适应。巨大的废弃石雕场，嗖的一下落在眼前。各种大型的雕像、石块、残缺，与灰蒙蒙的天空呼应着填满整个视线。我不自主地发出“啊”的惊叹，其壮观是因为充斥着人工的痕迹，却又像是几千年天然形成。

各种人物雕像，完全没有规律。左边是唐代刻画宽袖舞动的飘逸，右边却是母子牵手，像街心公园里的和谐主题的装饰品。更多的是断臂缺腿的残次品，或被雨打风蚀的残存部分。种类丰富到无法想象，石刻的宇宙星球、万圣节的鬼怪幽灵、微缩的高楼建筑或真实建筑的局部、人体器官、现代化的电器用品、精密器械、繁杂的交通工具、单独的字句或成篇的书籍长卷……更多的是表情扭曲、四肢残缺的人像。就像是几个世纪被定格，然后胡乱堆砌在一大片的空地上，层层叠加，有的甚至高达十来米。

“如果我说，这和我想象的世界非常接近，你会不会觉得我很可怕？”林老师问。

我尴尬地笑笑，实在不知道怎么回答。后来我回忆这个震撼的画面时，始终看不到我当时看见的那个角度。大多数时候，我只能看见像航拍一样远远的高空镜头。我身穿灰紫色的抓绒外套，像一个小点，站在采石场的最东边。与东倒西歪的大型石刻相隔对峙，又像一幅整体似的色调融合为一体。林老师呢？那个时候林老师在哪里？回忆的画面里我看不到林老师的身影，就像我独自面对一整个世界。

“直线没有办法穿过去呀。”林老师说。

我们只好沿着采石场的边缘向西，但实际上，它没有完全清晰的边缘。我们踩着滚落下来的石刻人头、支离破碎的颜体石碑、停滞的巨型钟表……步履艰难地爬行。

找到镇上旅馆的时候，已经将近晚上十一点。

“师傅，醒醒，住店。”林老师推醒裹着军大衣，睡在前台边长沙发上的值班员。

“嗯，嗯——”师傅含含糊糊地爬起来，紧了紧身上的军大衣，抠了抠眼角的眼屎。“噢，身份证。”师傅伸出手。他的手掌粗糙干裂，一条条像是刀划刻的僵硬掌纹。

“这个镇上人口不多吧？旅游的也不多吗？过来的时候没碰到几个人。”林老师问。

“镇上人不少，好几百个呢。”师傅一边抄着身份证号码一边说，“旅游？这个季节哪会来这儿旅游，这两天就降温了，你们也真会挑时间。”

“看天气预报没说要降温啊。”林老师看看我，“你带的衣服够不够？”我摇摇头，扯了扯袖子，“这件是最厚的了。”

“不怕。”林老师搂了搂我的肩膀，又是一股暖意袭击全身。我慌张地意识到，我始终在等待林老师触碰我，就像这辈子如果没有林老师的触摸，我或许会死不瞑目一样，也许从上他的地理课开始就有了类似这样的感觉。

拿了钥匙走进房间，我竟然幻想着我被抵在门后的狂吻，相互疯狂脱掉对方的衣服，一路散落的衣服延续至床边。可我们还是按部就班地用电热水壶烧了开水，泡了带来的方便面，等着面泡软，然后稀里哗啦地吃完了整碗的面条，喝完了最后一滴面汤。

我洗澡的时候，林老师悄无声息地进了卫生间。隔着玻璃的水汽，林老师看起来就像油画色块堆积的平面。我用手抹开玻璃上的水雾，看见林老师慢慢地脱掉外套、长裤、秋衣、秋裤和内裤。

我就是在等待这个时刻吧，我曾经痛恨自己为什么渴望和一个没有任何突出优点的男人做爱，这种欲望把我折磨得死去活来。他会介绍全国矿产资源的分布，会讲解八大行星的运行，会分析水循环的过程……仅此而已，一个地理老师正常不过的课本知识。但现在什么也想不起来，他只是一具肉体，男性器官凸显。多年以后，课堂以外，能看到灰蓝色外套和旧恹恹牛仔裤里面的肉体，我浑身柔软下来。一路上满眼的石块像岩浆一样融化，我拉开淋浴的玻璃门……

我们躺在标准间的一张窄床上。“你知道，我就要退休了吗？”林老师问。

我点点头，抚摸着林老师宽宽的肩膀。我没有料到第一次和林老师做爱，却像与对方熟知很久。抚摸着林老师的松弛却光滑的皮肤，感受着节奏平稳却自然舒畅的过程。我想确定这不是一个我创造出来的男人，当然不会是，何必创造出这样一个不完美的男人，有太多太多可以说起的缺陷，但对于我来说，这是多么的完美。完美到我不需要承担与他相处的责任，不需要一点点的造作和掩饰，只在这一刻享受它的完美，我希望它更持久和漫长，但还是会结束，但已经足够完美。

回去之后的很多夜晚，没有林老师的夜晚，我会在黑暗中睁开眼睛，最大限度地回忆林老师支撑在我的身体上方，回忆他摩挲我的背脊。我知道时间过去越久，回忆就会越淡。我希望通过反复复习可以记住他的味道，他手指的触感，他带给我的浑身瘫软的松弛。这其中一定有了再加工，因为我已经无法确认和林老师在一起是什么样的状态，也更加不确定，林老师是一个活生生的人。

早上起来，我和林老师在旅馆前台旁的一张桌子上吃了粥和一种夹了霉干菜的烤饼。屋子里已经变得冷飕飕的了，昨晚那个穿军大衣的服务员说，半夜开始降温的。也许是因为一整夜都和林老师紧紧抱在一起，相互取暖，丝毫没有感到降温。但现在热乎乎的粥喝到一半，剩下的已经变得只有温热。

“附近有卖衣服的地方吗？”林老师问服务员。

“没有。”服务员干脆地说，“是不是嫌冷？我这儿有一件我老婆放这儿的棉大衣，要不给这姑娘穿起来？不过就这一件。”

林老师接过棉大衣递到我面前，“穿起来吧，别冻感冒了。”

我看了看这件灰不溜秋的棉衣，毫无式样可言，好在凑近闻了闻没有什么难闻的味道，只有一种像石灰的气息，并不让人讨厌。我套上棉衣，觉得自己像一只笨拙的灰熊。

林老师说：“我回下房间，把能套上的衣服都套上，冷得真是有点儿吃不消啊。”

林老师回来的时候，滑稽的样子让我扑哧一下笑出来。大概是在里面套上了所有的秋衣秋裤，皮衣里面还有一件牛仔外套和夹层的夹克，整个身体看起来绷绷的壮壮的，衬着一颗发际线特别高的脑袋，浑身都是喜剧效果。

我走上前，挽起林老师的胳膊，看看他看看自己，悄悄地对林老师说：“看起来很般配啊。”

林老师忍着笑，转身又问服务员，“镇上的汽车修理行在哪里啊，我们的车在山下坏了，能不能找个修车师傅看看？”

“我怎么知道修车行，我又没有车。”服务员硬邦邦地说，“不过，你可以到镇委会问问，那里还有个展览馆可以参观下。”

我们打听了去镇委会的路，裹紧衣服出了旅馆大门。

一夜之间，树叶全部掉光了，光秃秃的树枝张牙舞爪地扭曲成各种姿态。阳光倒是不错，却被呼呼的大风吹得异常稀薄。所有的青石路面和墙壁变成了干燥的淡灰色，像蒙上了一层灰霾，随时就要干裂开来。

镇委会的牌子像墓碑一样竖立在一栋石头房子的前面，我和林老师进去后才发现，房子没有门。

“林老师！”突然坐在房子里的一个人叫起来。我和林老师在眼睛适应了屋里的昏暗之后发现，镇委会里的一个工作人员竟然是我的同班同学于万阳。我慌忙把牵着林老师的手松开，但我想这并没有逃过于万阳的眼睛。

“林老师，张……张琪？”于万阳有些惊讶地看着我们，“噢——你们……噢噢。”于万阳很快恢复了乡村干部应有的语调，“你们是来旅游的吧，欢迎欢迎，你们俩……没什么没什么，上学那会儿就有点儿看出来了。”

既然在这偏僻的地方出现，既然是我和林老师牵手而行，什么解释都没有办法掩饰了，不如就大大方方地面对好了。我对于万阳笑了笑，反倒林老师紧张兮兮地说：“不是不是，我们正巧……不是你想的那样。”

我想着和林老师一整晚相拥而睡，以为的温存、感情，不过就是两个人在黑暗里见不得人的龌龊行径，心里有了些别扭难受。

“嗯，你现在在这里工作？”林老师问于万阳。

“对，小小的书记而已，主要是管理镇上的人各司其职。大学毕业后就过来了，大成绩没做出什么，不过大家也都安居乐业。”于万阳笔直地站立着，相比较上学时缩头缩脑的样子，有了一点儿事业有成的样子。

那时我记得于万阳似乎追过我，虽然我不能确定，但他总喜欢拉着我和我谈未来。他说他读完大学后想考公务员，去做大学生村官。那几年“大学生村官”这几个字，带着一种莫名的神秘。我根本无法想象，一个外地的大学生可以把握好农村里那种错综复杂的裙带、人际关系。

我记得我有个远方的农村亲戚，她说话简直就像《红楼梦》里的平儿，“奶奶的那利钱银子，迟不送来，早不送来，这会子二爷在家，他且送这个来了。幸亏我在堂屋里撞见，不然时走了来回奶奶，二爷倘或问奶奶是什么利钱，奶奶自然不肯瞒二爷的，少不得照实告诉二爷。我们二爷那脾气，油锅里的钱还要找出来花呢，听见奶奶有了这个体己，他还不放心的花了呢。所以我赶着接了过来，叫我说了他两句，谁知奶奶偏听见了问，我就撒谎说香菱来了……”光是这错综的繁杂关系，就把我弄得晕头转向，不觉得于万阳可以弄得清楚，不过现在看来，他真的做到了。

“林老师我带你们到处逛逛吧。”于万阳说。

我悄悄把冻得冰冷的手伸向林老师，却被他挡了回来。我一点儿也不想在这里闲逛，这和我想象的浪漫旅行完全不同。我只想立刻回到旅馆，或者赶紧修好车回家。

于万阳带着我们走了将近十分钟，到了镇上的展览馆。展览馆里阴森森的，陈列的巨大石头发出狰狞的寒光。是不是所有的展览馆都像魔窟一样昏暗、阴冷？

“从汉代起，这里就是一座开采石头的山，这里的石头具有雕刻性、坚韧性、石材性，石材性主要是指体积够大，”于万阳滔滔不绝地介绍着，“以及艺术性，它具有艺术创作所需的颜色、光泽和相应的纹理……”于万阳指着一排半人高的石块自豪地说，“这些就是我们这里产出的石头。”

我根本无心听他讲解，只觉得冷到骨头里。

“我出去晒晒太阳，在外面等你们。”我说着向外走。

“也好，我再慢慢看一会儿。”林老师没有回头，眼睛专注在石头上面。

已经完全是冬天的景象了，满眼灰色，包括穿着灰不溜秋棉衣的我。太阳蔫蔫地照耀，一副敷衍的态度。展览馆门前，一张藤椅被风吹日晒得破败，接缝处好多断裂，但颜色异常深邃，青褐色中透出暗黑的酒红色，像血液灌注而成。

我掸了掸椅子上的灰，一屁股坐上去，细细感受阳光微弱的暖意。我越来越厌恶这个地方，特别是和林老师做爱过后。我承认，那是令人愉悦的体验，但仅此而已。或许是我想要的太多，但明知道不可能有更多。现在我的目的已经达到了，好了，现在可以让我回去了吗？

正想着，一只猫不知从哪里蹿出来，轻手轻脚地踱到我脚边，在我的小腿上来回地蹭。真是一只让人开心的小家伙，肥嘟嘟的，也许是野猫，但橘白相间的花纹干净油亮。它并不认生，眯着眼睛抬头看着我，打了一个特别大的哈欠。嘴里尖锐的牙齿全部暴露出来，一瞬间显出野性的张扬，嘴一合上，又是一副软萌的姿态。

我拍拍大腿，示意猫咪上来。它果然腾地一跃，力度平稳地落在我的大腿上面。就像为了让我抚摸而存在。触摸到猫咪脑门的时候，它那一副享受的表情把我给逗乐了。我一下一下地从头顶顺溜到尾巴，心里就像蜷缩在棉花云里一样，膨胀到要化开。困意不知不觉地上来了，迷迷糊糊像看到我搂着我的女儿，温柔地在给她讲故事……

“哈哈哈哈……”我被笑声惊醒，睁开眼睛，看见两个黑影逆着光站在我面前。

“坐着也能睡着？”林老师笑着说。

“这画面真好看呀。”于万阳转到我左边，又绕到我的右边，把不大的眼睛瞪得大大的，“真好看，就像一座雕塑作品。别看我是学文科的，这些年在这儿天天看石头、看雕像，我也懂一些的嘛。《少女与猫》，这个名字怎么样？漂亮，真是漂亮。”

猫受到打扰，蹿下地面缩到了墙角。我没有搭理于万阳，拍拍裤子上粘着的猫毛站起身，“林老师，车子什么时候能修好啊？”

“车子？噢，对，车子。小于，你们这儿有修理汽车的吗？”

“镇上是没有啊，得跟着运石头的大车下山，就是我跟您说的开采石料那儿，有大车来运石料，下了山肯定会有的。”

“噢，挺不方便的啊。”

“是啊，林老师。不过你不是说想在这儿住一阵子嘛，那就不着急了。”

“怎么不着急。”我嘟囔着，心里责怪林老师为什么对回不去一点儿也不紧张。我很想对他发火，却碍于于万阳在场憋在心里。

中午，我们在于万阳的办公室吃饭，简单的两个菜，两人竟说要不醉不归。

“你也一起喝一点儿嘛。”林老师已有了些醉意，拉着我把酒杯递到我面前。

我扭过头，越发地不高兴。我想要和林老师像度蜜月似的腻在一起的感觉。我想象着我们牵手在风景如画的景区，像情侣一样避开人群接吻，我们轻声笑着开一些暗示性的小玩笑相互挑逗，我们迫不及待地回到酒店，一次又一次地缠绕住对方的身体。

可是眼前的这个男人，一杯接着一杯地灌下白酒，从脸红到指尖，高高的额头上渗出可见的点点油心。他大声地说着话，左边嘴角积着一块白沫。

“你说是不是，我教了一辈子的地理了，我从来就没和土地打过交道。我那教的是什么地理啊，就是照本宣科，就是误人子弟。我跟你说我对那种生活早就厌烦透了。你知道是不是，你能看出来是不是，我那个时候就是喜欢张琪，怎么样，我就是选她当地理课代表。人家不愿意。我能怎么样？我是人民教师，我这辈子都是人民教师。我要当农民，我和你说的是认真的，明天，是不是明天，你告诉我，什么时候，几点集合，四点半？我去。你知道什么，我力气大得很呢，我浑身都是精力，我发泄不掉，找女学生？开玩笑，我是人民教师。我能干那种事吗？我明天一定去，我老当益壮，我喜欢这儿，真的，我就想过这种日子……”

于万阳戳戳我，“你搀林老师回旅馆吧，他说明天要和村民一起去开采石料，四点半在这儿集合，别忘了啊。”

“你赶紧找人把我们车子修好。”我冷冰冰地丢下一句，架着林老师吃力地站起来。林老师比我想象的轻很多，但一路走回旅馆房间，我已经累得散了架。

我手一丢，林老师直挺挺地倒在床上。他一会儿鼾声如雷，一会儿又呼吸微弱。我坐在床边的一把靠背椅上，迷迷糊糊地以为林老师死掉了。

我们排着队绕着林老师的遗体缓缓逆时针而行，呜呜咽咽的哭泣声不时从队伍中传出。灵柩边的花篮散发出百合的甜腻香气，我看见林老师的脸被化妆成惨白的底色，两颊打上不自然的红晕。中式的衣领紧紧围裹着脖子，像是窒息而死。林老师不喜欢这样的妆容啊，他想要黝黑的皮肤，没有束缚地伸展四肢，肆无忌惮地表达爱意，而不是这样僵硬地躺着。

我突然间想要哇地张口大哭。我捂住嘴巴，不愿引起别人的注意。我和林老师只是普通的师生关系，从学生时代开始，我始终把对林老师的爱欲埋藏在心灵最深的地方，刚一萌芽就用整个身体使劲地把它掩埋。林老师说："张琪，你来当地理课代表。"

"不。"我坚决地回答，坚决到发出的声音不像是我自己的声音。我渴望和林老师相处，甚至在梦里和他拥抱、接吻。可是我又害怕和他相处，哪怕只是去办公室送作业或试卷。我知道我面对他会露出恐慌的表情，会手足无措，这些在一个大人眼里，会显而易见地暴露出内心。所以一定不能被他发现。

但是，现在他已经无法发现了。因为躺在灵柩里的林老师，紧闭着双眼，脸色惨白，堆积着不自然的红晕。我再也控制不住悲痛的情感，冲到灵柩边，尖锐的哭声冲破喉咙，"林老师……林老师……你不要走……你陪我啊……"

"张琪——怎么了？又做噩梦？"我被人摇醒。

我睁开被眼泪迷糊住的眼睛，眼前朦朦胧胧，过了一会儿才看清身边的韩方修。

"我梦到林老师死了，我和很多人去参加他的追悼会。"

"林老师只是失踪，而且那么大的年纪，离家出走的可能性也不是没有。"

"嗯。"我不置可否地点点头。

沉默片刻之后，韩方修翻到我身上。他已经熟悉我身体上的每一个地方，没有亲吻，也没有过多的抚摸。像以往一样的轻微快感之后，韩方修轻声地说："你还是去医院看看吧，神经科或者心理科。"

"我没什么问题，就是做噩梦而已，不用你操心。"

"你整夜整夜地说梦话、做噩梦，你难道不觉得这很严重吗？"

"这段时间工作压力比较大，可能过一阵子就好了。"我想把压在我身上的韩方修推到旁边，可他一动不动。

"我不知道你和林老师之间是怎么回事，我也不想过问你们的事情，我只是希望你尽快把身体弄好，这么长时间了，你没有睡过一个完整的觉，整天迷迷糊糊，经常神经质一样地发作。况且我的睡眠质量也受到很大影响，这样下去，我不知道我们……"

"你不要说了！"我抑制不住地咆哮起来，我死死揪住韩方修浓密的头发，把他从我身上揪下去。我觉得我就像发狂的野兽，四肢猛烈地踢打，我大叫着，“我没有问题，我不是神经病，你觉得我有问题对不对？你就是嫌弃我了，你怀疑我和林老师有关系是不是？你觉得我不正常对不对？我没有神经病，没有神经病……”

噗通一声，我从靠背椅上栽到地面，我爬起来，发现刚才自己睡着了。林老师的鼾声又剧烈地响起。也就是在昨天，我和这个男人相拥在这张床上，现在看来却那么陌生。屋里的一切也陌生起来，它们吸收了寒冷和黑暗，像僵硬的石块不再有一点温存。

我躺到林老师身边，厚厚的棉衣隔着我们。我试探着把手伸进林老师的裤子，希望像昨晚那样，在里面寻找到热情。但一切都是冰冷的，松弛得像忘记了我的存在。我睁大眼睛，感受到天色渐渐黑暗，今晚真是冷得出奇，渗透进骨头里的寒冷。在没有任何取暖设施的房间，和一具尸体一样冰冷的男人。恍惚间，我模糊记起我的女儿，一个温软的小婴儿，散发着热乎乎的奶香。像是为了与这里的一切发生冲突而存在，她在哪里，她到哪里去了？

半夜时分，我听见窸窸窣窣的声音，我睁开眼，什么也看不见。

林老师在黑暗里说：“我去开采石料的地方看看，你继续睡吧。”

我凭着声音，一把抓住林老师的衣角，“不要走，陪我。”

“已经快四点半了，来不及了，乖，你还能再睡好久呢。”林老师甩开我的手。然后听见开门、关门、离开的脚步。

我又睡着了，睡得昏天黑地，持续的噩梦，梦到被韩方修发现了我的出轨行为，梦到詹总把我熬夜写出的报告狠狠砸在我身上，梦到我被封印在石块里做成一座雕像，梦到我被人按住注射镇定剂，梦到白色的天，灰色的地，梦到我在石窟里冻得瑟瑟发抖……终于我浑身冰凉地从噩梦里挣脱出来。

天色大亮，可还是没有丝毫的暖意。我冻得骨头发痛，无论哪里都没有一丝温度。这到底是什么地方，这还是我的噩梦吧。我想赶紧醒过来，我会死在我的梦里。

我在房间里转悠，不知道该去哪儿。对了，我还带着一本书，看书可以打发时间。我打开双肩包，伸手向包里摸索。我惊恐地摸到一块冰冷的石块，哆嗦着一点点地从包里抽出。一本石头雕刻的《死亡通知单》缓缓出现在眼前。灰暗的色调，沉甸甸的手感，书名凹陷地雕刻在长方形的石块上，侧面书页的纹理纤细致密。但无法打开，无法打开一本石头雕刻而成的小说。我尖叫着将石头书摔在地上，石头书破碎成七八块不规整的形状，但是还是打不开，打不开。

我冲出房间，路过旅馆前台的时候，看见穿着军大衣的服务员，僵直地坐在椅子上一动不动，眼珠却跟着我的步伐转动。

我飞奔向镇委会，我要问问于万阳这是怎么回事。先找到林老师，然后尽快离开这个鬼地方。紧张地奔跑也没有让我感到身体发热，或者是因为湿气沾染在了衣服上，更加感到刺骨的寒意。我抓自己，抽自己的嘴巴，我想要自己醒来，尽快醒过来。

镇委会里，于万阳正和一个男人在一起吃饭，炉子上炖着一锅汤。咕嘟咕嘟地沸腾，却看不见一点儿热气。

“林老师在哪儿？”我气喘吁吁地问。

“和其他人一起去采石料了呀，你不是知道的吗？”于万阳从锅里舀了一碗汤，喝了一大口。

“我要去找他，这里有问题，我要和他离开这里。”

“哪有什么问题啊，喏，我已经安排好了，你呢，就去展览馆那里晒晒太阳，摸摸猫就行了，其他也没什么适合你做的。”

“我要回去，请你告诉我林老师在哪里，我再说一遍我要回去。”

“怎么可能回去呢？”于万阳慢悠悠地说，“先喝碗汤嘛，喝完了去展览馆那儿坐着。”

“我不要喝什么汤，我要回去！”我一脚踢翻了身边的炉子，汤锅从炉子上滚了下来。一锅石头，一锅浸泡在水里的石头。大大小小，灰不溜秋的石头。这就是于万阳正在喝的汤。

我呆呆地望着满地的水迹和石块，望着于万阳愤怒的表情，半天说不出话来。

“喂喂，”Stella 挤挤我肩膀，“你快醒醒，詹总说话你也敢睡？”我强打起精神，大概是昨晚写报告写得太晚了，整个人恍恍惚惚的。

“所以说，”詹总的声音永远充满热血，“这次去籍秋古镇，既是旅游，又是工作，更是我们团队精神的体现。”

“去籍秋古镇？”我低声问 Stella，“去几天？”

“三天。”

“这么久？我还得回去问问韩方修。”

“这不还是未婚夫嘛，现在就盯这么紧？”

“他这个人就会疑神疑鬼的，反正我觉得他疑神疑鬼的。”

“所以说，”詹总又提高了一度嗓门，“这次的企业拓展活动，大家会全天候地相处，这样可以暴露一个人的缺点，也可以展示一个人的优点。对中高层来说，是发掘后备力量的好时机，对新人来说，是向前辈学习的好机会。所以每个人都务必参加。”

镇委会阴冷的房子里，于万阳瞪着我，冷冷地说：“林老师是不会回去的了，你安安分分地坐展览馆门口去，再没有什么其他的事情了，这有什么不好呢？”

“我要找到林老师，我要离开这里，我要找到林老师，我要离开这里，我要找到……”我喃喃地说着，向门口走去。

“你根本走不掉的。”于万阳冷笑着说。

走出没有门的门，我看见一群灰压压的人群从四面八方涌向镇委会，旅馆的服务员，和我穿着一样棉衣的服务员的老婆，洗衣服的老奶奶，还有残缺身体部位的男人、女人、老人、孩子……他们把我包围起来。他们脸色灰暗，目光僵硬。我想推开人群，但他们站立得纹丝不动。洗衣服的老奶奶一把捏住我的胳膊，其余的人帮衬着，把我架着向展览馆走去。

颤颤巍巍的老奶奶，竟然有那么大的力气。我完全挣脱不了她的手臂。我高声呼叫救命，呼喊林老师，声音像被冷漠的阳光稀释，在大片的灰色中发不出共鸣。

我被人群绑缚着来到展览馆门前，他们用一根粗粗的藤条把我捆绑在展览馆门口的藤椅上，手固定在膝盖上，屁股完完全全坐在椅子当中。这样的姿势结结实实，我无法挪动，就连藤椅也像由石板地面生长出来的一样，纹丝不动。阳光直线刺入我的眼睛，我没有办法睁开眼睛，我恍惚看见他们抱来一只猫，用同样的藤条，把猫捆绑在我的膝盖上，我的左手被迫按在猫的头部。

“快摸猫，快摸猫……”他们齐声说。

手无法动弹，无法躲闪，猫露出锋利的牙齿，扭转头，在我的左手腕处咬下深深的伤口。鲜血滴滴答答地落下，顺着身体，滴落到藤椅上，藤椅像干渴的禾苗，汩汩地把血液吞噬进去。由暗红变为鲜红，又由鲜红一点一点凝固成暗红。

Stella扯下我的墨镜，“快醒醒，到了，睡美人。”

突然被摘下墨镜，阳光异常刺眼，眼睛眯缝着一点点睁开。大巴车上的同事，正陆陆续续地下车。

“哦，到了？”我说，“这就是籍秋古镇？”

我下了车，狠狠地伸了个懒腰，大巴车一路颠簸，身体像被绑缚住一样紧绷。四下望去，各种旅游团队、散客人来人往，络绎不绝。从停车场出来不远，我们排着队，点着人头，进了籍秋石刻博物馆。

“从汉代起，这里就是一座开采石头的矿山，这里的石头具有雕刻性、坚韧性、石材性，石材性主要是指体积够大，”导游滔滔不绝地介绍着，“以及艺术性，它具有艺术创作所需的颜色、光泽和相应的纹理……”

“张琪——”突然有人喊我。

我四处寻找，看见一个人小跑着过来。是我的中学同学，叫什么来着。感觉就在嘴边的名字却说不上来。

“啊，是你啊，你好。”我一边想他的名字一边打着招呼。

“你们是来旅游的？”他问。

“是啊，你也是来旅游？”

“我在这里工作。”他说着，从夹在腋下的小包里取出一张名片。

上面写着：籍秋国际旅游投资管理有限公司党委书记于万阳。

对，于万阳，他叫于万阳。

“哇，于书记啊。”我笑着说，“好久不见啦，毕业有多少年了？”

“哪有多久，上次中学同学聚会我们不都参加了吗？”

我觉得头脑发昏，难道真像韩方修说的因为睡眠不好，整天恍恍惚惚的。

“哦，对对对。”我言不由衷地说。

“你后来喝断片了吧？”于万阳问。

“后来？”

“后来你又拉着我去酒吧，和我说你不相信林老师会变那么老。你还说要送件礼物给林老师，因为是地理老师嘛，所以想送块珍稀的石头，还向我咨询石头的问题。”

“是嘛，好像有点儿印象。”我完全不记得我说过这些，“那真是喝多了，哎呀，真是很难堪呀。”我笑着掩饰尴尬。

“那你今天可以好好挑件给林老师的礼物了。大厅过去是石雕展，穿过展览厅，出口处是家大型商场，主要卖石雕，也有不少货真价实的原石。”于万阳凑到我耳边，“付款的时候就说是我朋友，有折扣的。”

“哎哎，”Stella走到我身边，“你快去看，那边有座石雕可有意思啦。”

“那你们去玩儿吧，”于万阳向我和Stella点点头，“我马上也有点儿事，常联系。”

Stella拉着我来到展厅西北角的一座石雕前，“看，像不像你？”

“少女与猫”，作品标签上写着。

女孩儿穿着厚厚的棉衣，坐在一把藤椅上，她的膝盖上卧着一只猫。女孩儿抚摸着猫的脑袋，眼睛眯缝着，像是在享受冬日正午的阳光。作品纤细入微，女孩儿面部线条清晰利落，从猫毛到藤椅的纹理极具写实。看着看着，竟也有些昏昏欲睡，这大约就是艺术的魅力。

“少女与猫”的旁边，是一座“洗衣服的老人”石雕。老人的面部、手部皱纹纵横，但从洗衣的动作中，穿透出原始的力度。给人以现实的存在感。

再走过去，是一组群雕。作品标签上写着：“开采石料的工人”。他们运用各种原始的工具，或挖或铲或抬或挑，腿脚稳健，面无表情。在一群工人当中，我一眼看见了那个发际线后退、头发稀疏的男人。

“林老师……林老师……林老师……”

我睁开眼睛，四周已经完全黑了下来。我不知道我被绑在这里多久了，身体完全麻木。膝盖上的猫不知道什么时候挣脱捆绑，不见了踪影。手腕上被猫咬噬的伤口还在隐隐作痛。我看见林老师跪在我身边，试图解开捆绑我的藤条。

“林老师，”我无力地说，我冷得连嘴巴都僵硬了，“我们离开这儿吧，这儿不对劲。”

“怎么解不开啊。”林老师紧皱着眉头，指甲抠进藤条系成的疙瘩里，“你等着，我去找找有什么工具。”很快，林老师在展览馆的屋檐下找到一片薄薄的石片。他又跪到我身边，用石片一点点地割断藤条。

“我知道这里不对劲，”林老师说，“从参观展览馆开始我就知道了。这里存在有花岗岩、石灰石、砂岩和滑石等等，它们是不同的岩石类型，沉积岩、变质岩、火山岩。你明白吗？这些类型的石头不可能同时出现在同一个地方，但这里都有。”林老师停下手里的动作，抬头看看我，“所以，这里不是一个现实的地方。”

“我不明白。”

“尽管这样，”林老师加快了手里割藤条的动作，眼睛死死盯住快速移动的石片，“我却喜欢这里，我不打算离开。”

“为什么？”我觉得自己就要哭出来。

“我对你有强烈的欲望，爱欲、性欲，从你还是个小孩子的时候开始。我厌恶我这样的情感，特别是在现实的世界里。这里简单很多，人成为单一的工具，执行固定的单纯的命令。这大概就是我理想的生活吧，可以在筋疲力尽后忘记思想，并且这不是一个短期的状态，它可以持续百年、千年，直到风化的那一天。”

藤条哒地割断了。“好了，我知道你想离开，你还有很多的事情要做，有很多的事情要想，这里束缚不住你的。”

我缓缓站起身，身体就像被尘封千年一样僵化。“我想陪你。”我说。

“我知道你说的是实话，但只是现在，你应该生活在你的世界，那里色彩缤纷，而不是这样的灰暗和阴冷。”

林老师说的是对的，我舍弃不了他给我的温存，但更舍弃不了我熟悉的生活。“可是，我该怎么离开？”

“再过一会儿，采石的工人们就要到了，我已经是他们中的一员。你悄悄尾随我们走到采石场，我们干活的时候你躲起来。等到运载石料的卡车队过来后，你找准机会溜上卡车，和石料一起运下山。据我观察，这是唯一通向现实的出路，除此以外再没有别的途径可以出去。”

工人们的身影已经像无数黑点一样从远处出现，密密麻麻向这里会集。步伐稳健，面无表情。

“记住，”林老师说，“上了卡车后，千万不要睡着。如果睡着了，永远也不能出去。一定要保持清醒，千万不要睡着，不要睡，知道吗？不要睡。”

“不要睡，不要睡啊。”

我痛苦地睁开眼睛，看见一位身穿白大褂的年轻女人，在我身边不停地对我说，“不要睡啊，不要睡。”

身体动弹不得，我转动眼珠，发现自己在一辆运行着的救护车上。年轻女人对着一个在做记录的护士说：“心跳逐步复苏，血压 110，心跳 52，估计自杀时间为凌晨四点三十分。”

我疲惫不堪，左手手腕上的伤口被包裹着厚厚的纱布，汩汩流淌的血液大概已经凝固了吧，藤椅上的暗红色血块被林老师擦掉了吗？真的很困很困。

“妈妈，妈妈，你醒醒呀。”女儿脆嫩地嚷嚷着把我摇醒，“你怎么就睡着了呢？我还醒着呢。”

我合上绘本，关上床头的小台灯，“好了，你乖乖地睡觉吧。”

“妈妈，”女儿小声地问，“妈妈，爸爸到底长什么样子？”

“嗯……”我不知道该如何回答，想了想说，“人类最了不起的财富就是拥有无穷无尽的想象力，你可以自己想象爸爸的样子呀。爸爸的年龄也许比妈妈大很多很多，也许和妈妈差不多大。爸爸的头发也许又少又稀疏，也许非常浓密。”

“妈妈，你不陪我啦？”

“对啊，妈妈还有工作要做，今晚要写完一份长长的报告。很难写的。”

“妈妈你会不会写着写着又睡着了？”

“会啊，因为妈妈是睡美人。”我笑着带上女儿房间的门，走向书房。

电脑旁的台灯发出柔和的米黄色光线，让人昏昏欲睡。

“不要睡着，不要睡着。”卡车规律的颠簸使我的眼皮愈发沉重。我裹紧身上灰色的棉衣，身边的巨型石料冰冷潮湿，呼呼的大风直扑在我身上。

我不能睡着，我坚定地把眼睛睁到最大，看见东边有太阳的光晕从山坳处露出，是温暖的橘色，而不再是惨淡的白光。

我抚摸微微凸起的小腹，有一个热乎乎的小生命在我冰冷的身体里跳动。

烈焰蓝金

洗完澡，吹干头发，涂抹上足量的精华和厚厚的面霜，镜子里的我还是显得疲惫不堪。想知道那些整天精力充沛的人是怎样的一种生活状态，或者饮食习惯，或者日常作息，都与我大不相同吧。总之像我这样的人，就该是一副沮丧的面孔。笑容对于我是一种多余，不产生任何效用，也没有人需要我这样的东西。

眼皮已经开始打架，我还是坚持着跪在床头，手肘支撑在床沿，十指相互交错，微微低头，闭着眼睛，把重复了差不多半年，每晚必念的祷告词默念了几遍。祷告结束之后爬上床，翻了两页枕边的科幻小说《沙丘》，与现实截然不同的世界，把清醒和昏睡之间的界限打破。书砸在脸上，才似睡非睡般地关了台灯。

黑暗扑面而来，反而消解了一些睡意。半年前我的睡前小说是阿来的《尘埃落定》，记得里面说，厉害的男人可以和女人在奔驰的马背上做那种事。马背，还有马车，各种与我的现实生活大相径庭的场景。我赶紧翻了个身，不让自己再想关于马和马车的事情，不然睡前祈祷就白做了。躺在对于我来说过大的双人床上，连续向右翻了三次身，就在我想着不要再想，赶紧睡的时候，已经睡着了。

似乎有梦，是和董海淳在一起时的画面。我怀疑是陪颜岚看了几集韩剧，残留在大脑皮层里的影像转化成了梦境。虽然是真实发生过的场景，但多少带着无意识的加工成分，使得真实变得过于唯美，以致让我不相信我和董海淳曾有过的过去。

明媚的光线，我系着围裙在厨房里煲汤，董海淳掀开厨房的门帘，手里拿着印有幸运草图案的马克杯。他往杯子里加满开水，阳光把他的头发照耀成棕褐色，有几缕反光的头发看起来就像是白头发。他对我挤了挤左眼，随手把杯子搁在橱柜上，从背后抱住了我。本来被阳光照射、被炉火慢烤的我，变得更加燥热。

董海淳有抱住我吗？我在梦中想。梦里的视角从厨房转向窗外，我像个局外人似的，看着窗户里，一对拥抱在一起的情侣。尽管画面看起来美得无可挑剔，但处处露出不现实的破绽。两人的衣服不在同一个季节，呼呼乱窜的火苗不是煲汤的文火，时钟指向七点一刻，光线和阴影却是正午时分。

我提着一袋肉包子走进办公室，看见颜岚正对着桌上的化妆镜抹口红。她从镜子里看见我问："这个色号怎么样？"我看了看，大红中渗出乌紫色，哑光系，紧紧遮蔽住原来的唇色，像海边让人窒息的湿热。

"显老。"我说。

"没错，我也这么觉得，不过去夜店应该合适。"她抽出卸妆巾，"一会儿开会，我还是涂我的斩男色好了。"颜岚一边卸口红一边说，"你不觉得奇怪吗？涂什么颜色的口红就能成为什么样子的人，我可以不成为我，比孙悟空的七十二变还显著。"

她冲着镜子里的我举了举另一支口红，"要抹点儿吗？你脸上一点儿血色也没有。"

"不用，我还要吃包子呢。你吃不吃？"

"口红都涂好了，你问我吃不吃？"颜岚白了我一眼。

我转身走去自己的办公桌。

"没救了，失恋而已嘛。"颜岚小声地嘀咕着。

九点，走进会议室。主管对这次推广活动的重视程度，从他没有一丝褶皱的西装上可见一斑。启动策划了三个多月，距离最后的全面展开，还有不到一个月的时间。

"目前的形势还是比较乐观的。在这个推广中，预期包括产品内部广告、影院片前广告、地面推广、PC 端在线推广、移动端在线推广、传统新闻媒体的预热和跟进报道——横跨六个渠道，覆盖全国十五个三四线城市。”主管略有激动，“是的，我知道，在业界这不是巨大的动作，但在我们这个公司里，是前所未有的。把你们召集起来，因为你们是各个渠道的精英人物，也都有各自的资源。”

颜岚仰望着主管，斩男色的嘴唇闪烁着饱满柔和的光泽。我很喜欢颜岚，因为即使对于没有兴趣的事物，只要她愿意，都可以表现出热衷的样子。

“讨好型人格。”我和她说过。

“随你怎么说，”她把头发捋向一侧，“我就喜欢被人喜欢，更何况并不是讨好就可以让人喜欢的。”

我咧了咧嘴，“比如说，你从来就不讨好我。”

主管把相关材料分发到我们手里，上面是每两人一组负责一座城市的推广合同的签约项目。

“怎么样，和我一组开不开心？”颜岚抛给我个媚眼，小声地说，“让人喜欢没什么坏处吧。”

上弈市，我看着材料上我和颜岚负责的城市，似乎听见董海淳说：“清明放假，我们去上弈市玩儿两天。”他的声音穿过电视上播放的足球赛解说声传到我耳朵里。

“上弈市有什么好玩儿的？”我问。

“有一座寺庙，剑龙寺。”

“你是要求财还是求道？”

“求姻缘。”董海淳看了我一眼，又转向电视机。

“前期的工作我们已经基本完成，和各个定向企业的沟通也较为顺利。”主管慷慨激昂的声音，让人不觉怔了怔，“接下来的对接工作，就要靠你们每一个人的努力。大话、空话，我不想多说，但是你们要记住，我们是一个团队，你们的每一个言行都关系着整个项目的成败。4 月 14 日，战争全面打响，倒计时已经开始，加油吧，兄弟们！散会。”主管擦了擦额角的汗水和嘴角的唾沫，在热烈的掌声中，大家三三两两地离开了会议室。

回到办公桌，看见还有半个肉包子没有吃完。

董海淳说："我们吃点儿东西再去庙里吧。"

"猪扒饭。"我指指上弈市火车站旁的一家小吃店说。

"去寺庙前最好别吃荤。"董海淳说。

"还有这种说法？"

我们啃着菜包挤上了去剑龙寺的公交车。我和董海淳呈四十五度夹角，扶着一根柱子站立。我看见他鬓角一缕卷发的尖尖，正好把耳孔挡住。不知道这样会不会影响到听力。

"我好像见过这样的场景。"我说。

"什么？"果然被发尖挡住了耳孔会影响到听力。

"气温啦、味道啦、色彩啦、颠簸啦，还有这个角度看着你的样子，以前在哪里见过。"

"梦里面吗？"董海淳说。

"不知道。"

"《搏击俱乐部》里有句台词：'我一直在活着一场似曾相识的人生。我到的每个地方，都觉得仿佛曾经来过。'"

"没那么夸张。"我说。

"知道有个地方叫'双塘园'吗？"董海淳问。

"知道，我小学就在那附近。"

"那里有池塘吗？两个池塘？"

"没有，从来就没有过什么池塘。"我摇着头，"或许古时候有吧，沿用下来的名字。"

"我见过双塘，两个池塘。"董海淳说，公交车突然一个刹车，董海淳猛地向前一冲，似乎一下子离开我很远，远到需要呼喊才可以彼此听见。车子恢复平稳，站定之后他接着说，"我不清楚是在什么时候见到的，但我确定那里就是双塘园。一大一小两个池塘，夏天时候的样子，大池子里有一半盛开着荷花，小池子里只有铺得满满的浮萍。"

"顾名思义吧。"我说。

"不是，在双塘那里发生了一件比较……比较……特别的事情。"

“什么事？”我问。

“嗯……”董海淳眼睛望向上方，似乎要抓住那里的回忆，“忘了。”他垂下眼皮。

我没有再问。

“也许是‘双塘’留在了某个地方，‘双塘园’这个名字留到了那个地方。”他说。

“留在哪里了呢？”我想不出来。

我揉了揉脸，把董海淳的影像撵出脑袋，大口把剩下的半个肉包子啃完。抓紧整理上弈市合约签订的准备工作。

和颜岚走下上弈市火车站的台阶，又是熟悉的场景呈现在眼前。当然，这是真正熟悉的样子，并非梦中，或者不知所以的记忆里，真正一年前的样子。卖猪扒饭的小店还在，包子店门口的蒸笼同样呼啦啦地喷着白色的蒸汽团。温度是初春的乍暖还寒，城市的味道依旧是甜腻的铁锈味。

坐在去酒店的出租车上，颜岚望着车窗外说：“这种三四线的小城市还是挺有活力的。”

“是啊。”我随口应道。

五金店、卤菜店、小型超市、小饭店、小服装店、电信小店、烟酒店、美甲店……莫名其妙地组合排列在一起。街上行人的服装，许多都是知名的品牌，虽然不知真假。

“似曾相识的感觉。”颜岚说，“看烦了，哪里都差不多。”

“是啊。”

“你噢，一天到晚不温不火的，我要是你男朋友也受不了你。”

颜岚是唯一知道我和董海淳交往又分开的人。

“哪里都差不多，什么人都差不多。”我说。

“什么？”颜岚莫名其妙地看着我。

“你以前不是问我，分开了为什么都不哭一场。”

“嗯，问过。”

“就和所有的城市一样，所有的男人都差不多吧。没什么哭的必要。”我说。

“怎么可能差不多，男人和男人。”颜岚几乎尖叫起来，又凑到我耳边压低声音，“那方面的表现就千差万别。”说完自顾自地咯咯笑起来。

把行李放进酒店的房间，我和颜岚出门吃了晚饭。点了一道叫作白灼牧鱼的当地特色菜。据说牧鱼能在离开水的情况下，存活 72 小时以上，细嫩鱼肉的口感和家禽的味道相结合很是独特。

分喝了一瓶红酒，和颜岚走在回酒店的路上，吹面不寒的春风挠得人痒簌簌的。

“和你说件事。”我挽住颜岚的胳膊。

“说。”

“一会儿睡觉前，我要做几分钟祷告，不会吓到你吧。”

“真不知道你还有宗教信仰呢。”

“不是宗教信仰，事情说起来有些古怪，算是和董海淳有些关系。”

“快说。”颜岚一下子来了兴致。

“半年多前，那时还和董海淳在一块儿。有一阵子睡觉前我都会看一会儿一本关于西藏的小说，里面有骑马啦、马车啦，不知道故事要说什么，就是怪怪的，但让人挺想往下看。大概是受了小说的影响吧，每晚都会做相同的梦。也不是完全相同，大致就是我坐在一辆马车上，很简陋的马车。几根木头搭成的框架，连接着一匹黑马。黑马毛色油亮，眼睛像仙子一样温柔得能把人融化。黑马从一座大山的盘山路向下，先是咔嗒咔嗒慢慢地走，我一边随着颠簸的节奏上下起伏，一边欣赏着周围的美景。想象着自己像清冷的小龙女，或者小说里把傻子迷得神魂颠倒的绝世美女。但就在不知不觉中黑马的速度越来越快，在完全没有预料的情况下，黑马飞奔起来。我估计时速至少 120 迈，也许更快。周围的景色早就顾不上看了，只感觉景物像线条一样嗖嗖地从身体两侧穿过。即使这样的梦境重复过很多次后，我告诉自己不要怕，这是在梦里，可还是没有办法控制那种让人窒息的恐惧。盘山路越来越窄、弯道越来越急、黑马越来越快、我的心跳越来越紧，心脏随时要飞出来的感觉。”

“怎么啦，快醒醒，怎么啦？又做噩梦啦？”董海淳摇着我说。

我呼呼地喘着气，缓缓睁开眼睛。点亮手机看了一眼，凌晨四点四十。

“还是那个梦？”董海淳问。

“嗯，景色和上次有些不一样，其他都差不多。”

“你这样持续太久了吧，你说的那本小说不是早看完了吗？还做这个梦？”

“是啊，不知道为什么还这样，现在该做情色方面的梦才对。”最近在看的是渡边淳一的书。

“傻瓜。还睡吗？”董海淳问。

“你睡吧。估计我睡不着了。”

准备爬起来的时候，董海淳拉住我，“心里有什么事情吗？”

“没有啊。”

“工作压力大？”

“也还好。”

“持续两三个月的噩梦，我觉得一定不是偶然。”

我在黑暗里，能看见董海淳侧面脸形的轮廓，被透进房间的月光勾勒成简笔画一样的线条。对于这个男人，我始终觉得奇妙的陌生，即使每晚躺在身边。从在一起开始，他就悄无声息地出现，悄无声息地存在。与其说是“男朋友”，更像是种概念，把空缺在我身边的“男朋友”这个词，填补上一些色彩。但更多的可能，是我对“男朋友”的理解出现了偏差，至少在我能理解的范围内，他是另类的模样。这不是说他有什么问题、有什么不好，爱我、照顾我、有共同的聊天话题，长相也挺让人满意。或者说，不在一个时空。这算是我给自己最满意的一个答案。

“我有一个远房的舅爷爷。”董海淳说。

“什么？”

“以前在农村的时候，我的舅爷，他是我们整个镇子上的占卜师傅。会各种奇特的技能，谁家的牛丢了，找到他，他能用一块骨头算出牛的大致方位。有什么重大的事情，提前让他算一下时辰适合不适合办大事。当然，你可能不相信这种事，说是巧合，或者经验的话，也有可能。虽然没有亲身验证过，但据说他还会解梦。”董海淳顿了顿，侧过身面向我，“我的意思是，如果你愿意的话，和我回趟老家，听听舅爷怎么说。要不就去医院检查一下，持续同样的噩梦，一定是心理上的哪个环节出了差错，即使不能一下子治愈，多少了解下情况也比较好。你说呢？”

跟着董海淳去了他的老家，开车出城之后也就两个多小时便可到达。说是董海淳的老家，其实他的父母兄妹、较近的亲戚已经不居住在那里。车子开进镇上的时候，董海淳看起来心情不错。

“离开这么多年了，这些街道几乎没变，店铺是增加了不少，但就是这种气息，怎么说好，就是一种气场一样的东西，一点儿没变。”

“我没什么特别的感觉，倒是现在有些紧张，占卜算卦，从来没有过。有着神秘力量的老爷爷，会把我一眼看穿吧？”

“傻瓜，没那么邪乎的。”董海淳拍拍我放在腿上的左手，“舅爷看起来就是一个普普通通的老头子，而且非常有趣，我小时候最喜欢找舅爷玩儿。现在想起来他具有那种民间幽默的语言。”

“怎么讲？”

“我小时候，大概七八岁的样子，看见大人长胡子，特别羡慕。就跑去问无所不知的舅爷，‘舅爷，我的胡子什么时候才能长出来啊？’舅爷捧着我的脸看了看说，‘明天就能来了。’第二天胡子没有出来，我又跑去找他，‘舅爷，胡子没有来啊。’舅爷说，‘胡子在来的路上碰到一个亲戚，去亲戚家喝酒了。’第三天，我又去找舅爷，‘舅爷，我的胡子还没来呀。’舅爷说，‘胡子在亲戚家喝醉了，住了一晚上，明天就来。’第四天，我又去。舅爷又仔仔细细地看了看我说，‘胡子家里出了点儿事，被家里人喊回去了。明天就来了。’第五天，我又问，‘舅爷，胡子为什么还不来？’舅爷大惊失色地说，‘不好，胡子在来的路上被狼叼走了。’”

我咬住嘴唇，被这傻里傻气的爷孙逗乐了。

村里的房子已经有了很大的变化。废弃的，像鬼屋一般摧折枯朽；新建的，大多三四层小楼，楼体外墙贴满闪闪发光的瓷砖。董海淳下车问了几次路才找到舅爷的家。当地人已经没几个认识董海淳了。人口流动巨大，流向这里，流向那里，带来了什么，又丢失了什么。

舅爷的房子还是老旧的平房。董海淳对舅爷说：“一点儿没变啊。”

舅爷呵呵地笑着，把我们带进堂屋。堂屋地面是被踩得夯实、略带凹凸的土地。墙上艳丽的明星写真月历是整间堂屋里最大的亮色系。屋角的小煤炉上炖着东西，闻起来像是中药。除此之外，空旷堂屋里的家什就一套吃饭用的桌椅，颜色暗褐，上面的木纹多处开裂。本身是干燥的木质，却因为长期的油污侵蚀显得格外沉重。

干瘦干瘦的老爷爷，与我想象中满面红光、须髯摇摆的样子有些出入。也以为是一副谈笑风生的样子，话却少得可怜。

“现在还好吧？”干坐了好久舅爷才问出一句，眼神飘在整间堂屋里，也不知道是问我还是问董海淳。

“还好。你看起来也不错呀，一点儿没变，我一进来，就觉得自己还像是个小学生一样，”

我刻意笑出点儿声，一来打破尴尬，二来从进门到现在，我像是透明的存在。

“舅爷，表弟他们还好吧？”

“不知道，去年清明回来祭了个祖。感觉是还好，就是急急躁躁的。”

“七姑婆呢？”

“你这一说我想起来了，她说要吃石榴，我摘好了，在院子里的筐里，你去送一趟，还记得她家在哪边吧？”

“记得记得。”董海淳连声说，“我这就去。”

临出门前，董海淳对我挤挤眼睛，示意我向舅爷询问噩梦的事情。

董海淳走后，舅爷掀起煤炉上的罐子看了一会儿，又把煤炉的风门调整了一些。我一时不知道该如何开口。

“你说吧。”舅爷突然对着炉子说。

“说什么？”把自己的梦说给一个刚见面的人听，把一件虚幻的事情当作一件正经的事情来咨询和探讨。这对于我来说实在古怪。

“阿淳还是这样啊，从小就魂走神游的。小时候我想着办法让他经常过来，给他洗洗脸、收收神，要不然不知道就跑哪儿去了。别看他长这么大，还是让人看得心慌慌的。”舅爷自顾自地对着煤炉说。

“你能看见一些别人看不见的东西吧？”我试探着问。

“谁知道呢，松松散散的时候，就有些平时注意不到的事情出现。问我我也讲不清楚，还是说说你的事情吧。”

我把我持续几个月做同样噩梦的事情讲了一遍，梦里的细节详详细细地描述出来。这期间舅爷始终在侍弄着他的小煤炉和药罐，像是一边听着收音机一边忙自己的事情。

我讲完后，等着舅爷说些什么，过了好几分钟，他才慢悠悠地开口，“这不太好啊。”

“我知道不好，睡眠严重受到影响。”

“我不是说这个，”他第一次，从我进屋后，他第一次抬起皱巴巴的眼皮看着我，“我说了你不要太紧张。梦这个东西，不是像有人说的，和小时候有关，和预言有关。梦啊，其实就是魂魄的事情，所以梦就是关乎生死，所有的梦都是这样。你这个也不例外。”

“关乎生死？”我张大了嘴巴。

“没那么可怕的，你又不是第一个做这种梦的人，肯定也不是最后一个。不是还没从悬崖上掉下去吗？”

“你是说，梦里面马车从悬崖上掉下去的话，我就会死？”

“不需要这么大惊小怪的，做做祷告就好了。”舅爷又低下头弄他的小煤炉。

“祷告？”我觉得自己的嘴巴始终没有合上，“怎么做？我从来没做过什么祷告，有什么步骤吗？有固定的仪式或者手法吗？要念经或者什么咒语？时辰有规定吗？很严格吧？地点有要求吗？……”

舅爷哈哈地笑起来，“生死哪有那么重要，你把那条界限模糊一些就没什么这里那里的区别了。就是普普通通的祷告而已，睡觉前心里想，‘求求你，今晚别做那个梦’就行了。哪有那些个讲究。”

“求求你？求谁？”我问。

“谁知道啊，随便吧。”

“每晚都要做吗？”

“每晚都要做。”

“管用吗，祷告？”颜岚用酒店的白毛巾擦着湿漉漉的头发问。

“特别管用，虽然还会做其他的梦，但那个梦再没做过。”

“看着你怎么做的，不影响？”

“应该不影响吧，舅爷都说随便啦。”

“那你快点儿去洗澡，早点儿祷告完早点儿睡，明天要起大早，下面几天可够忙了。”

接下来的三天，我和颜岚分头跑各个公司，一谈到具体议项，这啊那啊的条件都来了。这三天里，我不断地重复我们的条款，不断地与总部联系、商议，不断地修改合同，不断地赔笑脸、摆架势。脚踝后侧，被高跟鞋磨出水泡，水泡破裂又磨出血来，创可贴用完了一大盒，终于只剩下最后一家报社了。

打电话和报社说明情况的时候，已经下午五点多了，想着他们可能会因为快下班，拒绝见我。没想到不但见到了他们的主编，还在一个小时之内签完了合同。

“简直不可思议啊。”我松下一口气。

“说实话吧，现在报纸不好做。”主编大概四十岁不到，完全不像个商人的模样，与之前接触的网络公司的人相比，简直就是一片宁静的池塘。应该就是文化人吧，举手投足间儒雅温和的姿态尽显。给人一种书读了不少，但在现实中还是单纯直率，做事凭本能的感觉，就像清明时节的雨，既凉飕飕又带着即将温暖的和煦。

“到上奕好几天了吧？”主编问。

“今天是第四天，本打算明天来您这里的，没想到今天就圆满完成全部任务了。心情很舒畅啊。”我突然发觉自己好久没有发自内心地笑过了，忍不住对着主编微笑起来，更何况他看起来那么干净、温和，浑身还弥漫着浪漫的氛围。

“那明天可以偷空玩一下了？”主编随着我的微笑也微笑起来，“有什么想去的地方？”

“想去剑龙寺，以前去过，故地重游的感觉应该不错。”

“那个……”主编吞吞吐吐地说，“如果明天我不太忙的话，就算忙中午也有两小时的休息。你不介意的话，我可以陪你去剑龙寺走走。”他从桌上拿起一张名片，“这上面有我的手机号码，随时可以打给我。”

“谢谢。”我双手接过名片。

走出报业大楼的时候，将近七点，夜色擦黑，吹面不寒杨柳风的湿润。“这种三四线的小城市还是挺有活力的。”颜岚说。

一整条街的夜市，各种组合的食客，LED灯的闪耀招牌，喇叭里传出的干涩的吆喝声。好多桌椅搬出来摆放在人行道上，炒菜的香气溢满整条街道。肚子感受到饥饿咕咕叫起来。我找了张店铺内小小的长条桌椅坐下，点了酱汁大骨、清蒸牧鱼、白灼纹叶和酸辣汤，还要了一瓶啤酒。每一道分量都大得惊人，想着不赶时间，慢慢吃好了。

卖唱的吉他声和着悲伤沙哑的男声传入耳朵，是张国荣的《真相》，歌声莫名其妙地让我加快了咀嚼的速度。似乎嚼得越快，就能把突然而至的春寒抖落掉。这种黏糊糊的阴冷感只是忙碌过后的虚无，我告诉自己。周围嘈杂的人语，始终遮盖不住歌声一下一下地冲撞心脏。我咕嘟咕嘟地咽下两大口啤酒，手伸进包里，从一大堆资料中翻出一张小小的名片。

“喂，是我。你说的随时可以打给你，包括现在吗？”

“你现在在哪里？”主编说，“我刚去食堂吃饭回来，现在还在办公室。你呢？”

“现在去剑龙寺，能进得去吗？”我问。

“哈哈，你算是找对人了。”

主编带着我绕到剑龙寺景区的东侧，这里有一大片八十年代的居民楼，七绕八拐，从自行车棚和杂物堆之间穿过，十分钟后来到一道低矮的围墙。围墙下摆放着几块大石块，夯得极为牢固，想来从这里免费进入景区的人不少。

“不是本地人不会知道的，本地人也没多少知道。”主编不无得意地说。

翻过围墙，跟随着主编沿坡道向上爬，高跟鞋在石板台阶上留下咔嗒咔嗒的声响打破林间的寂静。

“这个时间索道已经关闭了，爬到山顶的寺庙差不多需要三四十分钟，没有问题吧？”

“没有。”

主编运动鞋的后跟在我眼前左右交替地晃动，时不时地，我觉得走在我前面的就是董海淳，现在的时间是去年的清明。月亮呈现不完美的椭圆，明晃晃地把石阶照得灰白。山中带着薄雾，几天来的疲惫加上爬山的劳累，全部叠加在一起，成为一幅虚幻的场景。

"主编，你会经常做梦吗？"我问。

"我还好，"主编吐一口气，尽量让说话不带喘息，"梦就是大脑对记忆的读取，再加上些虚构。我的工作就是这样，所以不需要梦了吧。"

"那真是让人羡慕，我经常会做噩梦。"

"多运动运动，多想想开心的事就好了，今晚回去一定不会有噩梦。"

无懈可击的科普式回答，但总感觉缺少了些什么。我们默默无语地爬到半山腰，走上一块作为观景台的巨石。远处的群山在夜色中只剩下没有细节的轮廓，夜风清冷，却没有走出虚构世界的真实感觉。

曾经，我和董海淳站在这里，我指着西南方的一座山对他说："我的梦里，就是坐在马车上，从那里一路向下狂奔。"

"那座山经常出现在我的噩梦里面，在我还没有见过它的时候就出现了。"我对主编说。

"应该是记忆吧，这里就是普普通通的喀斯特地貌，热带、亚热带、温带和寒带都有分布，不是说了吗，梦就是大脑对记忆的提取。你以前在哪里见过类似的山吧，这种类型的山在国内都是普遍存在的。"主编用一只胳膊轻轻搂在我的肩膀上，像是予以我常做噩梦的安慰。

"我想上洗手间。"我耸了下肩膀，把他的胳膊甩落。

"山顶才有洗手间，要不去树林里好了，又没有人。"主编调皮地举了举右手，"我保证不偷看。"

走进小树林，我回头看看，主编果然背对着我这边，背影里，他两只招风耳的剪影尤为醒目，带有卡通人物般的可爱。我想着该如何收场，一个冲动把他叫出来，发觉他就像个小男孩儿似的纯真随性，让我对他产生不了更进一步的想法。

树林里，虫儿的鸣叫清脆起伏，斑驳的月光洒在我的脚面。空气里有一股清甜的香气，那么熟悉的味道却一时想不起来。有闪闪烁烁的小尘埃在我身边飞舞，和着树林动物鸣唱的节奏。脚下踩着厚厚的落叶，身体轻盈，充满弹性。我的身上穿着一件小斗篷式的风衣，我展开双臂，似乎打开翅膀，就要在下一秒钟飞升起来。我继续向树林深处走去，恍恍惚惚，没有一点儿目标，犹如在巨大的舞池里漫步。

意识到虫鸣声消失的时候，我身处一处开阔的空地。我转回头，四下不见了树林的踪影。

“主编——”我喊道，“李主编——李主编——你在哪里——”周围响起回声，像是笼罩在一只透明的苍穹之中嗡嗡作响的摇铃。在我脑子里的方位当中，即使穿过树林，绕到了山的东北方，远处也应该是喀斯特地貌的群山。上奕市围绕着山脚、山腰而建，城区内完全不会出现眼前这种大面积的平原。我现在在哪里？

三百米开外的地面上，宝石般地闪烁着冷冽的光，像是引诱我脚步的魔法棒。就像《加州旅馆》里唱的：她点起一根蜡烛，在前面给我引路。清甜的香气越来越浓郁，我确定是一种花香，或许我已经变成一只蜜蜂，在这不现实的场景里，我可以成为任何东西。我被花蜜的香气吸引，飞向那里。我成为喜爱收藏闪闪小物的园丁鸟，被亮晶晶的东西吸引，飞向那里。我靠近了，越来越近，我看见一大一小两个池塘，夏天时候的样子，大池子里有一半盛开着荷花，小池子里只有铺得满满的浮萍。

原来在这里啊，荷花的香气。我在两个池子中间坐下，用手指把慌乱中打结的头发梳顺，风衣上的褶皱拉平。池水中月亮的倒影如反光板投射在我脸上，皮肤光泽而柔和，眼睛里映出波光粼粼。我调整了下坐姿，既舒适又优雅。从水面上吹来忽紧忽慢的微风，像是一种特殊的语言。你在看着我吧。

水面上的你是电影的投影，还是真实的你。你微笑地看着我，包容我所有的古怪和胡思乱想。我的那些小怪癖，在你的眼里，不是任性和胡闹，而是真正明白那是我最真实的感受和喜好。我想为你改变，但你并不需要，你爱着这样的我，自然自在的我，而非像谁一样的我。你的魂走神游，我的飘忽不定，我一度以为我们是最完美的一对。我不屑于普通、正常的关系和模式，你也一样。但我们都忘了，没有那样的关系和模式，我们是烟，是梦境，是与生死息息相关的梦境。破碎就是一刹那的事情，也许我再也找不到你，找不到真爱和热爱。那些看似平平淡淡的日子，直到丢失后才感受到轰轰烈烈。如大海咆哮，如山崩地裂，而后剩下的日子，是真实意义上的生活和现在，因为没有了你的参与。

董海淳的投影在水面上若隐若现，月亮被云彩遮蔽又展现，夏天的微风把我熏得微醉，不想再挪动一丝一毫。

突然，手机铃声响起，从包里传来。在分外安宁的平原上，不亚于一颗小型炸弹的威力。我再无动于衷也无法忍受铃声持续地在响。我软绵绵地打开包，拿出手机，是颜岚打来的。

“喂……”我发觉很久没有说话，嘴唇黏粘在一起，声音也干涩低沉。

“你在哪里啊，这都几点啦？你怎么还不回酒店啊？打你电话一直忙音，我都准备报警了……”颜岚喋喋不休地说着。

“我没事，我……”手机突然发出刺耳的啸叫，穿透耳孔刺入身体最深处，像针一样地刺痛身体。我本能地把手机拿开，把眼睛紧紧闭上。

疼痛稍稍缓解后，我睁开眼睛。眼前是一条不宽的路面，左右两边是一些已经打烊的店铺，卷帘门紧闭。路灯下，乱舞的飞蛾投射到地面上的影子，把它们放大了好几倍。人行道上空无一人，偶尔有几辆车从眼前呼啸而过。我现在在哪里？

“喂喂，你在哪里？你在不在？”手机里传出颜岚的声音，原来我的手里还牢牢地握着手机。

我重新把手机举到耳边，“我不知道我在哪儿，觉得有点儿眼熟，就是一条马路。”

“看看门牌路牌不就知道啦，傻乎乎的。赶紧打个车回来，已经凌晨，嗯……四点四十了。”

我走近一家店铺的门口，就着昏暗的路灯，看清门牌上的字。

双塘园 54 号。

双塘园？我回到了我的城市？没错，我曾经在这附近生活过，我的小学就在双塘园 126 号。是的，完全没错，我从上奕市转移到了双塘园。在错乱的时间、空间中，在魂魄的飘舞纷飞里，从那里到这里，失去了点到点的关联。舅爷说，你把那条界限模糊一些就没什么这里那里的区别了。没有人会相信，除了你。

我让颜岚把我的行李从上奕市带了回来。她看着我，我看着她，我什么也没说。我喜欢她，因为她不会为了讨好我，关切地问，怎么回事？出了什么事？你没事吧？我真的不需要任何人的关切，我只需要繁忙的工作把我压得喘不过气来。

一切如愿，全面推广的前一周，繁杂的琐事，连续的加班，我尽量不让自己有一分一秒的喘息。我甚至希望4月14日迟些到来，或者公司再接下类似的重大项目。日子在现实中平稳推进，4月14日如期而至。由于推广的全面爆发，截至14号晚上十二点，销售额猛增28.7%，预计后期还将持续增长。办公室里灯火通明，每个人眼睛里都闪耀着兴奋的光芒，包括我自己。群体性的狂欢，身在其中，那些不为人知的私密被淹没殆尽。

“后天晚上，在费蒙大酒店，我们举办一场庆功宴，穿礼服的那种。”主管把领带向下拉拉松，衬衫领口内侧露出一圈发黄的汗渍，“穿着礼服，大口喝酒，大块吃肉。”

4月15日下班后，我去商场买了一件黑色的小礼服。领口和后背的V领，全都开到上身的一半。这完全不是我的穿衣风格，但我就是想这样穿着。我甚至觉得即使穿着比基尼参加，我也毫不在乎。我甚至觉得，用小刀在我身体上刻些什么，让我感受疼痛，我也毫不在乎，甚至可能满心欢喜。

4月16日，酒店的洗手间里，颜岚大呼小叫着把我转过来转过去，“平时看不出来啊，挺有料的嘛。”

“借我一支口红涂一涂。”我对颜岚说。

“斩男色？”

“不，再红一些，大红，三百米以外就能看见的红。”

“DIOR烈焰蓝金999。”颜岚从化妆包里取出口红，“别被灌醉了，我的女王殿下。”

“涂什么颜色的口红就能成为什么样子的人？”我问颜岚。

“那还用说。”

庆功宴的气氛越涨越高，主管动情地唱了一首《忘情水》，总监丑态百出地扭了一曲《江南 style》。我已经不记得多少人跑到我边上和我喝酒，有高层，也有平时一起战斗的同事。我使劲地笑，好让烈焰蓝金的光芒照耀到更远的地方。再往后，我已经控制不住自己的笑容，什么事情都那么好笑，朱会计的头发缠到了椅背的装饰扣上，Sharry 快步跑上台的时候，跑掉一只鞋，颜岚和吕工喝交杯酒时，把酒洒了人家一身……

还残留的一些记忆片段是，颜岚和总监把我抬回家，摔在宽大的双人床上。我依稀听见总监说要留下来照顾我，被颜岚大骂着拽出房间。我想说，留下来好了，这张床大得很呢，这里那里的，哪有什么界限。可我完全动弹不了，嘴巴连条缝也张不开，整个人像漂浮在漩涡的中央，摇摇晃晃，上下颠倒。

我坐上了简易马车，黑马拉着我咔嗒咔嗒地向山下驶去。我随着颠簸的节奏上下起伏，周围的景物，如电影镜头般一帧一帧地变化。

我猛然意识到，我忘了做睡前的祷告。

我想挣扎出梦境，我挥舞双手，但我能确定那是在梦里的挥舞。我想让自己翻身，但我能确定那只是梦里摇动了一下肩膀。呼吸沉重，既像是被巨大的铅块压住胸口，又像是马车加速带来恐惧的窒息。四周景物像线条一样嗖嗖地从身体两侧穿过，盘山路越来越窄、弯道越来越急、黑马越来越快、我的心跳越来越紧，心脏随时要飞出来的感觉。“求求你，别做这个梦！”我大声喊道。但是梦里的祷告没有丝毫作用，马车以 120 迈，甚至更快的速度向山下冲去。

董海淳悄无声息地坐到了我的对面。

“口红颜色很漂亮。”他说。

“现在不是说这个的时候，”我迎着呼呼的风声喊，“我们得想办法让马车停下来。”

“随他去吧。”董海淳说。

“好。”我安静下来，任凭马车载着我们俩飞奔。

“我很想你。”我说，“我不知道你去了哪里，不知道你离我有多远，也许两公里、两百公里、两千公里，或者两亿光年。我成为不了其他的样子，即使涂了烈焰蓝金999，我一直就是这样，所有的改变都是徒劳的。我只想抱抱你，和你鼻子碰鼻子，咬咬你的手指头。全世界只有你能懂得我、包容我。舅爷说的，‘把那条界限模糊一些就没什么这里那里的区别了。’不就是这样吗。谢谢你一直都在，保护我不变成其他样子……”

我的话还没有说完，董海淳快速地从座位上站起来，猛地一推，把我推下急速奔驰的马车。我翻滚在沥青窄道上，感觉不到路面擦破皮肤的疼痛。我用尽全力狼狈地爬起来，追着马车奔跑起来。十米、二十米、五十米……黑马、马车、董海淳离我越来越远，但他们始终在我的视线中。我看见黑马在下一个弯道来不及转身，像箭一般，却又慢慢悠悠地跃出悬崖，向上再向下，拖着长长的尾翼，划出一道素描般的黑灰色弧线。

我流着泪醒来，我这才清醒地意识到，我还活着，我在为董海淳而流泪，第一次为董海淳而流泪。

双塘园是一个美丽的地方，一大一小两个池塘，夏天的时候，大池子里有一半盛开着荷花，小池子里有铺得满满的浮萍。荷花绽放，花香清冽，月光下，你会不会有些小小的寂寞。以后我会经常拨打你的电话，即使听到的是忙音嘟、嘟、嘟、嘟……重复又重复的声音。但或许有一天，就像我接到了颜岚的电话。你拿起手机，声音干涩而低沉地说了声，“喂……”

漫长的下坠

透过遮住面部的白色婚纱，隐约看见杨思欣的脸庞散发着光泽。是寒光吧，那次摸起来是冰冷冰冷的触感，因为小心翼翼，只轻轻地在皮肤上滑动，就像触摸钻石的表面，透彻骨头的寒意和光滑，与黑色的头发映照出反差。现在的她一头棕褐色的卷发，松松地绾在脖子上方，发髻上点缀着几颗闪光的发饰。

第一次看见杨思欣的时候，黑色的直刘海落在眉毛和眼睛中间，黑色的无袖连衣裙让她看起来有一种冷飕飕的感觉，尽管那天是炎热的 9 月 1 号。那天也是我第一次站在讲台上，用俯瞰的角度观察一群十四岁左右的中学生。

我骑着自行车往租住的房子赶，杨思欣从后面骑着一辆锈迹斑斑的自行车追上我，“林老师，你家也是这个方向呀？”

我看了看右边的杨思欣，刘海被风吹了起来，露出白得发光的额头，“你怎么刚回去，不是早放学了吗？”

“我喜欢在学校里多待一会儿，学校后山有我的一块秘密基地，林老师有空的时候想不想去看看？”

“不了不了。你以后得早点儿回去，再往后天黑得快，一个人回去不安全。”

“我喜欢天黑，天一黑就会有许多白天看不见的东西出现。林老师，你是一个害怕天黑的人吧？”

“怎……怎么会……”

“林老师，你是一个很怕死的人吧？”

“什么呀，怎么会，谁不怕死啊。”我想到自己被困在干枯、黑洞洞的深井里两天两夜的事情，不觉浑身一阵颤抖，我急忙重新握了下车把手，以掩饰我的颤抖。

“死亡离我们很近的，前后左右，出其不意地拉我们一下，一眨眼，就被拉进死亡里的。”

“你这么小怎么会想这些事情啊？作业写完了吗？我布置的暑假见闻，两千字写了吗？”

“林老师你真够讨厌的，你又不比我大多少，我就是想和你谈谈正事，干吗说作业呀，没劲。”

我回到家后，杨思欣继续往前骑，看着她的背影，黑色的长头发在肩膀处迎着风掀起、落下，黑色紧裹着瘦小身体的针织背心，就像黑色的磁石一样，把我的视线牢牢吸住。这个孩子身上有一种下坠的黑暗气息，让人忍不住想一探究竟。

打开房间的门，有股油墨味儿钻进鼻子。这就是我为什么害怕天黑的原因，除了一屋子的书与我做伴，再也没有一个可以说话的人。寂寞时不时就会伴随死亡的气息，我想着杨思欣侧面的线条，一只带着鹰钩的鼻尖，像精灵一样的上挑眉眼。我试着用舌尖在上颚分三段念她的名字，“杨——思——欣”，完全不可能。我要求自己打消罪恶、古怪的念头，在一所小镇上的中学，不可能发生《洛丽塔》这样的故事，我也不是什么恋童癖，只是一名普普通通的语文老师、班主任。我为自己罪恶的想法，狠狠地在手臂上划了一刀。疼痛让我有快感，就像跌落进深井里，从额角流出的血，温暖、腥甜。

我有预感我会做梦，会做噩梦。黑色的手从深井的四面八方伸向我。一只只像黏胶一样，却异常尖锐的黑手，把我拉扯向深井的四面八方。我无论如何也喊不出一点声音。焦急地想要坐起身，想要睁开眼，却也无能为力。我在梦里梦到了杨思欣，她远远地看着我，面无表情，一动不动。

即使是在梦中，或者是在半梦半醒之间，我也能意识到为什么会梦见杨思欣。在作为班主任的几个月期间，杨思欣在班上明显地被孤立。听老教师说过，校园暴力，不管是冷暴力、热暴力，都是无法控制的。也可以说是青少年发展到这个阶段的必经之路。教师能掌控的只是表面，私下的汹涌无序谁都无法预料。而被暴力的学生也无法预测，成绩好的、成绩坏的，漂亮的、奇丑的，家庭完整的、家庭有缺陷的……就像被上帝选中的那样随机，没有标准和征兆。所以，杨思欣，你是像我一样的孤独吧。

新娘从舞台的一端走向新郎所在的另一端。一件低胸的婚纱礼服把她的胸部勾勒得沟壑纵深。白色的婚纱，白色的球体，让人无法挪开视线。十四岁时的杨思欣还没有这样波澜壮阔，小小的锥形胸部有微微向外扩张的趋势。

“真想买一件漂亮的内衣。”杨思欣低着头说，“最近班上的女同学都在讨论内衣的事情。”

我知道，她所说的讨论，其实是她偷听女同学们的谈话听来的。只要是休息时间，她总是一个人坐着，一圈一圈的小团伙里，没有她的存在。她是被上帝选中的孩子，被冷暴力控制着的孤独的孩子。

“陈洁买了几件特别漂亮的内衣。她说像我们这样的年龄不穿合适的内衣，胸部会变形的，会长得越来越难看。我也想要这样的内衣，但是妈妈不会让我买的。我妈净给我穿那种丑得要命的小背心，她说现在还不需要，长大点儿再说。”

每天下班，杨思欣都等着我，和我一起骑车回家。有时候我改作业到很晚，她就在秘密基地等到我很晚。那些超越师生关系的行为，让我有些惶恐，却又觉得对待一个孤独的孩子，那么像我的一个孩子，付出更多的关注是理所当然的。

杨思欣说：“现在用的这个圆规真差劲，一画就滑跑，真讨厌。”于是我买了一支德国施德楼的圆规送给她。杨思欣问，“爱伦坡的书是不是特别好看？”“对，特别好看，就像深井。”我说。于是我买了爱伦坡全集送给她。

“一件内衣大概要多少钱？”我问，觉得这问题非常尴尬。

“我也不知道，可能蛮贵的吧。要不，林老师，你陪我去买吧？”

“不行不行，这怎么行。”我的脸瞬间通红，还好有迎面的夕阳光晕掩饰。

我跟着杨思欣进了一家叫作“古今”的内衣店。直到很多年后，我才意识到，看起来用一副坚强开朗、无所谓的态度掩盖柔弱、孤独的杨思欣，实则拥有强大的控制欲。这大概就是她被敏感期的同学们排除在外的原因吧。可后来我再没教过书，也无法积累出被暴力学生的共性。但杨思欣的目的性又不那么明确，或许就是享受现在这一刻的得逞吧，毕竟还是一个孩子。

导购是位上了年纪的妇女，也许是自作多情，始终觉得她看我们的眼神有些怪异。这样的年龄差，不会是父女，也不太可能是男女朋友。

“你穿多大码的？”导购问。

“70A。”杨思欣回答道。

“我，我是从网上看的教程学到怎么量的。”杨思欣看看我，吐了一下舌头。

导购说：“我帮你挑几件学生款的吧。”说着拿了几件内衣带着杨思欣进了更衣室。

她们进去以后，我转到层层衣架的后面，一个不易被人发现的角落，而这里似乎与更衣室的最里面只隔了一层薄板。我偷听到导购与杨思欣的对话。“咦，你这件内衣也是在我们这儿买的吧？”

杨思欣呵呵地笑了笑。

难道她买过内衣，我很奇怪，她不是说她的妈妈只让她穿很丑的小背心吗？难道她说谎？也许吧？也许被暴力、被孤独围绕的孩子需要用谎言来充实人生。我坚信着这个理由，决定不去追问事情的真相，她还是个孩子，我只想给予她多一点儿的关心，让她能够回到正常的群体当中，而不是像我。

付款的时候，内衣的价格让我咋舌。一件就要两百多块，我咬咬牙，恨恨掏出六百元。杨思欣在不远处对我笑了笑。为了让这个孩子开心，这些不算贵。

轮到新娘讲话了，杨思欣握着话筒，脸上带着腼腆的微笑。台下的人也跟随着她动人的表情，微微挑起嘴角。只有我能看见她明媚洁白的外表下，有着追逐黑暗的气息吗？

“首先，感谢在座的各位长辈、领导、朋友在百忙之中来参加我们的婚礼庆典，并给今天的婚礼带来了欢乐，带来了喜悦，带来了真诚的祝福。在此，请允许我对各位的到来表示热烈的欢迎和衷心的感谢！

“曾经，我是一个喜欢看言情小说的女孩儿，虽然我很清楚那只是虚构的故事，但我就是那样固执地喜欢。我相信，一定有一生一世的爱，也一定有一辈子的依靠。遇见了他，我们一起尝试，一起经历，一起哭一起笑，一起感动。

“他，不曾给过我任何山盟海誓，因为未来实在太不可测。他，只用他的宽容、他的宠爱、他的用心，来让我体会他的付出。”

杨思欣微微侧过身，看向新郎。

“我爱你，不是因为你曾经在你生命中拥有的，而是我们过去、现在以及未来共同拥有的。我爱你，是你让我变得更快乐、更完美。我爱的，就是原原本本的你，似乎如此简单，但全世界没有一个人能够如此，除了你以外，直到地老天荒……”

台下响起久久的掌声，有的人眼眶湿润。是啊，我都快忘了，杨思欣的文采在当时的班上数一数二，这也是我相比一般学生更加关注她的原因。她看过很多书，甚至是《金瓶梅》《废都》这些在我看来不适合孩子看的书。

我记得，当时初二年级有两个参加市里“新理念”作文大赛的名额。为了能让她参加，我和语文教研组长据理力争。

“我看过杨思欣的作文，不合适。你看她把校园写得那么不堪。食堂后面的臭水沟，食堂洗啊、涮啊、油污啊、泔水啊，这些也是必然会产生的。学校后面的荒山，不是有围挡起来嘛，为什么要爬进去，为什么要写这些。其他学校的人读起来会怎么想？漂漂亮亮的教学楼、花坛不写。比赛是要代表学校的，要体现的是学校的形象。”教研组长字字铿锵地说。

“但这次不是普通的作文大赛，‘新理念’的要求就是打破旧观念、旧规范，打破僵化保守。反对套话，反对千人一面、众口一词。要真实地感受、体察生活。这些杨思欣都有。她非常独特，她是与众不同的！”

在我的坚持下，杨思欣得到了参赛名额，那年夏天我带着她和三班的陆其明坐上长途客车去市里参加比赛。

陆其明是典型的高富帅，成绩、运动都出类拔萃。受到他高官父亲的影响，说出来的话，能让大多数的人心花怒放。他们俩坐在我后面一排，他们的每一句话都传进我的耳朵。

“你应该去迪士尼玩儿的，最适合像你这种公主一样的女孩儿。里面有梦幻的旋转马车、爱丽丝梦游仙境的迷宫、白雪公主的故事馆……很多美美的东西，和你很配的。”

“这个季节我家人经常让我吃石蛙，不是牛蛙，说是滋阴强壮、清凉解毒，还能明目，这个季节吃了身上不会长痱子什么的。还说女孩子吃了皮肤会变好。不过我觉得你肯定不用吃，你皮肤都已经这么好了。真的，怎么会骗你……”

对于陆其明的夸夸其谈，我发现杨思欣并不觉得厌恶，咯咯地笑个不停。他们的聊天声渐渐消失后，我忍不住偷偷回头，看见杨思欣的头靠在陆其明的肩膀上睡着了。

是的，那个时候就应该看出来，杨思欣对于上层社会有着一种莫名的热爱。和她喜欢的书籍、聊天里显露出的追求下沉的气息不符，或者说反差。就像今天，司仪报出一连串的政府高层领导、大型企业老总来宾的头衔、名字时，我更加确定了她断裂的自我和没有目的的追求。

我握紧拳头，不能忍受杨思欣这样的黑暗体质触碰到像陆其明这样生活在光鲜明朗的空气中的身体。这是嫉妒吧，我确信杨思欣一点一点地攻击进我的内心，就像在黑色的画布上再抹上一道沉重的黑色颜料。我们才是一类，我们应该与其他人隔离开来。

作文比赛在漫长的等待后公布了结果。陆其明获得三等奖，而杨思欣什么奖也没得到。

“这应该是你的强项啊？”我觉得不甘心，不相信杨思欣连鼓励奖都没得到。“来之前，校长找过我谈话，希望我写的作文能表达出健康、阳光的一面。我知道我不应该这样写，可是既然答应了，我就这么做了。林老师，我没有得奖，让你失望了吧？”

"怎么会，没关系。"我想到回去后教研组长一定摆给我一个"我就知道会这样"的眼神。算了，不想了。我安慰杨思欣："比赛年年都有嘛，我们明年再来参加。"

我当然没有料到，我教这届学生，连一年都不到。

星期天下午，我去市里拿陆其明的获奖证书和杨思欣的参赛证书。因为不是工作日，就一个打印证书的小姑娘拖拖拉拉到六七点才弄好。

在回去的大巴车上，我突然想到，可以现在去杨思欣家送证书，因为不想回那个孤零零的家，或是因为想见到杨思欣。我打电话到杨思欣家，是她接的电话。

"我过一会儿去你们家送参赛证书，方便吗？正好和你家人谈谈关于这次作文比赛的事。"我发觉我拿着手机的手指在轻微发抖，要去见家长了。不，就是一次普通的家访。

"过一会儿？"杨思欣问。

"大概一个多小时以后。"

"可以啊，我和我妈都在家。"

"一会儿见。"

"一会儿见。"

按着学生手册上背熟的地址，敲开了杨思欣家的门。杨思欣把我迎了进去。

杨思欣像是刚洗过头，乌黑的头发又直又顺，还飘散着洗发水的香味。白色的荧光灯直直打在她的脸上，能清晰地看到白皙的脸上白色的细小绒毛。我盯了多久没有知觉，应该是过了好一会儿才反应过来。

"你妈妈呢？"我问。

"临时要加班，刚走了。"

"哦，那我就先回去了，下次再过来。"我有些害怕这样的单独相处，我不能否认，在我的头脑里出现了杨思欣赤裸雪白的身体、小巧的粉红色胸部。这和用刀在胳膊上刻出血痕一样让人兴奋，却罪恶。

"我去给你倒杯水吧，再等一会儿，说不定我妈一会儿就会回来。"杨思欣进了厨房。

我定定地站在原地，她让我再等一会儿，我“只能”再等一会儿。我四处看了看，走近电视柜拿起上面的一张全家福照片。

“你妈妈去值班了，你爸呢？他什么时候回来？”

“我爸死了。”杨思欣毫无表情地说。

我不记得班上有单亲家庭，特别是我最关注的杨思欣。学生手册上他爸爸似乎是某家贸易公司的。

“没什么好吃惊的，别做出那种表情。”杨思欣慢悠悠地说，“我和你说，你不要告诉别人，是我杀死我爸的。当然了，你说出去也没关系，根本没有证据。你别这样看着我，我在和你谈正事。

“我爸爸总是不回来，有一天我知道他回来了，我是说他就在陆地上。我到处去找他，一直找到天黑，我看见他和一个女人从酒店里出来，我一直跟着他们，跟着他把女人送回家，跟着他走到一个没人的地方。那里有一口很深很深的井，他在井边停住了。他向里面张望，似乎发现里面有什么东西，他对着里面喊‘喂——’

“你知道吗？我恨我爸，我几乎不认识他，却被要求喊他爸爸。对，这样的孩子肯定很多，但是我不能容忍。我不想再看见他，不想再对一个对我不闻不问的人喊爸爸，所以我把他推进井里，他就再也回不来了。所以我是没有爸爸的。”

深井，杨思欣阴森森的描述，像是再一次把我推进深井，在里面昏睡、醒来、昏睡、醒来。那是真正的孤独，有血腥的味道陪伴的孤独。被救出后身边的人尽量不再提这事，怕引起我糟糕的回忆和过激的反应。但我一遍又一遍地回忆着，那种奇妙的寂静和在生命边缘游荡的自由。

直到杨思欣的妈妈回来，我才从深井里爬出，狼狈不堪。

“妈，你怎么回来了，你今天不是夜班吗？”

“戚阿姨星期一有事，和我换班了。这是……”

“是林老师。”杨思欣说，“来送参赛证书的。”

这么说来，杨思欣知道妈妈今晚不回来，才让我过来的，并且说谎妈妈在家。是因为父爱的缺失才导致的谎话连篇吧，也许她爸爸真的去世了，但怎么会是她杀的呢？我心疼地看向杨思欣。

“哦，林老师啊。”杨思欣的妈妈表情有些奇怪，是对我这么晚来家访感到奇怪吧，“快请坐。”

我不明白，像杨思欣这样与众不同的女孩儿，为什么会有一个世俗的与普通妇女一样唠叨的妈妈。不知道长大后的杨思欣会是怎样，她不会落入俗套的。

杨思欣妈妈和我抱怨了很多生活的不易，“她爸爸是船员，一年有大半年在海上，我呢要上班、要照顾思欣、要做家务，真的累得要死。”

“那她爸爸一般什么时候回来？”我问。

“昨天她爸打电话回来说，下个月月底应该就回来了。”

我看向杨思欣，发现她并没有因为谎话被揭穿，而发生一些表情上的变化，她的眼神里依然是冷漠和无辜。

我根本没有想到，我陪杨思欣买内衣的时候，被学生发现了。陈洁趁我一个人在办公室的时候，坏笑着坐到我办公桌对面。

“林老师，还没回家啊。今天不和你的小女朋友约会？”

“我哪有女朋友。”

“杨思欣那个小骚货啊。”陈洁咯咯地笑起来。

“不知道你在说什么。”

“这个。”陈洁把她手机递到办公桌上，我看见屏幕上我提着“古今”的纸袋和杨思欣一起从店里走出来的画面。

我不知道怎么处理这样的状况，我痛恨所有的人际交往，除了和我一样孤独的杨思欣可以让我有片刻的放松。我宁愿现在还在深井里，不用说话，不用思考复杂的事物。

“删了！”我大声说。

“删了就删了，不过电脑上已经备份了，嗯？”陈洁挑衅地抬了抬眉毛。

“你想怎么样？”我挤出无奈的一句。

“要说考试告诉我题目啦、把我分数打高啦，这些我都不稀罕。反正我高中要去澳大利亚上学的，成绩好不好也没什么影响。这样吧，你给我五百块钱吧，算封口费。”

被一个孩子要挟，我感到无力和痛苦，但我只能按照她的话去做。如果事情曝光，我和杨思欣将会面临怎样的困境，我想象不到。

直到一段校园暴力的视频在一天之内疯狂传播开来，我才意识到在我看不见的地方，发生了那么多事情。

视频中的画面：陈洁带领着一帮女同学在学校附近的小巷里，把杨思欣团团围住。视频中有人喊道："让开点儿，拍不到了。"有两个女生躲开，让拍视频的占据最佳拍摄位置。陈洁面对着杨思欣啪的一个大耳光，"你还会玩儿打小人啊。"说着把一只巴掌大小的人偶甩到杨思欣脸上。"你了不起啊，有人给你撑腰啊，一副狐狸精样，天天穿黑衣服，你家死人啦……"陈洁一边骂一边对着杨思欣的头疯狂抽打。杨思欣抱着脑袋蹲下身子，陈洁又一脚踹上去，紧接着围成一圈的女生，你一脚我一脚地向杨思欣踹去。杨思欣蜷缩在地上，抱着头弓着身子，看不见她的表情，听不见她的声音……

我再也看不下去了，为什么被选中的人是你，女生视你为怪物、眼中钉，而我视你为最亲近的女人。你怪诞的与众不同的个性为什么不掩藏好，为什么要被我们发现。

晚上十点多钟，杨思欣的妈妈打电话给我，焦急地问我知不知道杨思欣在哪儿。"林老师，你有没有看到那个视频，杨思欣被打的那个，同事给我看的，她现在还没回来，打她的那帮畜生都回家了，说打完就走了。可是学校、家附近的巷子我都找过了，没有啊，她会不会出事啊！"杨思欣妈妈的声音里带着哭腔。

"我马上出去找。"

杨思欣说，后操场围栏的最北端有一个洞，钻进去之后就往西边的那座山上爬。爬到半山腰的时候，会看见一棵很古老的松树，然后顺着松树旁的那条小道一直向下走，那里就是我的秘密基地了。

所谓的秘密基地，是一座破旧的、用塑料布搭建起来的棚子，歪歪倒倒，随时要倒的样子。应该不是杨思欣弄的，或许有人曾经在这里生活过。掀起塑料布，杨思欣蜷缩着身体抬起头，满脸的血污和瘀青。

"林老师。"杨思欣的声音带着颤抖。

我搂着她瘦小的身体，并且想用嘴唇堵住她的嘴，让她不要说话。她还是呢呢喃喃地告诉我，“我知道陈洁拍到了你给我买内衣的照片，我还知道她一次又一次地问你要封口费。你给了也没用，她已经和很多人说了。然后我觉得很对不起你，我不敢单独见你，又不知道怎么才能把照片全部销毁掉。我做了陈洁的小人，天天用针扎她，可是根本没有用，陈洁还是好好的，还是到处说我们的事情。而且她发现了我藏在抽屉里的小人，上面有写陈洁的名字。然后她喊了一大帮人一起来打我。我不知道事情会这么严重，我一点儿也不喜欢这个世界，这个地球。林老师，我喜欢你，只有你对我最好，可是我也害了你。”

是啊，她是害了我，但那是我自找的、自愿的。我真的处理不好眼前的问题。我们下山后，会面对怎样的困境。在这个不大的镇子上，我们会成为最与众不同的异类，并且再也没有办法掩饰。

“林老师，你过来。”杨思欣颤颤巍巍地站起来，把我带到棚子后面。一口深深的枯井显露出来，“我要从这里跳下去，林老师你陪我吧。”

好，我说。

经过漫长的下坠，我们到达了井底。碎石块扎破了我们的脑袋和身体。我爬行着靠近杨思欣，月光照在井底，她的眼睛半睁半闭着快速眨动。我艰难地伸手去抚摸她的脸颊。冰冷冰冷的触感，手指轻轻地在她的皮肤上滑动，就像触摸钻石的表面，透彻骨头的寒意和光滑。

意识消失之前，我似乎听见有人在很高很高的地方大声地喊，“喂——”杨思欣缓缓开合嘴唇，似乎在说：“爸爸，爸爸……”

被救出之后，我已经没有办法再教书了。每个人都看过了我陪杨思欣买内衣的照片，我和她在学校后面的荒山殉情的传闻铺天盖地，就连杨思欣妈妈也站出来说，我趁着她值夜班的晚上到她家去勾引她女儿。

我离开了这个小镇，这座城市。之后工作、攒钱、去国外读书、回国、在上海找了工作。在上海的大街上偶遇到杨思欣，被她邀请参加她的婚礼。我曾经觉得十三年前的事情像一场梦，而现在反而觉得眼前的婚礼像是一场梦。

杨思欣和新郎到我们这桌来敬酒，散发着醉人香气的杨思欣靠近我身边。我感到一阵眩晕，像踩在云团中一样飘忽、瘫软，是梦境中找不到着力点的那种飘飘悠悠，耳边的喧闹声混杂在一起，嗡嗡地敲打着脑壳。

杨思欣即将离开我们这桌的时候，她把嘴凑近到我的耳边，“林老师，想不想再和我躲到深井里。”

轰然一声，我坠入黑暗的深井，感受到了脚下不平坦，却坚实、稳定的土地。我看向黑暗的四周，有血液的腥甜味道，有疼痛的精神振奋。这一次我要一辈子待在这个没有光亮的地方，这是我最大的愿望。

七月的凤仙花

把儿子送进幼儿园后，我原路回家，沿途买了豆浆、油条和烧饼。每天早晨，家里在不同时间段有不同风格的早餐。儿子是在六点半到七点之间的西式早餐。面包、麦片、牛奶、鸡蛋、培根、酸奶、水果等等的搭配。七点半之后，是老公的中式早晨，在送完孩子回来的路上买现成的打包即可，不外乎包子、油条、糍粑、烧饼、豆浆、豆腐脑、稀饭等等的搭配。我有时和儿子一起吃早饭，有时则和老公一起吃。

我把打包袋的封口扎紧，担心里面的食物凉掉。现在是二月中旬，呼呼的寒风吹得人脸上刺痛。但是很奇怪，今天从早上六点钟起床开始，我就感觉脸颊在火烧火燎着，加上风吹，疼得像是要裂开。

回到家，老公已经在刷牙，和以往的这个时间点相同。我把豆浆盛好在碗里，他刚好坐下来。老公一边看着手机里的早新闻，一边咽下早点，读一两句他感兴趣的新闻内容。

吃完早餐，老公换上出门的鞋子。

“今天晚上回不回来？”我问。

“现在还不知道，不回来我会打电话的。”

老公出门后，桌上剩下父子俩吃剩下的早餐。半片面包、几片苹果、一根油条、三分之一碗豆浆和一只蛋黄。我把这些塞进肚子，把空碗碟收拾进水池，看了一眼时钟，八点过六分。距离接孩子还有七个小时，距离老公下班回家（如果他没有应酬的话）还有十个小时左右，在这个时间段里，我是自由的，甚至可以说绝对自由。不是一天如此，而是几年都将如此。每天这个时候，我仿佛看见前面是一片茫茫沙漠，需要穿越过去。

怀孕之后我便辞了职，孩子还在肚子里开始，我就被他的一切包围了，他出生那段时间更是如此，本来以为长大了会好一些，但至少目前还不是。图片上看到的孩子，都是柔软而迷人。自己的儿子也是，特别是一两岁的时候，每天带着孩子在户外散步，到哪儿这个大眼睛的小家伙都引得关注。或晒着太阳，或在甜品店和儿子分食小蛋糕，觉得幸福得可以跃上三层楼那么高。

儿子上了幼儿园之后，我才意识到那种每天塞得满满的忙碌不是永恒的状态。孩子是个独立的个体，这是我应该早就明白的事情。我能清晰地看到他在不久的将来离开，已渐渐不再感到担忧，而成为理所当然。我爱他，我为他准备吃喝、衣服、故事、生活，但所有的动作呈现在机械当中，有微笑、有怒斥，却与我自身没有太大关系。

每天接送儿子，还是没法工作，没有什么单位可以在三点多钟下班。做全职太太的时间越久，越失去出去找工作的勇气。更何况大学学的专业比较冷门，想找到合适的工作，想想也知道不易。老公倒是鼓励我专职带孩子，他跟我一起浏览了关于父母缺位对孩子如何不好的网页，还劝我多利用午休时间保养，这些因素加起来让我觉得真的不必再到社会上去了。

今天起床后，身体有种与以往不一样的感觉。体内的燥热和寒冷的空气像夹击我的两股强大势力，让人一直郁郁寡欢。也许郁郁寡欢已经不是一天两天了，但今天的身体有明显的异样，体温正常，肯定不是发烧感冒之类，我不知道那是什么。

我上网搜了下女性更年期的资料。更年期综合征（MPS），指妇女绝经前后出现性激素波动或减少所致的一系列以自主神经系统功能紊乱为主，伴有神经心理症状的一组症候群……我才三十多岁，上次的月经来得很准时，血流通畅，血色健康。也许是我想多了，安静的时光总会使人更加关注自己的身体。这样的我也许会被人分析为寂寞难耐，也许会被认为没有信仰，我想，也许我该洗个澡试试，用热水冲冲全身的皮肤。

打开浴霸、暖风机，站在淋浴房门口，看着墙上温度计上的水银柱一点一点地攀升。一年四季过得飞快，去年冬天，我记得我曾经站在这里，看着温度计上的水银柱一点一点地攀升。前年冬天，我也这样站在这里看着温度计上的水银柱一点一点地攀升。回忆每一年，让人有种跋山涉水的感觉，虽然我难得出门旅行，更谈不上为生活辛苦奔波，但时间本身就是一座山，一片海吧。

我脱去衣服，看着自己的身体。时间又是只在原地打转。怀孕的时候胖过，之后又瘦回去，然后再也没有变化。要不是看见孩子每年都会显小的衣服，和寒冷炎热的交替，真的不太感觉到日期的变化。这是因为时间变慢了还是因为时间变快了？

本以为热水冲洗皮肤，可以让身体内外的温度接近，但洗完澡后燥热更加在身体里蔓延。吹干头发，鼻尖上竟渗出几颗汗珠。我疑疑惑惑地看了一下手机上的天气预报，今天最高温度七摄氏度，室内也不会高于十摄氏度。现在这样穿着毛衣和夹棉的居家衣裤并没什么反常。

环顾房间，我决定今天不打扫了。一来房间被我每天收拾，已经几乎找不到一处有灰尘的角落，二来也不想在洗完澡之后再出一身汗。全职的责任不外乎打扫、做饭、洗涤、照顾家人生活，但偶尔偷偷懒，又有谁会知道。

我刚在沙发上坐定，就听见嗡嗡的声音。一只苍蝇飞在吊灯的周围。苍蝇的飞行线路十分诡异，短暂的直线、弧线，再直线、转圈，不知道它想落在哪儿，更不知道它是从哪里冒出来。冬天里的苍蝇，看起来稀罕，但毕竟不是让人喜欢的昆虫。我去厨房，翻出一只苍蝇拍，想把这让人烦躁的嗡嗡声消灭掉。

拿着苍蝇拍回来的时候，已经看不见苍蝇的踪影了。我举着苍蝇拍发呆，突然觉得苍蝇拍真是件特别的东西。红色的塑料制品，既柔软得可以上下摇摆，又硬度恰到好处得可以拍扁苍蝇。更何况这样东西是专门为对付苍蝇而设计的，也就是说它只有一种功能。在网上常能看到一些帖子，《柠檬的多种用法》《肥皂的多种用法》《胡椒的多种用法》《精油的多种用法》《电饭煲的多种用法》……却没有一篇关于苍蝇拍的多种用法。正想着，嗡嗡的声音又一次响起，并且擦着我的耳朵飞过。我盲目地挥动几下苍蝇拍，追在苍蝇后面。苍蝇在窗户玻璃上停下，我在窗户边也收住脚步。看起来不动的苍蝇，腿、翅膀、眼睛都在微小地动个不停。苍蝇的一生只有一至三个月的生命，也许这是它第一次也是唯一一次看看外面的风景。我没有打扰地让苍蝇看了几秒窗外，“啪”的一声，准准地把它拍死。

处理完苍蝇，我坐回沙发。觉得心跳也随着身体温度的升高在加速。我从书架上抽出一本书，想安静地看会儿书，让自己平缓下来。来来回回看了一页，有点儿不知所云。与自己的过去相比，也许头脑的变化远远大于身体的变化。现在的头脑似乎被分割成了一小截一小截，互不相连的隔断。而过去，可以用头脑串联出完整的事件、体系、结构，这些抽象的概念。可以证明这点的是，上大学时实实在在地看完了几十部名著，其中包括卡夫卡全集和托尔斯泰全集。而现在，头脑中塞满了各种碎片，却得不到一条完整的信息。

如果没有孩子、没有辞职的话，我现在的生活会是个什么样子？也许还是按部就班地上班和下班吧。到现在为止我没有为辞职这样的选择后悔。老公不是大富大贵，但支撑一家的生活还算有余。我可以不过多犹豫地办美容美发健身的各类会员卡，虽然总也不去。他也会每月存下一部分钱，作为孩子以后出国的经费。家庭财务处理得妥妥当当，要我操心苦恼的事情少之又少。我觉得难过得想哭，大概是被从身体里燃烧起来的火焰熏得眼睛酸胀吧。

强迫自己又翻了几页书，好歹是把几个长人名的关系搞清楚了。这花了我很多时间，抬头看钟，已经十一点半多了。虽然没有运动量，并不感到饿，但总算是到了吃午饭的时间。

一度一个人在家，觉得没有吃午饭的欲望和必要，只是不吃午饭一个月后胃开始绞痛。去医院查出浅表性胃炎。医生说，这个病大多数人都有，不必过多担心，只要定时定量吃饭就行。好吧，我换上外出的加绒牛仔裤、毛衣和羽绒服，出门找东西吃。羽绒服裹在身上，像棉被似的厚重。很想要脱去，但觉得在这个季节不穿棉衣或羽绒服出门，多少会被人认为不太正常。

附近十来家餐饮小店，有面条、米线、盖浇饭、中式快餐……即使每天换着吃，几年下来，对每一家都已熟悉和腻味。何况午饭时分，小街小巷总是人满为患，人群带着嗡嗡嗡的声音从各地冒出来，会聚在大中小饭店，这景象让人看了揪心。如果活着是必须，那坚持这必须的首要必须——吃饭，都是那么艰难。

我几乎是闭着眼睛进了一家店，点了西红柿鸡蛋盖浇饭后，背上已经汗津津的了。我把羽绒服的拉链拉开，看起来是怕吃饭时把羽绒服弄脏。这样做的人有，因此不会觉得是因为热而显得怪异。

边吃边望着街上过往的行人。一个穿着深蓝色羽绒服、剪着平头的男人从眼前走过。只几秒钟便消失不见，但心脏一阵收缩，又是一大片汗水从腋下、后背和鼻尖渗出。我告诉自己认错人了，不过就是和他长得有两三分相像而已，但心跳还不能一下子平复。

说实在的，对他的印象，侧面多于正面。上大学的时候，每当我坐进图书馆，抱着厚厚的小说，就是不愿意背单词的时候，他就坐在我左边的座位上，等着我垂青似的和他说上两句话。

他的鼻梁悬起而精练。结婚后有几次把老公的侧面同他做比较，老公的鼻头有些宽阔，但对我的温和与纵容也许就是因为这个好好先生似的大鼻子。有时候，我觉得这样的比较对老公不公平。对他的印象停留在二十岁左右，而结婚的时候，老公已经快要三十了。本身较胖，加上婚后更加不节制饮食，使得老公的脸看起来松松垮垮，没有支撑的线条。但是，即使在一年多前再次遇到他，他看起来还是精瘦干练，眼睛里充满期待的神采。

那天和儿子在餐厅吃饭，小家伙一次次地把玩具从宝宝椅上扔掉，我就一遍一遍地帮他从地上捡起。从桌子底下爬出来的时候，我看见一双细长的腿，然后是他惊喜和又忍俊不禁的微笑。

“这么巧……好久不见。”我一边整理着刘海一边说。

“嗯，真的好久没见了。上次同学聚会你没来。”

“是啊，那时刚生完宝宝，哪儿也去不了。”

“这是你儿子？好可爱。”他逗弄着小孩儿，“就你们两个？”

“嗯，老公晚上有应酬，就带着儿子出来吃饭了。”

“我坐这里可以吗？”

我点点头。那次我第一次与他面对面地对视。再也不像上大学时那样躲闪着眼神不敢与他对视。那一次我看清楚了他正面的脸。消瘦而立体，像是画家喜欢的那种可以画出无数个立面的脸。

大学时我们一直没有真正的恋爱，直到毕业的时候，他问能不能抱抱我。我们拥抱的一瞬间，是我们四年来最近距离的接触。我不知道如果我们在大学的时候有一场轰轰烈烈的爱情，再次相遇的时候是不是会有更多的话题。但我更不知道，如果我们轰轰烈烈后，又遭遇分手，那个时候是不是能够像这样平静而悠然地聊天。那天，宝宝乖得出奇，像是能听懂我们谈话似的没吵没闹。还不时吱吱呀呀两句，像是加入我们的聊天。

以后的日子里，总是有两个画面时常出现在我的头脑里，像是给我黑白的生活里，抹上两笔淡淡的水彩颜料。一个是在我们毕业时的那个拥抱，似乎就要水到渠成，却又戛然而止。另一个是一年前，我们畅快地聊了一晚上后，他平淡而流畅地说："记一下我的电话，我还没有结婚。"

我坐在靠近门口的位置，吃着西红柿鸡蛋盖浇饭。吃饭的人进进出出，玻璃门一开一合地扇着风。盖浇饭已经冰冷，可我还是热得卷起了袖子。我拿出手机，翻到电话簿里他的名字。这个号码一次也没打过。也许这就是我们一直没有恋爱的原因，他总是在等着我说什么，而我又总是不确定要不要说什么。

仅仅看着这个手机号码就又让我出了一身汗。我的手指在手机边框上转了一圈又一圈，我该和他说什么呢。今天天气可真是奇怪，明明是冬天，怎么会这么热？或者，你还记得《百年孤独》的内容吗？我可是全都忘了。就是大三的时候，我看完你接着看的那本。那个何塞·阿尔卡蒂奥·布恩迪亚到底有几代。我今天翻了几页，怎么感觉像从来没有读过似的。你呢，你记得吗？

我想着，还是把手机放回了口袋。我觉得他说"记一下我的电话。我还没有结婚"这是两层意思，或者说，这是两件不相联系的事情。他只是让我记下他的电话号码，然后叙述了一下他目前的状况，并不是让我给还没有结婚的他打电话。我舒了一口气，又咽下几口饭，起身离开小饭店，去超市买晚餐的食材。

迎着风快步走，觉得扑面的风吹得特别凉爽。走起来很舒服，像是就要乘着风飞起来了。如果现在还是一个人，我真想就这么走上一整天。汗就尽管出吧，然后冲个澡，或者跳进游泳池里，痛痛快快地游上几个来回。自从儿子出生以来，他就以他的蛮不讲理的作息规律来规定了我的作息规律，这不是多艰苦的事，但偶尔也会让人觉得无趣和辛苦。很多时候感觉疲惫得想要倒下就永远不起来算了，又有很多时候，浑身沸腾着无限的精力，急不可耐地想发泄干净。但只有几分钟，我就已经快步走到了超市门口。

超市里的暖气开得很足，我顺理成章地脱掉羽绒服，折叠起来放进购物篮里。扯下几只食品塑料袋，手心里满是汗，塑料袋口轻轻一捻就打开了。挑选了虾子、猪蹄和几样蔬菜，付了钱离开。

如果带着儿子来买东西，有的服务员会和小孩儿逗弄几句，而我独自来的时候，即使看着我眼熟，谁也不会和我说一句话。超市和楼下的店铺不一样，它精确无比，不会让你赊一分钱的东西，既然这样，稍微智能点儿的机器人就可以完成我的工作。把要买东西的品名和牌子输入，机器人可以比我完成得更快更好。

回到家已经快一点了。得赶紧把猪蹄做好。三点钟儿子放学，接回来后给他弄点儿小点心。然后陪他玩一会儿，再辅导他完成作业。老公回来之前，要把几个蔬菜炒好。虽然不上班，让人以为是个清闲的主妇，但只有自己知道，其实每一天都过得慌慌张张，事情一件一件地冒出来，带着公事公办的脸色。即使是跟着团队出去旅游，也没有感到过身体的松弛，被导游吆喝着快走快走，车要开了。和在家里被时钟的追赶一样让人紧张。

猪蹄炖上后，我在自来水里洗菜。凉飕飕的水流浇透手掌，我觉得还不过瘾，又捧了一捧水浇在脸上，顿时爽快了许多。洗完菜站在炉火前把猪蹄翻个身，继续炖煮。即使是文火，也觉得像是自己被丢在锅里焖着。汗水从额头滚落下来，晶莹剔透得让人害怕。这么一整天地大汗淋漓，我实在不知道自己哪里出了问题。

我觉得呼吸有些急促，像是在缺氧的高海拔地带行走。我慢慢挪到沙发上，一动不动地坐着，就连捋一下刘海的动作都会渗出汗珠。眼睛渐渐感到模糊，似乎有困顿向我袭来，周围的景物蒸腾出热气的虚影，睡眠一下子把我包裹在其中。

我打开房间的门，一股巨大的凉意扑上我全身。房间里开着冷气，凉爽得像清透的仙境。我看见一个年轻的女孩儿光溜溜地躺在大床上。关键的部位用一条镂空的针织毯盖着，四肢修长紧绷。女孩儿张嘴说了些什么，可是一句也听不见。她望向窗外。

接着我来到窗前，一双大手把薄纱窗帘拉上。拉上的一瞬间，我看见楼下绿化带里盛开的凤仙花。我爬上床，即使是冷气十足，也感到燥热难挡。大手开始在女孩儿的身体上走动，我的眼睛距离女孩儿的脸那么近，近得可以看见她嘴唇边细微的绒毛。

大手支撑着身体，一下一下地拉近再拉远。女孩儿的表情从微笑到皱眉到扭曲地发出听不见的喊叫。一颗汗水滴到浅蓝色的枕头上。我感到就要爆发出的巨浪在身体里翻滚，巨浪游遍全身，最后在身体里炸裂开来，我倒在女孩儿身边，看着窗帘被空调里吹出的凉风，掀起再落下。

我从沙发上惊坐起来。眼前光线黯淡，与刚才看到的明媚刺眼有着强烈反差。耳边听见厨房里咕嘟咕嘟炖煮的声音，猪蹄荤腻的味道已经散开在客厅的每个角落。

我站起来，慢慢推开房间的门。我害怕看到像刚才那样一个鲜活的女孩儿躺大床上。好在房间里空空荡荡，厚棉被叠放得整整齐齐，房间里充满着过于冷清的味道，也许是少了个鲜活肉体的原因。

我擦了擦额头的汗，想整理一下刚才那个梦境。但作为梦境的话，那些画面又太过清晰。没有梦境的混乱和模糊，反倒像是亲身的经历。那个时候，我像是个男人，在一个年轻女孩儿身上发泄。在这张床上，用着夏天的空调毯、夏天的浅蓝色床上用品。那么……我打了一个寒战，只有老公有可能在这张床上做这样的事情。

我回忆着刚才的大手，粗短的手指，指尖上布满竖条的指甲纹路。难道会是我进入老公的身体，感受到他与一个年轻女孩儿在这张床上发生的事情？可是我天天窝在家里，这些真的会发生吗？

我哆嗦着让自己放松下紧绷的肌肉。画面里，楼下的凤仙花正在盛开。一般来说，凤仙花的花期在六月到八月。而去年的七月我的确离开过家四天。七月中旬老公把孩子送到奶奶家，给我报了一个四日游的旅行团，让我好好地放松放松，休息一下。那几天我没有问老公都吃了些什么做了些什么，也许就是像平常一样的上班下班吧。

我走进厨房，用大火把猪蹄的卤汁收干，在烤盘上铺上锡纸，一块块地把猪蹄夹到烤盘上。突然，我感到透彻的寒冷，发现自己只穿着一件毛衣。在这样寒冷的冬天，不穿一件棉外套或者羽绒的衣服怎么行。我套上夹棉的居家服，继续把猪蹄放入烤盘。撒上椒盐，放入烤箱。

再烤上二十分钟，外焦里嫩的椒盐猪蹄就做好了。然后我得换上衣服去学校接儿子。时间刚刚好。

铁　轨

“你没有朋友？”李菲俪问。

“原来有个大学同学挺要好的，后来他去北京了，现在……有几个同事，关系还不错，偶尔会吃吃饭什么的。”

“那么，下了班就回家？晚上一个人在家做什么？”

“打扫房间、洗衣服、上网、看书，大概就这些。”我本想罗列一些事，但没有；我还想说一两件令人诧异乃至惊悚的事，但没有。一个年过三十的男人说每天只干这几件事，倒也让人觉得好玩。

“你真好玩。”李菲俪笑着喝了口饮料。

和李菲俪在很久前的一次朋友聚会上认识。虽然互相留了电话号码、加了微信，但一直没有联系过，时间就这样过去了半年、一年、一年多……她给我的感觉大概可以被称作女神吧。看着她在朋友圈里不断更新的状态，和朋友聚会、参加各种高端的会议、旅游、购物、美得像明星般的自拍……有偷窥一样的快感，但同一个城市，却远得遥不可及。

被她约出来吃饭，不是惊喜，而是莫名其妙。一年前的印象和她朋友圈的照片融合在头脑里，现实中的她比印象中憔悴一些，笑起来也没有照片中的甜美热情，不温不火的，疑似多重人格。

吃饭间，李菲俪接了两个电话，角色的变化大约零点一秒。

“好了，你不要说了，少跟我搬弄这些新名词。我们不要什么‘天使投资人’，别和我玩儿概念。我们不是年轻的公司，我们目前缺的是完善的管理，缺的是你们这些中层脚踏实地地做事情。你告诉我你今年的考核额度完成了多少，让你们部门修改的方案几时能拿出来。我也不想发火，你不是刚来的毛头小子了，不要被人一忽悠，头脑就天马行空地混乱。这些事不需要你考虑，你目前只管好好做事。明白？这个星期我要看到方案。好，就这样。”

“什么美女嘛，大龄剩女好不好。我已经吃过饭了，今天不行啦，改天我请你。就是就是，你的朋友当然了不起，你的朋友不就是我的朋友吗。改天一起请，好不好？今天真的不行呀。说什么嘛，我最尊重你了，你就是我的人生导师，一直把你当作男神的。你好好玩，改天一定骚扰你哦。嗯，好，拜拜。”

放下手机，李菲俪又不温不火地对我笑一下，继续吃面前的一碗米饭。

我也赶紧低下头吃饭，那种默不作声的相对，别人远观起来或许像一对结婚多年的夫妻。

“讲好玩的事情给我听吧。”李菲俪说。

“我哪有什么好玩的事情啊，生活过得无聊透了。”

“说嘛。”李菲俪像是撒娇，又像是命令。

“我觉得我小时候在乡下蛮好玩的。”我问李菲俪，“你一直住在城里吧？”

“对。”

“我老家是真正的农村，似乎农村和城里是两个不同的星球。从地表地貌到动物、植物、人的样子，都不相同。小时候真的是漫山遍野地跑，和原始人差不多。伙在一起玩的男孩儿有六七个，最大的和最小的，年龄相差不超过五岁。什么玩法都能想得出来。”

“快说快说，有什么好玩的事情。”

我搜刮着记忆，“小时候翻过一座小山，就能到铁路。我们没有列车时刻表，有时候为了等一列火车，在铁轨上一等就是大半天。”

“铁轨？铁轨上？”李菲俪问。

“是啊，在铁轨上玩很平常。哦，对了，那个时候的火车慢，轰隆轰隆地从眼前过去，连火车上的人在干吗都能看清。”

“没那么慢吧。”

“时速多少就不知道了，但是我们常常会玩儿一种游戏。当发现有火车要来的时候，我们一溜排挤在铁轨上。火车的声音越来越近，脚底下越来越强烈地感觉到震动。这个游戏的规则呢，就是看谁最后一个离开铁轨。

“火车头已经出现在视线中了，这个时候，有的孩子已经感到害怕，连跑两步离开。火车距离我们一百米的时候，有一半的孩子都跑开了。

“火车头近在眼前，连驾驶室里的人也隐约可见。刚才还和我挤在一起的小孩儿，已经蹿到铁轨旁的草丛里。我和驾驶室里的火车司机对视，那几秒钟，能听见自己的心跳，但也许是火车的声音吧。

“很喜欢那种心跳加速、有些不能呼吸的感觉。在火车抵到鼻尖的时候，跳下铁轨。火车呼啸过去，带着一股强风，慢慢地让心情平静下来。

“所以，每次我都是最后一个离开铁轨。算是每次都是赢家。”

“好玩。”李菲俪笑起来，大概是这种毫无掩饰的笑，没有做作和刻意，牙齿看起来有些突出，连牙龈也能看见。不过很好看。

结账之后，我们站在饭店门口。

“谢谢。”李菲俪客气地微笑着。

“觉得应该请你吃更好的东西。”

“不是啊，挺好吃的。觉得有点儿对不起你，突然喊你出来。我就是不知道晚上要吃什么，也不想和有工作关系的人吃饭。其实，我也没什么朋友，真是奇怪，通讯录里一堆人，想找个在一起吃饭不那么累的人都没有。真的谢谢你。”

“我知道，不用客气的。”

把李菲俪送回家的路上，我接着小时候的话题和她说我在农村爬树、下河、挖洞、放火的种种趣事。哪些是真正经历的，哪些是臆想的，哪些是电视上看来的，都已经分不清了。只觉得自己的话特别多，嘴唇都黏糊糊的快张不开了。

面对面地站在李菲俪家楼下，告别的话，变得比胡编乱造的故事难些。

对视了一小会儿，李菲俪问：“上来喝杯咖啡吗？”

“不了，谢谢。”

“那去你家喝杯茶吧？”

“好，谢谢。”

头脑是在极度混乱的状态下完成了这样的对话。如果她问“上来喝咖啡吗”的时候，我回答“好，谢谢”，那么必然不会有第二个问题。她问“去你家喝杯茶吧？”的时候，其实我是没有思考的。只不过是变化着给出问题的答案，答案的意思在回答的时候，自己并不知觉。在回想这个答案的时候，才意识到自己原来是这样的回答。如果第二个问题也回答“不了，谢谢”，也许会后悔死自己的混乱。好在，迷迷瞪瞪中的答案，让李菲俪跟着我去了我家。虽然至少比一开始就回答“好，谢谢”多花去了至少四十多分钟的打车时间。

“现在没有什么购物欲望，”出租车经过商业区的时候我说，“小时候每到赶集的日子，到镇上买东西是件特别兴奋的事情。吃的、穿的、用的，在那个时候看来，真的是应有尽有。除了卖东西的，马戏表演能把那种热闹和亢奋烘托得绝对到位。就是那种轰隆轰隆的音乐，靠近喇叭，耳膜会震得发疼。另外，‘世界真奇妙’的展览也是赶集的重头戏。三个脑袋的婴儿泡在福尔马林水里，人头、蛇身的美女唱歌给你听，变出真钱的魔术……那个时候的商业，是让人发自内心的，觉得与日常不一样的生活。和现在购物的感觉不是同一件事情。”

一直到和李菲俪躺在我的床上，依然讲述着过去的事情，茶并没有喝，嘴唇像是要裂开。直到在李菲俪的抚摸下，我发现我的身体没有任何的反应，我这才住了嘴。

“没关系的，”李菲俪说，“我们就这样躺一会儿就好。”

“从来没有过这样。”我说。但我知道，我所谓的“从来”仅仅是和前女友的四个月的恋情。

“你为什么总是说你小时候的事情？”李菲俪问。

“为什么？小时候？”我想着刚才像是梦中呢喃一样的讲述，突然意识到，也许这是报应吧。

我一直在说谎。

火车即将开来的瞬间，我从来没有最后一个离开过铁轨。甚至我常常是第一个就跑开。有多少时间，我和其他小孩儿在山林间玩耍？没有，几乎没有，有繁重的劳动压在我的身上，农活空余的时间也是不能停歇地干活、做家务。与爸爸相依为命，能活下来，大概只有这一个目的。

穷，真正的贫穷。我懦弱、瘦小、胆怯，这贯穿了我所有的人生。我从来没在集市上买过东西，我听说过表演和展览的精彩，却根本没有亲眼见过。集市的回忆，只有因为偷了东西，被人追打得遍体鳞伤，然后用树叶把血迹擦拭干净。

一整个晚上，我把最痛苦的回忆，说成了最有趣的故事。匹诺曹的不诚实，可以变大变长。我的不诚实，却让自己没有一点儿变化。

张志山是我们这一群差不多大的孩子里，个子最高的一个。他对我喊："哎，你给我过来。"

"我先把柴送回家去。"

"操你妈的，我叫你过来你不过来啊。"

我背着柴弯腰走到他面前，轰的一脚被他踢倒在地。全村里最穷的一家，爸爸穷、爷爷穷，从祖宗十八代穷到现在。我没有任何反抗的力气和理由，任凭张志山和听他话的一众小孩儿，对我踩、踢、辱骂，"你他妈还考第一名呢。""就你能，妈的，还按时交作业。""乖乖，都忙呀，忙你妈的你是要当大学生啊。"……

张志山提小鸡一样地提着我，把我按进旁边的泥潭里。我的脸被泥浆封住，呼吸，我呼吸到窒息的味道，瞬间遍布全身。每个毛孔、细胞里，被封住的是永远改变不了的贫穷、懦弱和无能为力。我呼吸，在泥潭里死去……

我挣扎着睁开眼睛，床的另一半，空落落的。李菲俪曾经在这里躺过吗？我嗅嗅鼻子，想闻到是否残留她的味道。又按开床头上的台灯，想找找能否寻到她的一根长头发。

没有，什么都没有。觉得刚才发生的事情，迷迷糊糊地像个梦。反而刚才梦里被张志山他们狠狠揍、被按在泥潭里的情景，即使发生在二十年前，也在梦里确确实实重现。

"你为什么总是说你小时候的事情？"李菲俪问。

唯独这句话还清晰地响在耳边。为什么？小时候的事情？在被按进泥潭的那个时候，像是一道终身的封印，贫穷和懦弱已被牢牢铸定在身体里。读了大学，有了相对稳定的工作。但是改变不了贫穷和懦弱，表面上一些东西的改变，从根源上我还是在否定自己。

突然很想回老家一趟。

请了假，辗转近两天时间，黄昏时候，被一辆黑中巴丢在了村口。夕阳下的村落，不乏自然的美感。橘红的挂在山尖的落日，亮铮铮地灼热了眼睛。总还有些动人之处吧，我想。

最破最矮的那间房子就是我家，进了院子，爸爸不在。门口的老人看见我，没有寒暄，呛呛地说："你爸在张祝泉家的地里。"

走了十来分钟，看见爸爸在别人家的地里弯腰割麦子。

"爸。"我在田头喊了一声。

爸爸直起腰的动作像是慢镜头，直起的身子还是向前佝偻着。

"回来啦，"爸说，"我马上就好，还差那么一点儿。你先回家，我一会儿就回来。"

爸爸回来的时候天已微黑，他提着一袋烤鸭招待我，我已是客人。

围着圆桌坐下，吃着中午的剩饭菜加烤鸭。

"爸，你怎么会去张祝泉家干活？"

"哦，他们家劳动力少，就去帮帮忙了。"

"少？哪块子少了？"

"都是丫头，丫头抵什么用。"

"现在每家不都是儿子出去打工，剩的不都是丫头。"我还是没摸着头脑。

"其实嘛，"爸爸吞吞吐吐地说，"他们家二丫头不小了，也还没对象。我……我就看吧，你都三十多了，这个……也不是说一定成。就……就看看吧。"

我一下子明白了老爷子的意思，想让他家的二女儿给我做老婆。我这样的年龄，未婚，在农村几乎可以算是可耻的事情。即使考上了大学，即使目前生活在城里，依旧是被指点的话柄。我承受着的、爸爸承受着的，怎么也走不出去的封印。

“这些事你就不要瞎操心了，我自己会安排的。”我有些愤懑。

“好好，你安排，反正我是什么也给不了你。我们家穷，都不是一代两代的了。所有的东西也就这间破房子，你安排你安排，你那些妥妥的工资，靠着那些买房娶媳妇。我农村人，城里的事情也不是一点儿都不知道啊。”

“好了，不说这些了。我自己会想办法的。”

我真的害怕我们冲撞起来，埋下头吃饭。爸爸也不再开口，是相依为命的感觉，这让我心里揪着。

“哎，对了，爸。张志山现在怎么样？之前去城里打工了，后来回来没有？”

“张志山。”爸爸慢悠悠地说，“死了，死了有大半年了。”

“死了？怎么回事？”

“他不是去城里做保洁嘛，就是洗大楼外墙那种。有一天刮大风，连人带站的架子，被刮起来，又撞到玻璃墙上。等人救下来的时候已经死了。应该在上面的时候就死了。”

对于他的死，我瞬间感到麻木的呆滞。也许，也许这次回来，我有着把他揍一顿的冲动。也许还是没有办法打赢他，但至少我想对着他出拳。这在我小时候是从来没有做过的事情。

他也是艰辛的，我又这样想。蜘蛛人的生活，偶有各种媒体报道。即使是小时候的霸王，也抵不过成年后现实的生活。

但是，我或许已经永久地被封印了。不管在哪里、在什么时候，我被锁在身体里，张志山告诉我，我已经死去，别再幻想着什么。就像和李菲俪的那个短暂的约会，再也没有见面，所以，那就是永别。

我的特异功能

依稀记得手机上的闹钟响了四五次，能看得见周围的布局，但知道这是睡梦中的场景，不能控制身体，想爬起来却怎么也做不到。呼吸很累，眼前的光线和记忆中的时间对应不上。我挣扎着挥舞手脚，动作太小，无法把自己拉扯起来。好在这小小的动作惊动了趴在我肚皮上的猫。它挪了挪身体，喵地叫了一声，又在叫声中一蹬腿蹿向别处去了，爪子在我的身上留下了飞速的刺痛。这下我彻底醒过来。

虽然睡得很累，但很久没有睡这么长时间了。生活一下子改变了很多，从原来的一成不变到现在的无所适从，一时没有办法适应。

圆滚滚的橘猫又悄无声息地回来，蜷缩在我的腿上打盹，我伸手赶它，它厌烦地在我手上狠狠咬了一口。“哎，真是没良心啊。看你可怜，好心放你进来，你还咬我。”我撣了撣留在手背上的几个灰白色小圆点，看着橘猫软糯的样子，像婴儿蜷缩在襁褓里一样乖巧易碎，心里不禁刺痛了一下。

深深呼吸一口气，走进洗漱间。刚搬进这间出租屋还不到两个月，对洗漱间墙上有些变形的老旧镜子还没有完全适应，怎么看也不像自己，倒像是在大街上偶遇一个人，白天还好，只是心里一惊，想着这个人怎么那么像我，晚上就有些恐怖了，镜子里应该是自己的位置站着另外一个人，用冷漠的眼神看着我，两只陌生的眼睛随时会流出浓浓的血来。快三十岁了，眼角的皮肤已经有了几丝淡淡的皱纹，但身体上的皮肤依然没有变化。我撸起袖子洗脸，看见胳膊上焦糖色的皮肤散发出金属的光泽。从什么时候开始这样的？十五岁吧，那个像被丢弃到宇宙之外的下午，那段像被湖水浸泡到冷入骨髓的睡眠。我用手掌捧着冷水扑在自己的脸上，以消除依然不能消除的疼痛。除了我自己谁也没有觉察到我的特异功能，包括妈妈。看起来只是肤色有些暗淡，除此以外与正常人无异。

如果爸爸知道我有了这样的特异功能会说些什么呢？爸爸会有自己的观点和看法吧，或者给我一些建议。爸爸在的时候和我说过，一位著名的科学家一直坚持人体科学方面的研究，写了大量关于人体科学的学术论文。最全的是由上海某出版社 1998 年出版的《论人体科学与现代科技》，字数达 108 万。尽管大众和学界对于他热衷于人体科学持不解和嘲讽的态度，但他一直坚持，直到去世。“那样一位严谨又风趣的知识分子，可惜很多人始终不了解他，也不愿意去了解他。”爸爸说。我知道爸爸曾经参与其中，但他对研究的内容只字不提，“你也要保密哦，小宝贝，我们的秘密。”爸爸对我挤挤眼睛。

我挑了一件湛蓝色的毛衣和黑色的棉外套，尽量让自己淳朴整洁一些。上个星期办完了离婚的所有手续，虽然分割了部分财产，但今后要自己租房子，或者买房子，还要照顾妈妈的生老病死。以前可以依靠妈妈，依靠老公，可突然间我竟成了自己和妈妈的全部支柱，隐隐觉得像是骤然流落到了一个荒凉孤岛，用石头排出大写的“SOS”，却没一个人看见，没有一个人回应。

今天去面试一家保姆，不住家的那种。想着好多年没有工作了，非常害怕去到一个公司，害怕会碰到各种人、处理各种人际关系。当保姆的话，埋着头拼命干活就好，甚至可以不说话，像田螺姑娘一样默默地做着一切，加之力气又大，还有什么比这更合适的工作呢。我想只要雇主要我的话，无论怎样的工作都接下来。生活已经由不得我挑三拣四了。

下了公交车后，按照地址拐了三四条小巷，又问了好几个人后才看到雇主所在的小区。今天冷得出奇，把棉衣领子的拉链拉到最高也抵不住呼呼灌进脖子的寒风。雇主家在六楼，九十年代的老房子，没有电梯。因为上学时学的是护士专业，在中介登记的时候，备注可以照顾病患老人，所以报价很高。我以为接受这样价格的人，会挺有钱的，看见灰不溜秋的楼面和楼道，不觉有些意外。

林克骏开了门，扑面而来一股夹杂着怪味儿的热气，既像是动物的气味，又像是在封闭空间里散不开的坏情绪，也许什么都不是。简单地询问过后，林克骏让我换鞋进屋。他向我介绍道，“这位是我父亲，”他指着躺在家用病床上的老人，“三个月前得了中风。”老人面颊右偏，一只手蜷缩成鸡爪状。但肤色白净，眼睛也自带神采，透露出一时无法表达的智慧。林克骏又用眼神指了指，“这位是我母亲，被我爸宠惯了，什么事都不会做。”

“我怎么什么事都不会做？你小时候穿的毛衣还都是我织的呢。”林克骏的妈妈笑着说。她涂着豆沙色的口红，高领紧身的毛衣显示着风韵犹存的好身材，皱纹里面藏着调皮。

“好好，你会，你是大能人，还是大忙人，有了保姆，你又可以去打麻将喽。”林克骏哄小孩儿似的说。中风的爸爸也笑了起来，嘴角微斜，但一点儿也隐藏不了快乐。

我看着这个家，又小又破又乱，所有的家具上都堆满了各种杂物，像灾难现场一样不堪，杂乱得就像被外星人侵略的电影特写，还有股怪味儿。可那三人之间的气氛非常融洽温暖，各自放在心里，一个眼神就能传递心意。我心里面不觉出现了一阵柔软的荡漾，坚定了要留下来的决心。

“你每天早上过来，不用太早，十点吧，给他们做顿午饭，稍微多做些，我六点回来和他们一起吃晚饭。下午给我爸擦洗身子，有时间就简单打扫下。差不多我一回来你就可以回家了。”林克骏有条有理地说。

“好的，可以。那……工资……”我小声说。我总是羞于和别人提钱的事，即使过去向老公，不，前夫要生活费。

“啊，你要走啦，好，最好明天就开始。”林克骏突然莫名其妙地大声说，拉着我往门口走。我不明所以地在他的暗示下换了鞋，又被他拽着出了屋子。

他把门掩上，“真对不起啊，吓到你了？其实是因为不能给他们听见价格。工资就按中介开出的全天保姆的价格来算，菜钱另付。不过你不要和他们说真的价格哦，他们肯定会嫌贵的。”林克骏学着他妈妈的样子，手指一下一下地点着空气，“这么贵啊，不用了不用了，真以为我什么都不会啊。”林克骏自己把自己逗笑了，我这才发现林克骏左面脸颊上有一个深深的酒窝，一笑起来像一颗小石子丢进春天的水塘，全部画面都暖融融的。

“知道了。我明天早上就把合同带来，就从明天算起。”我跟随他的笑，也忍不住地微笑起来。

没想到这么快又这么顺利就找到工作了，我慢悠悠地走着，想着明天买什么菜。刚才匆匆忙忙出来，都忘了问有什么忌口的。中风患者不能吃鱼虾类，要多吃木耳，不知道他们家里有没有木耳，这个天的大白菜最好吃，又饱满又鲜甜，我最拿手的菜是肚包鸡，撒上白胡椒粉，这个天喝上一碗，全身热乎乎的……正胡乱想着，一个摇摇晃晃的两三岁小宝宝迎面冲到脚边。

“宝宝，你小心点儿，别撞到阿姨了。”他的爷爷在后面喊。小宝宝咯咯咯咯地冲着我一个劲儿地乐。

我微笑着绕过小宝宝，脸上的笑容一下子支撑不住了，心里乱成一团。两个多月没见到笑笑了，从他出生以来，不管多痛苦、多艰难，从来没有离开过他这么长时间。他两岁多的时候，也是这么摇摇摆摆地走路的。那个时候，智力上的缺陷还不太明显，看见他的人都会停下来逗弄他一阵儿。肥嘟嘟的小肉脸又嫩又白，连小脚丫都像是面团捏出来的一样松松软软。眼珠像两颗发光的黑色水晶球，睫毛那么长，在睡梦里投下不可思议的阴影。如果他一直那么大该多好啊。我应该好好照顾他的呀。

一阵风刮过，把我从回忆里捞起。从前夫第一次和我说起离婚的事开始，我就一直都是混混沌沌的状态，看不清楚前因后果，不知道自己可以做怎样的决定。但似乎就在此刻，我从混沌之中往外走出了一步。就像反置的灵魂出窍，眼前的所见、对自己的判断、明确的目的性等等，全部清晰起来。我看清楚了自己现在的状况：我离婚了，我从那个居住了七年的家里出来了，法院把笑笑判给了前夫，我的妈妈又在离婚判决期间出了车祸，我没有稳定的工作，我与正常人有异……从林克骏家带出来的一点点温暖，在这一刻消散殆尽。双腿僵直地迈着步伐，但只是一种惯性。人生总有高潮和低谷，我告诉自己，那几年的平坦、重复，早已预示将有接下来的波动，谁能一生一成不变呢？或许还没那么糟糕，至少今天找到了工作，对不对？

到了姨妈家，姨妈一边开门一边抱怨说："你妈伤的是腿，怎么跟伤了脑子似的。"

"怎么啦怎么啦？"我急忙问。

"也没什么，你进来吧。"

妈妈坐在轮椅上，表情沮丧，只有一点点生气耷拉在脸上，这几个月来都是这样。情绪不佳，不但没有消瘦，反而因为没法再去上班，长胖了一些。

妈妈把手搭在厨房台面上，"姐，你怎么又偷吃芝麻糖了。"

"我吃芝麻糖怎么啦，我自己买的。"姨妈紧跟着答道。

"高血压你还吃。你不是说你要减肥的吗，你那台跑步机半年都没用了吧。"

"你闭嘴啦，你不是说你的特异功能十几年前就没有了嘛，你别在这儿给我找碴。"姨妈瞪着眼睛。

"是没有特异功能了，不过用眼睛看不见啊。台面上全是芝麻糖的屑，跑步机上的灰有两尺厚。"妈妈不依不饶。

我把姨妈拉到一旁，"真是不好意思，我妈她不能走路，又丢了工作，精力没处发泄，全跑嘴上了，姨妈你要多担待，别和她计较噢。对了，姨妈，我找到工作了，明天开始上班，从上午十点到下午六点。我上班的时候，把我妈寄存在你这儿好不好？她虽然说一个人在家里没事，可我不放心。特别是她现在又不能出门，只能关在家里，我担心她一个人挺孤单的。"

"寄存？这个词好，可以可以。"姨妈咯咯咯地笑起来。

"那我把她带走了，明天上午送来。"我说着要去把妈妈抱起来。

"我看啊，"姨妈拦住我，"她暂时就住我这儿吧，反正我退休了。你姨夫回家又迟，我一个人在家也挺无聊的，正好陪陪我。你天天送来接去的，也太辛苦了。”

“一点儿也不辛苦啊，我力气大着呢。”我赶紧答道。

“谁要你陪啊，”妈妈在屋子的另一边叫起来，“我一个人安安静静待在家里，好得很呢。”

“妈妈，”我走到妈妈身边，蹲下来拍拍妈妈的腿，“医生说你这腿没个一两年不会完全康复，你就乖乖听话吧。”

妈妈瞥了我一眼，也再没说话。

姨妈问：“肇事司机还没找到？”

“没有啊，那一带正好没有监控，再往更远的地方排查，就跟大海捞针似的，没有一点儿线索。”

“唉，”姨妈叹了口气，“要是有点儿什么消息赶紧告诉我，我让你姨夫帮忙查。来，到厨房帮忙，今天在这儿吃了饭再走。”

“好嘞。”我应着。

我和姨妈坐在厨房的小板凳上一边择菠菜，一边闲聊。妈妈在客厅看电视，姨妈小声地问：“你妈现在到底还有没有特异功能了呀？”

“不知道啊，反正我从来都没看见过，都是听你讲的。”

“我讲的？”姨妈问。

“也不是，我初中时候偷偷交了一个男朋友，她一下子就知道了，是不是她用特异功能发现的？”

“哈哈，肯定是，我小时候也是什么都瞒不过她。但这个功能怎么能对你爸用呢，她那时候经常跑我这儿哭诉，说摸到你爸的衣服，就知道他被别的女人抱过了。有了一次发现之后，她就不断地用她的功能去感觉你爸爸身上发生的事，然后不停地吵架，不管有没有都会怀疑。我就跟她说嘛，又没有什么实质性的事情，你们又有小孩儿，不要天天弄得家里鸡飞狗跳的，这样子谁都吃不消。你看吧，你爸不就被她逼走了嘛。哎，其实真不是多大的事。”

十五岁那年，我放学回到家里，妈妈跟我说：“你爸走了，不会回来了。”

“哦。”我应了声，转身走进自己的房间。我似乎在学校的时候就预感到，或者说在那段时间里，在他们吵得不可开交的时候就预感到，爸爸会离开妈妈的，但竟然没有想到他也会离开我，简直愚蠢到不可思议。我没有打开书包写作业，脱了鞋子，和着衣服钻进被子，感觉困得要命。我像蚕茧一样，用被子把自己牢牢裹住，不让手脚有丝毫动弹的余地，仿佛一动就会打破空气，事情就会变得更糟。我一直想着爸爸的样子，告诉自己一定要把爸爸的样子记下来，不然以后会忘记他的。他皮肤上的细小血管、从眉毛之间挺立起来的鼻梁、延伸至脖子的胡须楂、眼珠上的花纹、右手背上的一颗痣……可是现在想起来，当时想要使劲记住的这些细节，现在反而不能那么确定了，像是自己编造出来麻痹自己的谎言。如今头脑里的爸爸就是一个模模糊糊的影子，他的动作举止，他要小把戏时的笑声，他笑起来微微抖动的肩膀，全都像隔着毛玻璃的水缸往里看。

那一天，我很快就睡着了，睡得昏天黑地。似乎听见妈妈喊我起床，似乎听见很多人说话的声音，又似乎很安静。半梦半醒中，我看见蓝绿宝石的颜色就在眼前展开，仿佛进入了一间静逸透明、发着光的房间。这种感觉那么熟悉，手脚不能动弹，像被巨大的力量带动，既像是向上，又像是向下，能看见许多仙女丝带一样的黄色光带把我转来转去，上下翻腾。不知过了多久，当我睁开眼睛的时候，家里静悄悄的。身体是一种接近轻盈的感觉，但心脏特别特别的沉，像是用铁或者钢做成，一直一直压着我的内脏往下坠。

我爬起床，看着熟悉却恍如隔世的家，有那么几秒我忘记了爸爸的离开，又突然间想起这件事。我没有爸爸了，十多年来一直对我非常疼爱的爸爸没有了。一瞬间心脏砰地爆裂开，疼得眼泪哗啦哗啦往下流。我不知道该怨恨谁，妈妈一直在为这个家辛劳，但她为什么要对同样辛劳的爸爸不断地指责，不断地咒骂。他们之间出了什么问题。

我用手按着心脏，没有办法阻止这种疼痛，人是行走的，但就像还在继续昏睡一样。当我完全清醒、明白自己在做什么的时候，我发现自己正拿着水果刀，正一下一下地捅在自己的心脏上。衣服早已经被划开，已发育成形的乳房裸露在外面，刀尖刺在皮肤上留下一个个灰白色的圆点。心脏还在持续地疼痛，我又使劲地去割皮肤，横着、竖着，从一个点到另一个点，从另一个点到一个点。我想划开胸口，想揉一揉疼痛的心脏，或者把它彻底捏碎，从楼顶撒向天空。墙上的挂钟嘀嗒嘀嗒地走动，皮肤上除了灰白色的直线痕迹，刀锋没有渗进一丝一毫。我从惊诧到恐惧，用了六分半钟。我把衣服脱光，用刀去割身体的每个部位，它们没有丝毫的反应。我仔细观察身体，灰白色的痕迹很快也消失了，比湖水中的涟漪消失得更快，比候鸟飞过的痕迹更加无形。只剩下紧密的皮肤，呈现焦糖色，散发着幽幽的金属光泽。这样的状态从那时一直持续至今。

“后来，你爸一直没有回来？”姨妈问。

“啊，”我回过神，“后来有听说他去了湘西，听人说的，也没有确切消息。”

菠菜择好，我们站起身。姨妈拧开水龙头，对着哗哗流淌的自来水瞪了瞪眼睛。水流一下子改变了方向，以水池为起点，一个弧线落到地上，把刚才从菠菜上撒落下的泥巴冲洗掉。污水顺着地面排水的小洞流走，瓷砖地上又变得干干净净。

“还是你的特异功能管用啊。”我笑着说。

“也就能控制这么点儿，再多点儿也搞不定喽。哎，你还记得你小时候我带你去鱼塘，我说我把水举起来，你趁没人，赶紧去塘底把鱼捞上来？”

“记得，我刚跳进去，你就控制不住了，一池塘的水劈头盖脸就压下来，差点儿没把我淹死。”

“是啊是啊，还好鱼塘不深，扑腾着就上来了。对了，没和你妈说吧。不过她肯定能知道。”姨妈捂着嘴，哧哧哧地憋住笑。

我站定在林克骏家的门口，第一次有一种想要好好把握住自己人生的冲动。努力地干活，不再浑浑噩噩地依赖别人。为什么以前的生活在现在看来，好像是在看另一个人。本以为一辈子都会是一成不变的生活，突然间变成了另一个样子。从最开始的恐惧、担忧，到现在的无所畏惧，似乎有什么事情发生了，虽然我到现在也一无所知。敲了敲门，林克骏的妈妈开了门，“阿姨好。”我微笑着说。

洗菜、切菜，米饭多加了点儿水，适合老人家的牙口。五花肉炖得酥烂，再放入爽脆的大白菜。凉拌木耳，用的是微辣的芥末做调料。菌菇汤里加了几片切成薄片的火腿，有些过鲜。但这成了叔叔、阿姨最喜欢的一道菜。大概是老年人的味觉退化，需要更强一些的刺激吧。

一口一口地喂林克骏爸爸吃饭、喝汤，简单收拾后我躲在厨房快速地吃了点儿。晚上再加一个西红柿炒鸡蛋，不知道林克骏会觉得饭菜怎样。我笑了笑，觉得自己不应该想这个问题。也不是，想想就想想呗，我只是想想雇主对我的评价，毕竟是他付我工资嘛。

午饭后，两位老人都要睡午觉。阿姨进了卧室，叔叔的家用病床就放在客厅。洗好碗筷，为了不打扰他们的午睡，我钻进了林克骏的书房。

书房里也是堆放得乱七八糟，几百本书和杂志有的倒着，有的打开扣着，有的连塑料膜也没有拆。书桌上除了笔记本电脑，还放着杯子、电热水壶、茶叶罐、充电器、散乱的笔和本子等等。突然，感觉这间书房和其他的房间有些不一样。四处打量，装修风格一样、新旧程度一样、混乱程度一样……对，不一样，没有那股怪味儿。充斥在整个家里的怪味儿，在这里戛然而止。不但没有怪味儿，油墨的清香塞满书房的每个角落，混合着暖气的蒸腾，像到了一处清静之地、世外桃源。书房的门近乎一条穿越现实与虚幻的通道，狭小的空间却如苍穹般辽阔。而我们是这里唯一的人类，再无其他。我一边嘲笑自己古怪的感受，一边从混乱的书桌开始整理起。

一个多月过去了，看着林克骏的家里一点一点地变得整洁起来，裸露在家具表面的东西大半被收进柜子、抽屉里，常用的物件也被置入各种收纳器具里，心里不觉荡漾起小小的成就感。记得第一天林克骏回到家，走进书房的时候，猛然间发出一声怪叫。我和阿姨急忙循声过去，看见林克骏怔怔地站在书房门口。

“是……是……是你整理的？”

我吓了一跳，以为要被指责弄乱了他的东西，或者破坏了他的某种固定规律。没想到他激动地指着书架说：“太好了，太好了，我早就想这样整理了。按类别，对不对？早就应该这样整理了。这些是社科类，分成了经济、历史、自然、其他。文学类，分成小说、散文、杂文、传记，我的漫画也放在文学类了？很好很好。哲学、军事，都单独分一类。嗯，本来就不多嘛。这些是……哦，和我工作相关的是不是？你太厉害了，非常好，以后找起来方便多了。一直就想这么做，一直在偷懒，觉得这是项大工程，你怎么做到的？一本一本拿下来重新排列？累不累？很辛苦吧？太感谢了。”

我一边给叔叔擦身体，一边想着林克骏那副像孩子一样兴奋的表情，忍不住抿着嘴笑起来。叔叔也不明所以地跟着笑。他用手指了指电视柜的抽屉，含糊不清地说：“拿那个……那个。”我放下毛巾，打开抽屉。“蓝色的，那个。”叔叔说。

抽屉里有一本蓝色封面的相册，我拿出来递到叔叔手里。叔叔翻过好几页，“我孙女儿。”他指着一张照片。照片上是两个扎着羊角辫的双胞胎小女孩儿。

相册里还摆放着双胞胎从婴儿时期开始的照片。刚生下来时紧闭着眼睛的、趴在床上抬起头的、七八个月时可以坐起来的照片。笑笑也拍过这样的照片，婴儿和婴儿都很相似，慢慢长大些后，才看出分别。我狠了狠心，把对笑笑的回忆匆匆忙忙从脑袋里赶走。

“林克骏的女儿？”我问。其实根本不用问，脸型、眼睛和神态，活脱脱的小林克骏。

“是。给带走了，不知道现在，好不好。”叔叔的发音还是不太清楚，但相处了一个月，基本都能听懂他说的话。

“真可爱。”我问，“现在多大了？”

“十三岁，嗯嗯，十四岁，现在。”叔叔的表情越来越暗淡，眼睛里有闪闪烁烁的泪光。

“离婚了？孩子被妈妈带走了？”

“还没离，和离一个样。孩子给那个女人带走了。”叔叔像是马上就要哭出来似的，“我们带大的。”

“她们一定也在想念你们。”我一边帮叔叔把衣服穿上，一边不忍看见叔叔脸上扭曲偏右的痛苦表情，“别难过了，我说个好笑的故事给你听吧。”

“我们家族里很多人都有特异功能，也不是天生就有，可能长到十几、二十岁的时候突然就有的。但也不是每个人都有。我小舅舅都快三十的时候，还是没有发现自己有什么特异功能，他还挺着急的。他呢特别喜欢唱歌，而且特别喜欢唱那种飙高音的歌。他一直练习吊嗓子，越吊越高，比一般人的调子都高。然后他就觉得，自己的特异功能一定是可以唱特别高特别高的音。他最喜欢和别人比试，非常爱炫。有一次他和朋友去 KTV，就是去唱歌。卡拉 OK 伴奏都是可以调高调低音调的。那天他自我感觉非常好，把一首本来就很高的歌又调高了四个音调。唱到最后的高潮部分，就是最高音的部分，他的气息已经完全支持不住了，他硬撑着使出浑身的力气，跺着脚地往上吼。你猜后来怎么啦？”

叔叔摇摇头。

“他硬生生地把自己唱昏过去，救护车嘀嘟嘀嘟地开去 KTV，抢救之后才算活了过来。”

叔叔哈哈哈地笑起来，我觉得自己讲得并不好笑，听小舅舅绘声绘色讲的时候，觉得特别有趣，可到了我嘴里变得普普通通。不过叔叔总算是笑了。

“真的有人有特异功能？”叔叔问。

“有。”我斩钉截铁地说，“有这样一种说法，目前西方的生物学在方法论上有错误，过于还原论，关注微观的细胞乃至生物大分子的作用，而忽略了宏观上生物体的组织、器官，乃至生物体与外界环境是一有机整体。相反中医理论，如阴阳五行等，在方法论上反映了这种‘复杂巨系统’的观点。但是由于古代科学技术所限，中医理论还是一种‘前科学’，中医的理论只能反映现象与现象之间的联系，不能揭示出其中的原理，而其中有些联系还有谬误。我爸爸认识一位科学家，那位科学家想做的事情，就是以此作为方法论，用定性到定量相结合的方法，指导人体科学理论的研究。”

“研究成功了吗？”叔叔问。

“似乎没有巨大的进展。”我把叔叔的被子盖好，端起给他擦洗身子的木桶，“至少我不知道这种方法论对现实有什么指导意义。”

“你，有什么，特异功能？”叔叔问。

“我嘛，”我把装满水的木桶举了举，“我，力大无穷。”

领到工资后，第一次给妈妈买礼物。毕业后很快就结了婚，从来没有过经济独立的时候。离婚前的最后几年，因为夫妻关系日益冷淡，再加上笑笑的病况，每次向只要回到家就紧锁眉头的前夫讨要生活费，越发觉得自己的卑微和无能。有时候为了避免这样的局面，我尽量节俭，甚至向妈妈寻求帮助。快三十岁了，我到现在才有可以自己支配的钱，说起来也挺惭愧的。

我给妈妈买了一条红灰格子相间的羊绒披肩，想象着她披着披肩优雅坐着的样子。装着围巾的商场购物袋被我握得热乎乎的，快步往姨妈家走，不觉有些热了。我把棉衣的拉链拉开，毕竟是春天了，迎面吹来的风里面带着甜暖，冷不丁就能发现一丛迎春花的黄色花蕊，躲在草丛里面偷笑。生活似乎也开始微笑了。

那是异常惊险的一天。五点多钟，我正在厨房做饭，听阿姨说林克骏很喜欢吃茄子。今天晚上做一道鱼香茄子。甜度稍微降低一些，突出酱香的咸鲜。林克骏回家后，就是我下班的时间。有时候很想看看他吃我做的菜时的样子，但我知道，看或者不看，那又能怎样。

突然听到客厅里一声响动，我擦了擦手赶紧跑出厨房。是叔叔本来握在手里的电视遥控器掉落到床下的声音。不只这样，他的手臂无力地垂在床沿边，人向后仰，眼珠没有聚焦地在眼眶里晃。

中风复发。我立刻意识到问题的严重性，这是比中风更可怕的症状。我快速地解开叔叔的衣领和裤子上的绳结，把枕头轻轻抽出，保持头部和身体的水平。拨打完120后，我分别给阿姨和林克骏打了电话，简短地说明了一下情况。

十分钟之后阿姨回来了。我正坐在叔叔旁边，他的神志依然清醒，身体却不能控制地松弛、抽搐。我安慰他，没事啊，放松，救护车很快就要到了。

阿姨惊呼着推开门，“糟了糟了，这下怎么办啊。”

“我已经打了 120 了，是中风复发，得尽快抢救。”我说。

“我们这里不好找啊，救护车又进不来，地址门牌标得不清楚。上次就因为救护车没有及时赶过来，前前后后耽误了三四个小时，说是延误了黄金抢救期。你看你看这后遗症，这可怎么办啊。”阿姨急得在客厅里团团转，叔叔的情绪更加不稳定了。

“阿姨，你不要转来转去，再想想其他办法。”我把阿姨拉到沙发上坐下。

“什么办法啊，哪有什么办法啊。医院其实离这儿倒不是多远，走路过去也就十几分钟，可救护车它过不来啊。”

“步行十几分钟？”我想了想，“阿姨，我把叔叔抱到医院。”

“什么！”

我用右胳膊平直撑起叔叔的头、肩，保持头部的水平，左胳膊支撑住身体。双臂有力地举起，不动不摇。阿姨帮忙抬起双腿，简直就是不可能的事情。阿姨惊诧地睁大眼睛，像看怪物一样地看着我，但没有多余的时间来对我评头论足。我能做到，这因为我的特异功能。我没有疼痛的感觉，也没有酸楚的感觉，它们就像金属制造而成，我的皮肤，在我十五岁的时候，生出了这样的特异功能，我摆脱不掉，一辈子都摆脱不掉的特异功能。

路人纷纷用诧异的眼光盯着我们。看起来十分可怕，一个九十几斤的女人，托住，并且平直地托住一个一百六七十斤的老人。我们一路用竞走一样的步伐，又快速又平稳地迈步。手臂丝毫没有因为脚步而起伏，甚至可以说比救护车的运行更加平稳。我们冲进医院，阿姨大呼小叫着喊来护士，护士迅速推来急救推床。我轻轻地把叔叔平放在推床上后，看着叔叔被推走，这才长长地呼了口气。突然间觉得肺像炸开了一样，喉咙干涩得散发出血腥的甜腻味。我回头看看阿姨，她正对着手机大声地说：“在医院，我们已经到医院了。你快点儿过来啊。”

正准备和阿姨一起去办理手续的时候，手机突然响了。很长时间没有人给我打过电话，手机响了好久我都没有意识到。直到旁边一个穿着病号服的病人盯着我看，我才反应过来。拿出手机，看见一个陌生的号码。

"喂?"手机里传出一些嘈杂的声音,"喂?"我又问了一遍,还是没有人说话。

或许是广告电话吧,刚准备挂了,听见里面传来断断续续的歌声:"冬眠假期刚刚结束,我还有点糊糊,鸟儿在头顶把森林叫醒,春天空气让我很……很很……晃脑袋,揉眼睛,青草香,浆果甜……嗯嗯……"

"笑笑——"我叫出声来,眼泪瞬间从眼眶里流淌而出,像是在枯水期储存了一季的水量,在这一刻打开了水闸。这几个月来,我一直控制着自己的思绪,不让脑袋里出现一点点笑笑的样子,虽然这不可能。我拼命地干活,一回到家就看书或者追剧,让自己把注意力集中到别的事情上。我不能想他,我要开始新的生活,要和过去错误的选择做出了断。但笑笑的声音一出现,那么熟悉的声音,过去的影像又蜂拥而至,狠狠地砸在我眼前的脚下。

笑笑还在唱着这首他最喜欢的动画片主题歌,"春天空气让我很舒舒,天上太阳红扑扑……"

"笑笑,我是妈妈,你现在怎么样?这是谁的手机?你在哪里?……"

"孙阿姨的,嘻嘻,妈妈的。"笑笑说,手机突然挂断了。

"笑笑。"我正准备回拨过去,看见林克骏气喘吁吁地从远处跑过来。我背过脸,偷偷地擦掉眼泪。我能为笑笑做什么呢?不管我做什么,都算是插手别人的家庭。那个善良的女人不嫌弃笑笑,愿意嫁给前夫,她能给他我给不了的,他能得到从我这里得不到的,我还能说什么,还能做什么呢?

我迎着林克骏走上前去,"别担心,抢救非常及时,不会有事的。"我强迫自己挤出一个惨淡的微笑。

阿姨回去收拾住院的用品,剩下我和林克骏坐在医院走廊的长椅上,看着来来去去的病人和家属左右穿梭。

"你回去吧,今天真的非常感谢你。"林克骏说。

"没事,科室监护需要二十四小时,我们轮流出去吃东西、休息,这样比较好。"

"真不用,今天你已经帮了大忙了。听我妈说,你几乎一个人把我爸抬过来，怎么做到的？”

“大概一着急力气就上来了吧。”我不自然地回答，“现在感觉还挺累的。”

“那你还不早点儿回去休息。”林克骏带着责备的语气说，但这种语气听上去却是一种亲切，我都不知道该赞成还是反对。

“这样吧，我点些好吃的外卖，算是表示感谢。虽然爸爸的中风复发，是件难过的事。但抢救及时，也该有个小小的庆祝。你觉得这样可以吗？”

“嗯。”我连忙点点头。

很快，外卖送来了三大袋食物，日料。取出食物，走廊长椅上的两个座位，一小碗一小碗地摆得满满当当、花花绿绿。三四种寿司、三文鱼刺身、北极贝刺身、芥末鱿鱼、味付章鱼、金平牛蒡、玉子烧、烤蟹腿、鳗鱼饭。我和林克骏分坐在食物的两边，接受着来往的人惊奇和忍俊不禁的注视。

“太多了。”我说道。

“慢慢吃吧。你急着回家吗？”

“不急，真的不急。”

我们默默地吃着。过了一会儿，林克骏小声地说：“其实这事怪我。”我扭过头看他，他低着头看着手里捧着的食物，继续说，“其实我在景颐小区已经买了房子，一直没有装修。一来他们说住惯了这里，不想搬家；二来，工作的空余时间我更愿意在家里看看书。”

“还写东西。”我接过话。

“你看到了？”林克骏望着我。

“就看见你摊在桌上的小本子上的记录，像是什么故事的构思，也有点像电影的大纲，导演大概就是这么工作的吧。”

“很难为情啊，是想写些东西，看见别人写的故事会很激动。自己怎么也写不出特别的故事。”林克骏又低下头，“我妻子，虽然已经分居了，她一直很讨厌我看书、写东西，觉得这是浪费时间。她说过很多次，有这样的精力不如陪领导吃吃饭、喝喝酒，出去应酬应酬，多交一些有用的朋友。可能我真的是个很懒的人吧，一点儿也不喜欢应酬，在单位一直是个小科员，挺没用的。”

“不是啊，每个人都有每个人感兴趣的东西，我的小舅舅……”我顿了顿，“算了，不说了，这个一点儿都不好玩。”

林克骏奇怪地看看我。

“和你说说我爸爸的故事吧。”不知道为什么，和前夫都没有说过的关于爸爸的事情，现在很想讲给这个看起来很闷很害羞的男人听。或许以前年轻吧，不懂得回忆。也或许那时候没有自己的孩子，没有感受到亲情之间剪不断的纽带。就在此时此刻，我甚至希望林克骏把爸爸和我的故事写下来，写成书，永远地留在这个世界上。

“我爸爸小时候是个特别调皮的孩子，当然啦，这些都是他讲给我听的。爸爸上初二的时候，最喜欢捉弄他前面的一个女生，扯扯辫子、抽掉板凳这一类的恶作剧。我猜大概是喜欢她吧。有一天上课的时候，爸爸无聊地开着小差，一只苍蝇在他的面前绕来绕去。‘啪！’爸爸一巴掌把苍蝇拍下来。老师听见声音狠狠地瞪了爸爸一眼，爸爸装作什么都不知道。接下来的几节课，爸爸盯着苍蝇，观察着苍蝇身体上的每个细节。突然苍蝇动了一下，爸爸以为是吹来一阵风。隔了几分钟，苍蝇又动了一下，可那会儿一点儿风也没有。这时爸爸才发觉，只要自己集中注意力盯着苍蝇的尸体，苍蝇就会挪动半厘米。特异功能。爸爸一下子就意识到了，家族中传说的特异功能，终于开始了。爸爸开始刻意地训练自己的特异功能，渐渐地，从一点一点地挪动苍蝇的尸体，到开始把苍蝇的尸体抬起桌面一毫米，差不多花了一个星期的时间。一个月后爸爸便能够随心所欲地操控苍蝇的尸体了，当然在这个时间段里，他也发现自己的特异功能只能对动物的尸体产生作用，路中间被车轧死的小狗尸体，树丛下死掉的昆虫，奶奶买回来的杀好的鱼……但爸爸不知道这个特异功能有什么用。当然，我们家的人大部分也不知道自己的特异功能有什么用，不仅没有用，而且大家都因为特异功能而苦恼，人生变得更加失败和悲哀了，这些特异功能都有什么用呢，在生活里有时候简直跟残疾差不多嘛。

“还是说我爸爸吧，他收集了好多苍蝇的尸体，好像是二十二只吧。

上课的时候，他操控着二十二只苍蝇的尸体同时离开桌子，一字纵队地冲向他喜欢的那个女同学。苍蝇的尸体围绕着女同学转啊转啊，顺时针、逆时针，上扬、俯冲。女同学惊声尖叫，吓得箭一般地冲出教室。爸爸笑得差点儿在地上打滚。也就是这种程度的恶作剧吧，包括把一只猫的尸体升到国旗的旗杆上，引发了全校的恐慌，但是谁也不知道是爸爸做的。

“后来爸爸被要求支援边疆，到很远很远的内蒙古工作了五年。他学会了骑马，学会了烤制羊肉，学会了搭帐篷……在那里的第二年春节前后，牧民家里的羊频繁被狼咬死。老牧民说是狼有了小崽子，不然根本不需要吃那么多的肉。母狼会把大量的肉吞进肚子，回去后吐出来喂小狼。牧民们商定，一旦开始下雪，六个牧民便到爸爸所住的那户人家集合，循着雪地里的狼踪，追寻狼的洞穴。爸爸死皮赖脸地缠着老牧民要和他们一起去，最后爸爸胜利了，第一次寻狼的队伍中夹进了一个外族人。

“半夜开始飘雪，那里下的是干雪，特别容易堆积，只要踏上去便会留下踪迹。天一亮七个人带上足够的干粮和草料循着狼的足迹出发。狼异常狡猾，绝对不会走平坦的道路和草地，它们在山石与山石之间跳跃，路线也多呈 S 形，而非直线。一整天就要过去了，眼看天色就要转黑，眼前出现一大片宽阔的牧场。牧场上成群的牛羊安详地站着、踱着，慢悠悠地看一会儿靠近它们的牧民和爸爸，然后低下头继续吃草。狼踪在此消失不见了。

“‘不会在这里吧，这些牛羊都好好的。’爸爸说。‘那不一定，’老牧民说，‘狼不会吃窝边的牛羊。即便附近的小羊羔到了狼窝的门口，狼也会用爪子把羊羔往外推一推。算是一种自我保护吧，去远的地方觅食，才不会被人发现自己的洞穴。’

“七个人散开寻找，很快在一处石堆后面发现了一口狼窝。个头最小的牧民钻进纵向的洞中，又在横向的一个洞里，找到了九只小狼。九只小狼发出被侵犯的吱吱吱吱的叫声，小小的狼牙根本伤害不到人。牧民一只只地把小狼从洞里掏出来。毛茸茸的小狼再怎么露出凶狠的表情也不让人觉得害怕，反而更萌更逗。

“‘留一只小狼在洞里等大狼。’老牧民说。他们并不是把小狼好好地留在洞中，而是用一根削尖的木棍，从小狼的肛门里插进，向偏右的方向从右肩的位置出来。没有伤及心脏，小狼一时不会死去，但惨烈的叫声会很快把大狼引来。

“一群人迅速撤离到远处，不出所料，两只大狼很快出现了。它们发现洞中只有一只小狼，立刻意识到领地被人侵犯。母狼叼起小狼的后颈迅速冲出狼窝。平常这样的叼法，柔软的小狼会弓起身子，像小猫一样的驯服温顺。但现在，一根木棍直线穿过身体，小狼感受到的不是母爱的温柔，而是木棍在身体里搅拌着内脏，翻江倒海撕裂般的剧痛。小狼凄惨的叫声，不同于以往饥饿或者寒冷时的声音。只有母亲能够听懂它极度的痛。小狼每一声的嘶叫都扎在母狼的心脏上。母狼方寸大乱，它失去了与生俱来的方向感，在山石和草地之间，没有目的地狂奔。公狼跟着妻儿，同样失了方向和主张。牧民的枪声响起，把黑夜的宁静全然打破，哀嚎、枪响、喘息、脚步……母狼在慌乱间，一不小心松了口，小狼坠落在地上，它们没有时间回头再去叼起小狼，拼命逃窜。

“两只大狼逃走了，却没有走远。它们躲在岩石后面，望着小狼的方向，一声声撕心裂肺的哀嚎，在看不见的地方，更多的狼加入哀嚎，像是一个悲伤的故事口耳相传，越传越远。爸爸和牧民们赶到小狼身边，这时的小狼已经彻底死了，僵直着身体，向着天空的方向，瞪着水晶球般的眼珠。

“‘太残忍了。’爸爸喃喃地说。‘你知道什么呀，’老牧民说，‘牧民和狼就是天生的敌人，没有谁会同情谁的。快捡了小狼回去领赏钱。’

“爸爸望着小狼的尸体挪不开脚步。他把注意力集中到小狼身上，小狼的尸体开始缓缓上升，越升越高。小狼的尸体浮在半空，银黄的圆月是小狼的背景，月晕朦胧像是要把天空调和成混沌无常。月影勾勒出小狼怪异姿态的剪影，从小狼身体两端延伸出的木棍，立成画面的中轴线。

“牧民们惊住了，仰头望着这不可思议的一幕。几千几万年来，草原上从来没有发生过这样的事情，就连《格萨尔王》的诗篇里也没有听到过这样的情节。老牧民扑通一声跪下，一边磕头，一边念诵经文。其他人也跟着下跪，包括爸爸。牧民们虔诚的诵经声和着狼群此起彼伏的嚎叫声层层叠叠，向天空展示出一幅黑夜中的五彩斑斓。许久，爸爸用特异功能把小狼的尸体运送到大狼的身边，狼嚎消失了，诵经声消失了，草原上一片寂静，连月亮的光晕也沉入了无声的漆黑里。”

我闭上了嘴唇，回忆着爸爸和我说的后来的故事。大狼叼着小狼的尸体走后，山石后出现了几个人，走在最前面的是一个五官清秀、眉眼和蔼的知识分子。他就是后来带着爸爸做研究的科学家，他教会了爸爸很多的知识，却没有教会爸爸，怎样才会有美满幸福的家庭。爸爸说这是我们的秘密，永远不能对外人说。

我看了看林克骏，见他眼睛里有些泪光。

“真的有特异功能？”林克骏问。

“嗯。”我使劲点点头。

“你有吗？”他问。

“不知道，力气大算不算？”我笑了起来。

二十天后，林克骏的爸爸出院了。后遗症状没有好转，但也没有变坏，更不至于有生命危险。一切趋于平静、稳定。我也似乎变成了家里日常的一员。配了大门的钥匙，即使林克骏妈妈不在家，我也可以自由进出。周末，林克骏在家的时候会和我一起打扫，或者给我看他写的断断续续的故事。和林克骏一起去过几次花卉市场，去过一次宜家买收纳用品。林克骏坐在宜家的布艺沙发上说，“以后家里就放这种沙发，既柔软又有很好的支持，你觉得怎么样？”我装作没听见，继续看其他家具。林克骏爸爸对我更加信赖，甚至不要妻子帮忙擦洗，只要我一个人就好。

这天，林克骏回来后，没有像往常一样洗手准备吃饭，而是鬼鬼祟祟地把我拉进书房。

“能不能麻烦你件事？”林克骏问。

“嗯？”

“明天晚上单位有个聚餐，可以带家属，虽然不是必须带，但我想让你陪我去。我和人打交道不行，有个人陪着，觉得好一些。你要是不愿意没关系啊，我就是问问看，你要有别的安排，不去是可以的哦，我自己不去也没问题。不过，办公室里的人都去，我……”

他喋喋不休地说着，如果我不打断，他似乎可以一直说下去，我打断他说："我有时间，可以去。"

回到家，发愁该穿哪件衣服。一件一件地拿出来，铺不满半张床。发觉大半年来，没有买过一件新衣服。左一件右一件地试穿，竟然每一件都是宽松的样式。最后只有一件灰底浅黄碎花的衬衫勉强可以看。虽然式样完全没有设计感，但配上一条黑色的半裙，将衬衫塞进裙腰，多少还算有些出席较正式场合的样子。也许正是因为皮肤的特异功能吧，哺乳之后，胸部依然丰满挺拔、高耸入云。把衬衫的第二和第三颗纽扣的中间，撑开一道缝隙。虽然有些害羞，但再没有第二种选择。

坐在林克骏旁的副驾驶上，能感觉到林克骏偷偷瞄向我的目光。

"衣服很漂亮。"他说。他看向我的衣服，又看见我被安全带勾勒出的胸部曲线，迅速地把脸转向前方，微微泛红。

"你爸爸的故事非常有趣。"他岔开话题。

"对，"我点点头，"还有一件有趣的事呢，也不能算有趣吧。就是他救了我的命，当然，我的生命就是他给的，我是说我是我爸爸的孩子。"我扑哧一声笑出来，发觉自己说话也变得像林克骏一样的碎碎叨叨了。

"有一年夏天，我们全家和姨妈全家一起去紫霞湖游泳。那时候虽然已经有了各种紫霞湖有水鬼，每年都会淹死人的传说，但还是经不住湖水清澈、风景秀丽的诱惑。那时的我和现在不一样，胆子特别大，没一会儿就一个人游到了湖中间。

"我把头闷进水里，耳边知了、知了的蝉鸣声一下子变弱了，世界安静下来。在别人看来无忧无虑的少女时代，其实也有许多不为人知的苦恼。水中的世界像是与外界隔离，那个对我不理不睬的高年级男生啦、那个偷偷把我的铅笔盒藏起来的同桌啦、好几次说要告诉我家长的班主任啦……在这一刻统统滚得远远的。这里就是我一个人的小天地，宁静、清凉。水中小小的气泡擦着我的脸，痒酥酥的。微微睁开眼睛看见蓝绿宝石的颜色就在眼前。我一下子恍惚起来，像是进入了一间静逸透明、发着光的房间，完全忘记了是在水里。我像在真正的房间里一样大口大口地呼吸起来，胸口剧痛的时候，我才发觉已经不能控制自己的身体了。我感觉被巨大的力量带动，既像是向上，又像是向下。手脚不能动弹，能看见许多仙女丝带一样的黄色光带把我转来转去，上下翻腾。时而轻盈，时而沉重，像是脱离了地球的轨道，被更高级的生物操控，心甘情愿地被操控。

“我听见有人喊我的名字，我没有办法回答。再然后的记忆便是在医院里醒来。

“爸爸说，我被救上岸的时候，已经没有了呼吸。有经常游泳的游泳高手，有懂急救的医护人员，心脏复苏、人工呼吸，各种方法用尽。每一个人都摇着头，妈妈和姨妈哭天抢地。只有爸爸不停地拨打 120，一直一直在给我做心脏复苏。‘我知道你没事，宝贝，我知道的。’爸爸不断地用特异功能试图移动我的身体，我的身体没有挪开或升起一丝一毫。‘你们要相信我，我知道她没事，她还活着。现在送去医院就可以，相信我，她真的没死。宝贝，你会活下来，你还要活很久，你会非常幸福的。’

“就是这样了，我和爸爸的故事。”我用双手按住双眼，把在眼眶里打转的眼泪挤压回去，“因为爸爸的特异功能，他一直坚信我还活着，于是我就活了下来，活得不那么好，但也不算特别坏。”

“你会活很久，你会非常幸福的。”林克骏低声说。

“什么？”我没有听清。

“啊，到了，就这儿。”

聚餐并不是特别隆重的场合，大家穿得都比较休闲，从其他人的眼神中，感觉到我的衬衫加半裙或许有些太过招摇，也或许因为我过分耸立的胸部和被半裙束起的腰身。

林克骏介绍我时，说是他的朋友。别人问起我做什么的时候，他支支吾吾地岔开。总感觉气氛有些尴尬，我并没有觉得我有什么低下的地方，保姆也是正当的职业。但觉得十来人的大桌子下藏着什么看不见的东西，隐隐约约让人很不舒服。

工作啦、小孩啦、时政啦，话题拉拉杂杂、琐琐碎碎。越发感觉林克骏公司的同事之间，并没有多深的情感，也没有太多的默契，每个人都是孤立存在，缺乏关联和情谊。有几个自命不凡、夸夸其谈的人让我不太舒服，其中有个被叫作王主任的男人，滔滔不绝地说着他和某某局的局长一起钓鱼的轶事。有人附和着大笑，有人给王主任倒上酒。我能明白林克骏的心情，和这样的一些人在一起，必定会让他感到压抑，就像完全不同的两个物种，硬生生地强扭着坐到同一层楼里。可是叫上我，我也并不能帮到他什么呀。或许有些用吧，作为社交礼仪敬酒的时候，他拉着我一起。我能给他些勇气吧，我猜。

聚餐中途，我从洗手间回来，在走廊上和醉醺醺的王主任撞了个正面。

“你……”他叫住我。

“嗯？”我侧着身站在他旁边，还是被浓重的酒气熏得忍不住皱眉。

“林克骏不错啊，一直勤勤恳恳地工作。你嘛，也不错。好啊，很般配的一对嘛。你们什么时候认识的？他离婚了吧？离没离？哎呀哎呀，不好意思，怎么能问这个呢，这是你们之间的私事嘛。是吧，枕边话，悄悄话，哈哈哈哈。”王主任的笑声带着自寻快感的淫邪，“林克骏很优秀的，你作为他的女朋友也是很优秀的啊，哈哈哈。”

“我不是他的女朋友。”我感到一丝愤怒。

“什么？”王主任的笑声戛然而止。

“我是他家保姆。”

“保……保姆，”王主任用更加肆无忌惮的眼神从上到下地打量我，“保姆还陪吃饭？还有这种保姆？我也要雇啊。”王主任开始对我拉拉扯扯，我重重地甩开他的手，差点儿给他一个耳光，气愤地快步进了包间。

“没事吧。”林克骏看见我神色紧张，关切地问。

我笑一笑，摇了摇头。

聚餐结束的时候，大家三三两两地走出饭店。林克骏被一位同事叫住说些工作上的事，我不方便听，便独自往前走。王主任逮着空，泥鳅一样钻到我身边。

“来，这是我名片。”王主任把一张名片硬要塞到我手里。“有空的话给我打电话，或者，我雇你做我的保姆。”他喷着酒气，眼珠咕噜咕噜地在我身上转，嘴角笑得咧到耳根，“我给的价格肯定比林克骏高。怎么样，考虑考虑啊。”

“不用了，我暂时没打算换雇主。”我推开他的手。

“拿着嘛，说不定哪天就想明白了。给我做保姆的好处，像你这种小丫头想都想不到哦。”他执拗地把名片给我，我一推再推。他不管不顾地把名片丢进我皮包侧面的口袋里。

我刚想把名片从包里拿出来，林克骏走了过来，我赶紧装作什么也没发生。王主任灰溜溜地挪了一步，离开我半米之外。

林克骏把我送到楼下，盯着我看了五秒钟。“那个……嗯……上去吧，你……你今天很漂亮。上去吧，注意安全。”

穿过小区的绿荫道，走进单元门洞，还能感觉到林克骏湖水一样的目光停留在我背后，有一种痒酥酥的错觉。

和嘈杂的饭店相比，家里异常安静。茶几上放着一本叫作《味绝天下》的小说集，故事极其精彩，悬疑加美食，用来打发时间特别合适。可现在我把书捧在手里，完全不明白看到的是什么。又不是情窦初开的少女，托着腮帮幻想的样子一定特别可笑，我把自己戏谑了一番。

不知为什么，对林克骏有一种惺惺相惜的认可。他的所思所想完全出自他的心灵，像没有受到浸染的开阔天空，但又像苍穹一样，把自己笼罩起来。他的世界应该是一个像爸爸生活过的大草原那样辽阔明亮的地方吧，风吹草低的广袤、明镜不惊的湖水，还有一个像爸爸一样安静纯真的男人。他在那里漫步、徜徉，书写下不为外人所能理解的快乐孤寂。但我似乎能够懂得这些，就像早已有一片草原，距离在我几秒钟以外的地方——有时候改变一切只需要几秒钟，我想和他在他的天穹下悠然地虚度时光，却无论如何也跨越不了这几秒钟的嘀嗒嘀嗒。

思绪又回到自己的现实，爸爸说过人体科学是非常博大精深的，是打开科学大门的钥匙。国外也有对于植物受到特定电磁波以后生长速度变快的论文，特异功能可能可以有某种理论解释。带领爸爸做研究的科学家认为特异功能就像天边的乌云，暗藏着无限的可能性。但现在我对一切一无所知，没有办法消除，也没有办法应对。一任它存在于我身上，无计可施。

明知道不可能，为什么要把自己陷进去呢。早就做好了打算，陪着妈妈终老，然后孑然过完余生。林克骏的出现，稍稍打乱了我静悄悄的生活。好在现在只是刚刚开始，以后尽量少有接触吧。情感，不过是头脑里的想法而已。有时候无法控制，但也不是完全不能控制。现在，我告诉自己，去洗个热水澡，滚上床睡上一觉，天亮的时候这一切就都会过去了。

从林克骏家出来，在小区门口被一个女人拦住。我立刻意识到她就是林克骏的妻子。因为她身上的怪味儿，和我刚去他们家里时充斥整座屋子的怪味儿一样。也许不能算是怪味儿吧，女人味儿？我说不清楚，但就是觉得是和那个家格格不入。唯独书房里没有，现在想来，大约是她从不进书房吧。

“你是林克骏的女朋友吧？”她问。

“不是。”我望着这个皮肤白皙、眼睛略有狐媚的女人说。

“怎么不是，我都打听过了，他都带你见父母，又见过同事了。你还不知道吗？他没和你说？我和林克骏还没离婚呢。”女人摆开喋喋不休的架势。

“你还没吃饭吧，”我微笑着说，“我请你吃饭，我们坐下来慢慢聊，你看怎么样？”

“啊？”她吃惊地望着我，“那……好吧。”

我们走出小区，走进一家家庭式西餐厅，在一间小小的包厢里面对面坐下。

包间的墙上，画着牛的身体各个部位的分割图示，一丝丝纤维血管相当逼真。真不知道老板是怎么想的，血淋淋的质感有些瘆人，但或许他觉得茹毛饮血的质感可以增加人类最原始的猎食欲望吧。

“牛排可以吗？”我问。

“菲力，我怕胖。”女人斜着眼睛说。

等着上菜的时候，我们没有说话，但能感觉到她一眼一眼地在偷偷观察我。

“其实吧，”女人开了腔，“我和林克骏的感情还是很深的。”女人习惯性地抬了抬一边眉毛，“俩孩子现在在澳洲上学，我可是为孩子操了不少心。去澳洲看过两次，又叮嘱那边的朋友照顾好她们。和她们电话、视频也经常联系。当妈的嘛，孩子就是一辈子的牵挂。”

“这我明白，我也有孩子。”我答道。

“哦？你也有小孩儿。长得挺年轻嘛。”她酸溜溜地说。

“离婚了，孩子判给爸爸。”我坦然地说出我的状况。

“那可真是轻松呀，哪像我，又要工作又要关照小孩儿。哎，孩子也不知道回来不回来，自己嘛年龄也大了，整天忙来忙去的也不知道图个什么。你哪知道我有多辛苦啊。”

配菜、主菜、小食、饮料陆续上来后，我一边切着牛排一边听她叨叨她生活的艰辛。

“那个让你放弃了林克骏的大老板，你们现在怎么样了？”我突然打断她的话。

“呃，”女人顿了顿，“他这也和你说了？不过当然会说咯，你们都那种关系了。”

“哪种关系？”我瞪着她问。

“哎哟，凶什么呀，有没有关系心里还没数，反正我也没那么多精力操心这种事。”她把刀叉放下，“他和你说是大老板？呵，什么大老板啊，不就是做点儿小本生意嘛，每个月家用又给不了几个钱。哎，你知道我生活多不易吗。”

我实在有些厌烦听她嘚啵嘚、嘚啵嘚的抱怨了，打断道，“你找我究竟要说什么呢？”

“这个嘛，”女人吸了口气，“我知道，虽然是我出轨在先，但这么多年在这个家里做家务、带孩子，我也算是尽心尽力了。协议上的那点儿赔偿，根本不够我这么多年的辛苦钱。当然咯，什么都谈钱，我也没那么俗气。十多年了，我和他还是有感情的，就这份感情也不是说断就能断的。喏，我刚才也说了，我现在的生活比较拮据，小孩儿也要我抚养。再加五十万，我就和他把离婚协议签了。我就是个爽快人，最不喜欢拖泥带水的了。先把我的事解决了，然后你们也能有情人终成眷属。你看，这样不是两全其美吗？”

“两全其美？”我冷笑了一声，“协议上对你的赔偿，我觉得已经足够了，这也是他和律师沟通过后得出的数字，并没有亏待你。”我也放下刀叉，直勾勾地看着她，“至于你说的孩子的抚养问题，协议上的数目也相当可观。并且，我可以告诉你，林克骏预留了一笔钱，打算在孩子结婚后，至少成年后，把钱交给她们，而不是你。他说过，你就像是个无底洞，贪婪得没有止境。日常消费也极其大手大脚，如果把钱给你，而不是孩子，能有多少到她们手里，是一个相当让人怀疑的未知数。所以，你不要企图再加价了，离婚协议不会再有改动。”

“你……你……”女人气得发抖，“你们的关系还真是不一般啦，家底都告诉你了。”她想了想，“看你这么厉害，以后家里的钱一定是归你管咯。那我还就更不放心了，担心我把钱用了，怎么不担心你把钱用了？”

“即使你们离婚了，我也不会嫁给他。”

“瞧你说的，不会嫁给他？天天腻在一块儿，还不嫁给他？那你还真不是一般的乱呢。得了吧，谁信你的鬼话，你又年轻漂亮，看你这又骚又贱的身材，哪个男的不想对你下手？林克骏再老实，那他不也就是个男人。不嫁给他？你骗谁啊。”

“我为什么要骗你。”我啪地拍响桌子。

“还跟我凶哪。”女人瞪起眼珠，“你就是骗我，你们合起来欺负我。你这个狐狸精，就是想要他的钱。”女人气急败坏地站起来，一把揪住我的衣领。

我甩开她的胳膊，气愤达到极致，“他的钱，我绝对不会碰的。”

“谁相信你啊，你这个狐狸精。”女人又要冲上来抓我。

“你不相信？”我随手拿起桌上切牛排的刀子，“你看这样好不好，我剁根手指下来押给你，你看行吗？”我用刀子在手指上大力地切割起来，皮肤发出吱啦吱啦的金属响声。

我一边切割一边对着女人微笑。女人惊诧得半张着嘴半天合不上去，有口水将要滴落。

“手剁下来押给你，你要不要？”我笑着又用刀在手腕上咯吱咯吱地锯起来，伴随着身后鲜红色的牛肉分割图片，我微微低下头，让刘海垂落，从刘海的缝隙里死死盯住女人，嘴角带笑。

“啊——”女人尖叫起来，脸色瞬间苍白，“怪物，你是怪……怪物。”

女人极度惊吓，嘴唇不停地颤抖，“妈呀——林克骏怎么会……会和怪物一起。”女人贴着墙壁，距离我远远地逃出包厢，几秒钟后又转回来拿她的包。看见我依然微笑着在用刀切自己的手腕，咯吱咯吱，咯吱咯吱，呵呵呵，呵呵呵。她疯了一样扯上包跳着逃窜，明显能感觉到一阵风从我身边刮过。

我抹去手指和手腕处淡淡的灰色印记，忍不住哈哈哈地大笑起来，笑得眼泪从眼角渗出。笑累了之后，想起林克骏有些苍老，但依然纯净的眼睛，不觉感到丝丝酸楚。如果此刻林克骏也在现场，大概也会颤抖着嘴唇说：“怪物，怪物，你是怪……怪物。”

妈妈和姨妈斗嘴的级别一再上升，但两人似乎都乐在其中。看似磕磕碰碰，但姨妈怎么也不让妈妈回去住，“还跟个残疾人似的坐轮椅上呢，她怎么回去？”妈妈也说，“我不看着她，不知道她一天要吃几顿。”姨夫被单位返聘，工作依然很忙。家里这一对无所事事的老姐妹相互有个伴，也挺好。我便不再纠结怕妈妈会给他们添麻烦了，安心地把妈妈放在姨妈家里。

妈妈把轮椅转到我跟前，“我看见报上说，凡在新百商场购买羊绒类商品，凭发票可以领到干洗店的优惠券。”妈妈问我，“我这披肩的发票还在不在？”

“应该在吧。”我从包里拿出钱包，打开翻了翻，没有。又把包的内袋掏了个遍，还是没有。查找侧面口袋的时候，一张名片从里面被带出来，正好落到妈妈的腿上。

妈妈把名片拿起来，读着上面的字，“特柏高国际贸易集团有限公司，采购部，王笛锋……”突然妈妈浑身剧烈地颤抖起来，眉头紧锁，眼睛死死地闭了起来。

“妈，妈——”我吓得大叫起来。

姨妈碰碰我，“没事。”

“怎么没事？她到底怎么了？”我急得不知所措。

“妈——”我蹲下身子，抚摸着颤抖不停的妈妈。

“看见什么了？”姨妈平静地问。

“没错，”妈妈睁开眼睛，“是这个人开车撞了我。”

“王主任？”我吃惊地张大嘴巴。

“好，我明天就让你姐夫找车管所的人调查他的行驶记录。”姨妈拍拍妈妈的肩膀，“你的特异功能不会有错的。”

“从来没有错过。”妈妈笑得有些不自然。

给林克骏爸爸擦洗完身体，叔叔哼哼着舒舒服服地睡着了。我把电视遥控器从他手中抽出来，关了电视，放进床头柜上的收纳盒里。

收拾得干净明亮的屋子，早就没有了刚来时的局促和混乱，林克骏妻子身上那股特有的怪味儿也早已散尽。林克骏前一阵子和我一起去花卉市场买了几盆山茶和绿萝。午后的阳光照在植物油亮亮的叶子上，不真实地发出钻石一样璀璨的光。山茶花含苞待放，花骨朵已经急不可耐地展示艳红和妖娆。已经在这里一年多了，保姆毕竟不是长久的职业，更何况再待下去，会不会不再舍得离开，或者会看到林克骏有了女人，心生嫉妒。或者他会对我依赖，而不愿我离开。不管怎样，一年大概刚刚好吧？刚刚好什么呢？我也说不清。只觉得不应该再继续待下去。一想到要离开，心里便涌满不舍。一感到不舍，又加剧了想要逃离的决心。

我又钻进林克骏的书房，这里是他待得最久的地方。除了上班、吃饭，他都会在这里看书、写东西。能看到他在本子上，拉拉杂杂地记录各种各样的心情和断断续续的小故事。没有办法否认，这里也是我最爱待的地方。书香缭绕，像是和他的心贴得很近很近。我翻看他摆在书桌上的一本《卡夫卡口述》，我想，有那么一些人，卡夫卡、林克骏、我，不认为世界有什么意义，但依然令人向往，持续着一步步走下去。

猛然间，我看见林克骏安静地站在书房门口，表情凝重，薄薄的嘴唇紧紧抿着。像有许多话，要从眼睛里表达。

“啊，你提前下班啦。对不起，我就翻了一下，马上开始收拾。”我赶紧把书桌上散乱的书摞在一起，放置整齐。

林克骏一步步走到我身边，“我刚去了民政局，离婚手续全部办完了。她没再加什么条件，很痛快就签了。签的时候急急忙忙的，很紧张的样子。现在嘛，是解脱了，但心里觉得挺不是滋味。就像要重新开始一种人生，来得太快，有些措手不及。变得更加胆小、怯懦，犹犹豫豫起来。”

“别担心，事情解决了该高兴才对。”我一边说一边继续整理着书桌，“开始新的人生，多棒呀。”

突然，林克骏一下子抱住我，我手上的书掉落在书桌上。

“我离婚了。”林克骏说。

“知道。”我盯着桌上掉落的书，不敢和他对视。

“我现在是单身，我可以大胆地追求我喜欢的人了。不管那个人对我怎么样，我都可以向我喜欢的人告白，不再有任何道德的约束。”林克骏做了一个大大的停顿，“我喜欢你，也许从第一眼见到就喜欢，也许是慢慢慢慢地喜欢上，但这些都无所谓。现在我说出来了，我想开始新的人生。”

林克骏在我耳边喘着气，我能感受到他的慌乱和紧张，我的心脏也紊乱地狂跳不止。我看见林克骏的手指在我的身体上游走，微微地颤抖，带着深情和克制已久的渴望。我感到难以抑制的愤怒，对我自己的愤怒，对自己的特异功能的愤怒。我狠狠甩开林克骏的怀抱，逃离到书房门边，想使自己紊乱的呼吸平静下来。

“对不起，我知道这样可能太急躁了。”林克骏呆呆地站着，双手半举着，还保持着怀抱的状态，一时间没有回到自然的下垂姿势。

“不是，是我不好。”我低声说。

“不是，我不应该这样的。突然改变了身份，一时间没适应过来。这样好不好，晚上和我出去吃饭，庆祝我单身生活的开始，可以吗？”

“不，”我说，“我晚上有点儿事情，要早点儿回去，真的对不起。”

“你骗人。”林克骏像孩子一样撇了撇嘴，“我以为你对我也有一些好感，我觉得我的直觉没有错。”

“你错了。”我坚定地说。

突然，我的手机在上衣口袋里振动起来，我赶紧去接电话，本想感谢这个打破了眼前尴尬的电话，却没想到竟是这样的重大事件。

“我是怡景花园物业，你是四单元301室的户主吗？”电话那头焦急地问。

"是……吧。"我说，那是前夫的房子，但也是我生活了七年的曾经的家。

"你的孩子有危险，你能马上过来吗？"

"什么？危险？怎么啦？"是笑笑吗？笑笑怎么啦。

"你快过来吧。"对方说。

"你快说！"我吼叫起来。

"你的孩子坐在阳台边上，随时会掉下来。我们已经报警了，我们自己的人员也在想办法接近。你们不能把孩子单独丢在家里呀。"

"8806那个号码呢？"那是前夫的电话，"那个电话打了吗？"我问。

"一直在打，没人接。"

可能前夫在开会，我想。

"我马上到！"我心急如焚。

"快，"我死死拽住林克骏的上衣，眼泪夺眶而出，"带我去怡景花园。我孩子出事了。"

到达的时候，楼下已经围了一大群人，指指点点。我冲上楼，用我过去的钥匙打不开门，他们已经换了门锁。我又跑回楼下，站在笑笑的下方。

"笑笑——"我对着阳台边缘的笑笑大喊，"笑笑，回屋里去好不好？"

笑笑穿着一件黄色的卫衣，双腿在阳台外缘晃动着，含含糊糊地唱着歌，"冬眠假期刚刚结束，我还有点糊糊，鸟儿在头顶把森林叫醒，春天空气让我很……很很……晃脑袋，揉眼睛，青草香，浆果甜……嗯嗯……"

"孩子智力有问题，怎么能把孩子一个人丢家里呢。"

"是啊，正常这么大孩子一个人在家都危险。"

"真是，有没有责任心啊。"……

林克骏搂了搂我的肩膀，暗示我不要管这些。我当然不会去理会这些，现在是要想办法把笑笑救下来。我突然想起来，笑笑曾经用那个女人的电话和我通话过，我快速地翻开手机通讯录，拨打了"笑笑新妈妈"这个号码。

电话接通了。“你在干什么，笑笑现在有危险，坐在阳台上，就要掉下来了。你为什么把他一个人丢在家里！”我疯了似的大喊大叫。

“不……不要……我……我去办理辞职手续的，我知道笑笑一直需要有人陪着。我以为就一会儿，保姆刚辞掉的。我不知道会这样，我还有十分钟就到。对不起，姐姐，我马上就到，我不知道会这样，就要到了，我在车上……你一定要救救笑笑啊，求你啊，你一定要救他……”女人哭喊起来。

我挂掉电话，笑笑又向前挪了挪屁股，大半个身体悬空在外边，就在我头顶上十米左右的距离，触目惊心。

“笑笑你不要动哦，一会儿开了门，我们一起看《熊出没》好不好，我们一起唱歌。‘冬眠假期刚刚结束，我还有点糊涂，鸟儿在头顶把森林叫醒……’”眼泪止不住地向下流，和笑笑在一起的日子里，那些画面一幅幅地展现开来。有些不是那么美好，却一辈子难忘。这是我的孩子啊，我不能够再照顾他，可现在连救下他的生命也无能为力。

“春天空气让我很舒舒，天上太阳红扑扑……”笑笑一边跟着唱着，一边展开双臂，做出一个拥抱太阳的姿势。

笑笑跌落下来，从天而降。

黄色的衣服像一道光线，划出一条笔直的线。在我的眼里所有时间在瞬间变慢了，唯有我的步伐像加快的镜头。或许用了 0.01 秒的时间，我两三步跨越到笑笑的下方，伸展开金属一般有力的胳膊，在黄色的光线落地之前，将光束紧紧地拥进怀里。

人群里发出各种惊叹和尖叫，“妈妈。”我看见笑笑正在对着我笑。我双腿一软，瘫坐在地上。怀里依然抱着笑笑，不敢松开一丝一毫。

笑笑扭了扭身子，挣脱开我的手臂，扑向迎面奔跑而来的一个气喘吁吁的女人。她蹲下身子，把笑笑紧紧抱进怀里，抱得那么紧，就像一撒手笑笑就会嗖的一下消失似的。

“笑笑，你没事吧，你吓死我了。”她的眼泪、鼻涕沾到笑笑的脖子、衣领上。她哭一阵笑一阵，刚停止住抽泣，没一会儿眼泪又扑簌簌地滚下来。我知道她是真的爱笑笑，爱我的前夫。

"电视没有了，看不到了，没有了……天上太阳红扑扑……"笑笑擦着她的眼泪说。

"知道了知道了，一会儿我们一起看，一起唱歌，好不好？"她和笑笑走到我身边，眼泪默默地流淌，"真的非常非常对不起，都怪我粗心大意，是我不好。我已经辞职了，以后我会尽心尽力地照顾笑笑。我发誓，再也不会这样了，请你相信我。"

她和笑笑离去的背影，看起来竟有些唯美。我和笑笑牵着手的时候，是什么样子呢？我要自己不再去想，我相信笑笑会幸福的，就像爸爸相信我会幸福一样。有些幸福触手可及，但长久来看并不如此。我要控制好自己，我要让自己相信，一个人的幸福也是幸福。

围观的人群把我包围在中间，"怎么做到的？""太不可思议了。""天生神力？""这不符合常理啊，从那么高的地方摔下来得多大的力量。"……林克骏搂着我的肩膀，强行把我带出包围，快步走到停放车子的地方。

他拉开副驾驶的车门，而我站立在一旁一动不动。

"事情已经解决了，我们回去吧。"林克骏说。

"你都看到了吧？"我依然一动不动，"我和正常的人不一样。"

"母爱有不可思议的力量。"

"什么母爱，我这样是因为我不正常，我是怪物。"我大声地说。

"别胡说了，你非常棒，也很正常。"

"你看，"我把袖口撸起，露出焦糖色的皮肤。我用指甲在手臂上划过，发出刺耳的金属声音，皮肤上留下淡淡的灰色痕迹，"看清楚了吗？这就是我的特异功能，我有金属一样的皮肤，它们力大无穷。"

"这没什么。"林克骏喃喃地说。

"另外，它们没有知觉。听明白了吗？它们感受不到抚摸、亲吻、温暖，所有人都可以感受到的爱的感觉，我不能，你仔细听话，我的特异功能使我没有知觉，因为我的皮肤是冰冷的金属。"

"这没什么。"林克骏继续喃喃自语。

"相处以后你就会知道，即使你对我无限温存，我也不能做出回应。心理上的爱，代替不了身体上的爱。你会愤怒、厌恶我的冷漠，即使你知道这样是因为我的特异功能而造成的。”

“不……不会的……应该不会……不会……”林克骏的声音越来越小。

我转身离开，我想我们不会再次相见。事情已经了结了，我让林克骏亲眼目睹了我的特异功能，这比组织大量的语言来拒绝他容易多了。虽然事发突然，但这不是最好的安排、最好的结局吗？

中介公司的阿姨听了我的讲述后说：“哎，知道了，我们去帮你把工资结算了，但是要扣部分违约金。喏，像你这种和雇主发生感情、发生关系的事也不是一次两次了。没闹出什么大事就好，要搞得人家妻离子散、家破人亡那些，那才麻烦呢。放心，下个星期过来领钱。”阿姨看看我，“真不做了？现在保姆市场价格又涨了，再想想？”

“不了。”我说。

两年后。

作为东南么么文化传播有限公司的代表，参加完两天的新媒体影响力峰会后，终于有了难得一天的悠闲。今天要好好地逛逛街、吃吃好吃的，再买几本有趣的书。我换上轻便球鞋和V领连衣裙，散开头发，连呼吸都变得轻盈起来。爸爸说得对，我会非常幸福的。虽然在夜深人静的时候，会有些思念，有些遗憾。但是，这大概就是人生吧。

在书店里漫无目的地闲逛，眼神无意间瞥见一本书，暗灰底上印着一束黄色的光晕，配色莫名地让人心脏猛地一下抽搐。书名写着黑体的“爸爸的特异功能”。有那么几秒，我停止了呼吸，因为在书的左下方竖排写着：林克骏著。

我从书架上小心翼翼地取下，摸索着封面上细微的颗粒，很久不敢把它打开。当“林克骏”这三个烫银的字出现在硬壳封面上时，林克骏微笑时的酒窝，眼睛里纯净天穹般的神采，一幅幅地闪现在脑海里。在医院里，并排坐在走廊的长椅上吃日本料理；打扫吸顶灯时，他攥紧梯子，生怕我掉下来；在宜家，一同坐在长沙发上，感受他所说的“柔软而具有支撑力”；合力把大盆植物搬回家，一同看着植物在阳光下闪闪发亮……

书中的爸爸有一项特异功能，就是可以操纵人类和动物的尸体。在内蒙古草原上，他用他的特异功能书写了许多传奇故事。回城后，又利用他的特异功能破获了多起离奇的案件，还救了自己女儿的性命。在破案过程中他与一名女刑警有了相惜相怜的情感，导致家庭破裂。爸爸最后在无法抉择，无法面对亲情、友情、爱情的时候，毅然选择逃离。去了湘西，做了一名昼伏夜出的赶尸人。

站着看了好久，当我抬起头，转动一下脖子的时候。看见林克骏就站在距离我一米半的地方。有那么一秒，我以为我头脑里的画面投射到了现实。但当他对我微笑的时候，左面脸颊上出现了一个深深的酒窝，像一颗小石子丢进春天的水塘，全部画面都暖融融的。暖得让我想哭，却又忍不住地笑了。

“你好。”他说。

“你好。”我说。

“过得怎么样？”他问。

“还行。你呢？”我问。

“也还行。”

“我还有点儿事，得先走了。”我说，转身就要离开。

“等一下，”他一步跨到我面前，“这本不用买了，我送你。”说着去取我手中的那本《爸爸的特异功能》。

当他的手指触碰到我的手指时，一股电流嗖地击中我，一阵酥麻，手里的书跌落到地上。

“对不起，被电到了吗？”他捡起书，“不清楚具体从什么时候开始，或许是你离开以后，或许是开始写这本小说的时候，只要情绪稍有激动，就会浑身发出电流。我一直在找你，想问你这是不是特异功能。”

我诧异地盯着他，像看一个怪物。

旧房子已经不住了，林克骏现在一个人住在景颐小区。“爸爸没有熬过你走的那年春天，起初妈妈哭得要死要活，我每天守着她也安慰不了她一点点。后来我带她去老年公寓看了看，没想到她一下子喜欢上那儿。一群老人天天打牌、聊天、唱歌、跳舞。我妈就是爱热闹的性格，不能闲着。这种生活特别适合她，每天开心得不得了。不过到现在我也没有告诉她老年公寓每个月的价格，不然她肯定嫌贵。”

我学着林克骏妈妈的样子，手指一下一下地点着空气，“这么贵啊，不用了不用了，真以为家里不能住啊。”

哈哈哈哈，我们一起大笑起来，笑得没心没肺，像两个六七岁的孩子。

林克骏一把搂住我，隔着衣服，强大的电流已经把我电得神魂颠倒。抚摸、亲吻，酥麻、酣畅，我感受到从没感受过的爱的感觉。电流在卧室里乱窜，哧哧哧哧、噼里啪啦，闪着蓝光，狠狠扎进我的皮肤，扎进我的心脏。爸爸说得对，我还要活很久，我会非常幸福的。

手机上的闹钟响了四五次，能看得见周围的布局，但知道这是睡梦中的场景。我不愿意睁开眼睛，眼睛睁开后，看见的将依然是居住了三年多的出租屋，以及被子上一只贪睡的橘猫。我的脸上应该还带着残留的微笑，在笑梦中电光火石般的场景那样的奇妙而玄幻，历历在目。和林克骏在书店里的匆匆一见，他的纯真、热烈和克制，让我无法继续与他对视。我抱着书，像逃离潮汐的巨浪，尽快混进来往的人群，与他成为两粒永无相见的水滴。他的理解力能明白我说的话，却永远无法体会没有触觉带来的疼痛，那种没有痛的痛，比真正的痛更加痛。我强迫自己睁开眼睛，不能再在梦境里太久地牵挂，越往后推迟一秒，心头的伤痕就会更加深刻。

我拿起枕边的《爸爸的特异功能》，我想，如果人能够活在自己写的书里，我就要写一本《我的特异功能》。那里面有一个会放电的叫林克骏的男主角，用指尖点在我焦糖色的皮肤上，嗒的一声，电流传遍全身，我像含苞的花儿，柔嫩的花瓣次第绽放，享受着春风和阳光，迎接着你惊艳的目光。

夏日漩涡

“爸爸。”晓嘉看见我进门，像往常一样喊了我一声。斜坐在沙发上看电视的她，丢了一颗葡萄进嘴里，仅咀嚼几下就吐出葡萄皮和葡萄籽。突然想到她小时候有次不小心咽下葡萄籽，我吓唬说得到医院把喉咙切开来了时，她哭得惊天动地、鼻涕源源不断流进嘴里的样子。转眼已经六年级了，穿着短裤的腿架在沙发扶手上，看起来又修长又饱满。

“爸爸，你今天是不是去将军路的加油站了？”晓嘉问我。

“呃。”我心头紧了一下，想着她怎么会到那里。

“我和妈妈今天蹭张阿姨的车去批发市场买水果，正好就看见你的车啦，开得还挺快的呢。”

晓嘉正说着，妻子端着菜从厨房里出来，“是晓嘉先看见你的车的，她让张玲赶紧追上去，她说要看看爸爸的车里面有没有别的女人，哈哈，张玲还真的紧追着不放。我们的车从你旁边过去，你没看见吧。后来见你进加油站了，我们就算了。”

两个放暑假在家的女人太可怕，我脱了西裤衬衫，换上宽松的沙滩裤和背心。车子拐进将军路之前，车上的确坐着一个女人。

和马岚交往快一年了，相差 18 岁的年龄，竟然没有感到多少压力。大概一直陪伴在女儿身边吧，对小女孩的种种古怪想法并不排斥，即使不理解的地方，也能接受下来，觉得年轻人思绪飘忽是再正常不过的事。就像晓嘉不停地变化将来想从事的职业，从卖饼到老师到医生到作家、从小老板到外交官到宇航员。

马岚的摇摆在于，亲密的时候她会搂着我的脖子说：“我要跟你回家。”“你要我啦。”“我做小的呀。”可是今天送她回家的时候，她听说我要加油，坚持让我把她丢在公交车站，“加油站和我们是一个系统的，谁知道会不会碰到熟人，我可不想让认识我的人看见我和一个小老头在一起。”不去计较她说的话有多少开玩笑的成分，她这么做真的太明智了。

晚上，我在书房上网，妻子洗完澡走进来。天热加上热水澡的蒸腾，妻子的脸白里透着粉嫩。尽管已满四十，但看起来也就三十出头的样子。感谢妻子的遗传基因，女儿虽然和我长得相像，但皮肤、表情、气质和妻子一模一样，加之青春逼人，已经亭亭玉立地绽放开来。

“哎，你说多大谈恋爱算是早恋？”妻子问。

“怎么啦，晓嘉谈恋爱了？”

“不知道呀，最近陪她买衣服，风格变化很大。以前就喜欢穿运动裤、牛仔裤，反正就是要舒服就好了。可最近买了好几条裙子，还有短裤，一边试衣服一边照着镜子说，我的腿是蛮直的哦。”

“长大了嘛，爱美之心人皆有之。”

“话是这么说，可是我有直觉的啊。说不出来哪里不对劲，可就是知道有些事的那种感觉。”妻子一边捋着半湿的头发一边说。

“又没抓到什么证据。才十二岁，你想多了吧。”

“哼，”妻子撒娇似的嘟了个嘴说，“我睡觉去了。”

妻子从女儿出生到现在，一直陪她睡。小学二年级时有段时间，我们培养晓嘉单独睡。没持续几个月，被晓嘉的各种哭闹、无理要求弄得烦不胜烦，于是我们夫妻继续分床。我睡书房，不觉已经十二年了。

妻子离开书房后，房间一下子安静下来，我们两人的对话似乎还没散去。

“可是我有直觉的啊。”

“又没抓到什么证据。”

第二天是周末，我没有调闹钟，九点左右自然醒了。起来后看见母女俩坐在餐厅吃早餐，两个白白净净的美人，没让我觉得特别的美感，反而有些不安。妻子是教师，假期悠长，总是在放假的时候忙碌各种烘焙、汤羹、自制冷饮等等；女儿不是拔尖的那种学生，却是让人挺放心的中等偏上水平。教育女儿的事情，妻子负责了大半，我仅是在节假日陪她们出去吃吃玩玩而已。这样的日子清爽得有些无趣。

“今天要不要带你们出去转转？”漱洗后我也坐到餐桌旁，“晓嘉上次不是说想吃越南菜吗，要不中午去找一家？”

“我马上要去同学家。”晓嘉用牛奶咽下面包说，“我跟妈妈说过了，她同意了。”

“嗯，不用担心，就隔了一条马路。注意事项我都跟她说了，是她好朋友的家，没问题的。”

“哦，安排好啦。”我喃喃说，“那我们俩在家干什么呢，我要是上网看电影，你又要唠叨我不陪你们了。”

“啊，不好意思，我也得出去。同事拜托我去教她做提拉米苏，我一会儿把材料和工具收拾收拾就走，中午她要请我吃大家乐。”

“噢，这样啊。”

母女两人走后，我一个人依旧坐在餐桌旁慢悠悠地嚼着面包。这样的情形似乎没怎么出现过吧。几年似乎也碰不到一次我单独在家的时候，为什么今天就碰到了。其实这不是很正常嘛，我对自己说。窗外的知了叫得时起时伏，屋子里开着空调，凉凉的不觉得夏天的炎热。天气预报说的38度5，不过一个数字罢了。这个数字也没能阻挡母女俩出门的脚步。

昨天晚上妻子说晓嘉可能早恋的事，还是让我有些担心，一想到这个小小的女孩儿，如果被男孩儿抱住的话，她知道应该做出什么反应吗？

马岚对于我来说也算是小女孩儿吧，第一次想要占有她的时候，是因为看见她从肩膀上滑落的衣领。脖子上的皮肤看起来薄薄的一层，锁骨的形状完完全全地暴露出来。有时候我看着马岚，觉得她的肩膀像晓嘉，又有时候我看着晓嘉，觉得她的肩膀像马岚。第一次搂着马岚的时候，微醺的她就半推半就地任凭我抱紧抚摸。晓嘉不会这样的吧，才十二岁呀。

我丢下咬了一半的面包，有些迟疑地走进晓嘉的房间。她的房间里还放着一张二年级时买的小床，长期不用小床成了书架，一摞摞的课内课外书摆放得还算整齐。我坐到晓嘉粉红色的写字台前。买写字台时，卖家说高度可以调节，一直用到高中都没问题。可高度没问题，颜色感觉已明显不适合即将上初中的晓嘉了。

桌上堆着几本学校要求完成的课外读物、经典名著，随手翻开，是《从百草园到三味书屋》，文章中间配着一张生长着小草的园子图片。陡然记忆起晓嘉五六岁的时候，奶声奶气地说："我有一个愿望，就是我们全家，我、你、妈妈，还有爷爷奶奶、外公外婆，一起在一个公园的草地上野餐。"

看到这图片，晓嘉大概不会记起自己说过的话吧，全家在一起，也不再是什么愿望了吧。我对晓嘉小时候的记忆已经有些迷糊，只是偶尔能想起一些片段而已。

偷偷地翻着她的物品，莫名其妙的很紧张，知了的叫声似乎也消失了。书包、文具盒、笔记本，所有的学习用品已经不再是刚上学时哭着闹着要买的粉红色公主图案。随意涂画的草稿纸上有些我看不懂的涂鸦和组合起来的复杂文字。她现在在想什么，我已经不能像过去那样一猜即中了。

习惯倒还有些我的遗传，在抽屉垫纸的下面我发现了一封信。我小时候也在同样的地方藏过秘密。

一个叫小罗的男孩儿写给晓嘉的情书。文笔还算流畅，把晓嘉的优点写得放大了好几倍，特别是对她腿的赞美很有趣。"笔直修长，每次看见你走过我面前，就觉得是你支持了我无聊的小学生活。"

最后提出约会的请求，"放假后的第一个星期天，我带你去一个神秘的地方。"

那么就是今天咯？我的心咯噔一紧。和一个叫小罗的男孩儿？去一个神秘的地方？两个十来岁的孩子？

我第一反应打电话给妻子，想问问她认识不认识一个叫小罗的男孩儿，还想要质问她，知道不知道晓嘉今天是要去约会。

妻子的电话始终无人接听，我变得有点儿急躁。虽然仅是猜测，但因为这个不能确定的约会，因为这个没有及时接听的电话，让我感到一种不可控的情绪。我厌恶了平静，但这丝毫的不平静瞬间使我不冷静。我深深吸口气，把晓嘉的情书放回原处，把刚翻乱的东西尽量摆成原样。

十几分钟后妻子打来电话。

“哦，我刚才手上全是黄油，没办法接电话。”妻子急匆匆说完这句。

“你知不知道晓嘉今天去哪个同学家？”

“知道啊，闺蜜家。”

“我刚才无意间在她房间看到一封男孩儿写给她的情书，而且约她今天出去。晓嘉有没有和你说这事？”

“啊，你翻她东西啦？情书？约会？她没说啊。不过她昨天晚上倒是承认有个男孩儿想追她，她不知道怎么办。我给的意见她又嫌土，所以她说今天去闺蜜家商量这事。”

“我们应该信任她吧。”我似乎是在自言自语。

“不知道呀？有没有去约会啊？要不等她回来问问？”

“还是不问吧。”我说，“她如果不想说，问了也没用。”

“说得也是哦。”

不是什么大事，心里却被搅乱，闷闷不乐地出门吃午餐。吞了一碗面条后，在大太阳底下走着，不想回家，拐到一家熟悉的茶叶店坐坐。茶叶店的老板娘是个丹凤眼、微胖的女人，身体充满故事，待人接物心知肚明又不会刨根问底地八卦。和马岚一起出现的公共场所，除了饭店就是这家茶叶店。老板娘大概一眼就能看出我和马岚的关系，几次和马岚一起去喝茶，但她也不问不提不关注，给我们备器、择水、取火、候汤，聊天气聊明星聊股票聊新闻。有着把小情人带出去的心，却没有让熟人知道的胆。这里似乎满足了些许虚荣，却没有担忧的成分。

推门进店的一瞬间，冷气嗖地从门缝里钻出。从那条缝里，我看见马岚和一个年轻的男人并排坐在一张长椅上。不仅是穿着同款的T恤，两人的年龄、身材和长相都如此般配。T恤短裤的马岚，比平时穿着连衣裙与我约会时更显年幼。男人露出脚踝的裤子和浅口的渔夫鞋，新潮得就像在拍广告。我默默地离开，心里面有股要爆裂开来的疼痛。

不起眼的小旅馆，老时间。我从背后把马岚使劲抱住，“看见你的小男朋友了。”

“哦，”马岚的肩膀轻轻一颤，“怎么样？”

“很时尚，和你很配啊，看起来就像金童玉女。”

马岚一下子挣脱我的手臂，面对着我说：“不是你要我找男朋友的吗？不是你一直说我不小了，得谈婚论嫁了吗？不是你说我结婚你要包个大红包吗？”

“对啊，没错。今天就是想来祝福你的。”

“祝福我为什么这种态度？我本来就没打算瞒着你。”

“我态度有问题吗？我是为你高兴。”

“得了吧，我看不出来？你别一副阴阳怪气的嘴脸，没打算要我就给我闭嘴。”

“我有老婆小孩儿你开始就知道，给你说得好像我欺骗你似的。”

“你不懂日久生情？不懂一夜夫妻百日恩？”

“你说的这是什么跟什么呀。”

“那就是没有感情咯？”

“又不是谈恋爱，我们一个月也见不了几次。”

“好吧，”马岚抿了抿嘴，“我也只把你当忘年交而已。呵呵，最近的表现，我看你连那种关系都算不上。”

“那你不是叫得很起劲。”

“那都是装出来的。我对你也没有一丝一毫的感情，只不过不想变成约炮那么 low 的档次，谈谈感情，大家都愉悦罢了。”

“你这个混蛋。”我扳过马岚的身体，把她推倒在床上，扯掉她的内裤从背后进入她身体。就像是在颠簸的船上抓住唯一的一根桅杆，我知道有很多事我无法控制，但现在，我连自己的情绪都不能掌控，而我竟然是个四十多岁的成年男人。

平息之后，马岚转过身，搂住我的脖子轻声说：“我们结婚吧，我想一直跟着你。”

“你知道的……乖，听话，不要给我压力好不好？”

“嘿嘿……”马岚发出两声尖厉的怪笑。

接下来的几天心里始终不痛快。晓嘉的事，我和妻子说好了不问，真的忍着没问。马岚和她的小男朋友到底发展到了什么程度，更是我这个什么也给不了她的外人不能触及的话题。别别扭扭地过了一个星期，表面上与平日的平淡无异。

这天下班回家，没看见晓嘉，妻子也没做饭，躺在沙发上看电视。

“晓嘉呢？”我问。

“送我妈那里了，想轻松地过几天假期。”

“哦。”

“你先去洗个澡吧，我们一会儿出去吃晚饭。”

“好。”我放下包，脱了外套和长裤进浴室。

我和妻子很久没有两人一起去过饭店了，并排走在一起的时候，气氛有些异常，不知什么原因。

等上菜的时候，妻子慢悠悠地说：“明天，我约了马岚谈谈。”

“马……马岚……”我结巴着说，“谁？哪个？哪……个马岚？”

“不要这个样子，”妻子还是不紧不慢的语调，“我说过，我有直觉。这些天你的神情不对劲，知道有事情。我去查了你的通话记录，发现了一个频繁通话的号码。我打过去，不出所料是个年轻女孩儿，对你也相当熟悉。我们约了明天见见。”

“我和她没什么！”我几乎要咆哮起来。

“没什么最好。我知道结婚十多年，早已经没有爱情这玩意儿。你有些胡乱的心思，我完全可以理解。我告诉你我也不是没人惦记，但是结了婚就要承担结婚的责任，不痛快不满意也得扛着忍着。我要越出那一步比你容易得多，现在打个电话，就会有人把我带去他家。但我始终在为这个家忍耐，我不知道明天马岚会和我说什么，我现在没有任何打算，也不想再说话。”

“你们简直疯了。”我拿起手机冲出餐厅，我要立刻打电话给马岚。我和她约定好的，只要不是被捉奸在床，死也不能承认我们的关系。也许她是因为上星期的吵架才同意了妻子的见面要求，我要让她赶紧取消这个可笑的约会。

没有，手机里找不到马岚的号码。我把她的名字存作“马师傅”，这样看起来像个便民网服务人员的名字。可 M 字母里没有马师傅这个名字，我又根本没记住她的号码。

我怒气冲冲地折回饭店，对妻子压制着怒火，“你是不是删了？她的电话号码？你趁我洗澡的时候删啦？”

妻子用冷淡的表情看了看我，一句话不说，埋头吃着饭菜。

我想过要跟踪妻子的约会，但想到如果三个人面对的话，情形或许更加不可收拾。一整天我做了最坏的打算。我和妻子离婚，晓嘉肯定会跟她。我知道这是我犯的错，房产全部给妻子和女儿。家里的所有存款全部给她们。我还算是壮年，养活自己没有问题。净身出户好了，这是我应有的下场。

晚上九点妻子回来了，平静得可怕。

“我们出去走走吧。”妻子说。

我们在夜风里走着，冷静得让人想要忘记一件件的烦恼。

“想知道我们聊什么了吗？”

我点点头。

“给。”妻子把她的手机递给我，“我录音了。”

我拿起手机，走进路边的大厦墙角，手忙脚乱地打开录音文件，嘈杂的背景声中分辨出马岚的声音。“你不要这样气势汹汹地看着我好不好？我同意和你见面不是来接受你审讯的。我不知道你这把年纪还有没有男人会关心你，你老公打电话来嘘寒问暖的时候，我不可能对他说，‘滚，老娘不要你关心。’这你能理解吧。

“你们有感情这我知道，当初他什么都没有的时候，你倒贴嫁妆和他结婚。现在这样是挺丢人的，可说不定就是所谓的真爱啊。那不管怎么说，你们那已经是过去的事情了。现在是他盯着我不放。

“他说我工作辛苦，要带我去江边散心，又说他们老家的大草原多美丽，要带我去看看。我晚上睡得迟，他絮絮叨叨地教育我要早睡。我不按时吃饭，他又会打电话提醒我吃饭时间到了。

“还有，我虽然觉得难以启齿，但是不说也不行。你们分床睡了十多年，你觉得这样真的好吗。你不把他伺候好，他在外面全是花花心思。男人不就是那么点儿东西嘛。”

“我们不是完全没有。”妻子的声音。

“好了，我今天和你见面，其实就是想帮你，对你们夫妻生活我一点儿也不感兴趣。我就是拜托你把你老公看紧了，别在外面勾三搭四的。我是有男朋友的，虽然拉不下面子对你老公翻脸，但如果被我男朋友发现了，也没什么意思。

“话我也不好说太重，你老公是怎样的人你肯定比我清楚。我和他没什么关系，以前打打电话就算了，现在我有男朋友了，麻烦你让他别再来烦我了。”

录音结束。

我抓住妻子的胳膊说：“不完全是这样的，你看见通话记录的，她也经常打电话给我。我有时候觉得她很烦，也因为怕她晚上会打电话过来，夜里都睡不好。你要相信我，不是我……”

“不要说了，又没抓到什么证据。”妻子大步走了，留给我一个苗条的背影。

夏夜的风无比的凉意，也无比的珍贵。四十多岁的自己以为已经牢牢把握住了生活，却发现最亲近的人，也不能了解他们的全部。晓嘉是不是已经开始约会了？妻子口里那个随时可以把她带走的男人是谁？他们真的没有什么关系？说着愿意跟我一辈子的情人，是不是真的嫌我烦？

反正又没抓到什么证据。

我想明天接了晓嘉，一起去买张床。已经有男孩儿追的大姑娘了，一定要开始一个人睡一间房了。

幼儿园爆炸事件

该怎么形容此刻的惬意呢？谈成了一个大项目，作为团队领队，经理让我休假一天。

上午睡到自然醒，中午在汉堡王吃了一只夹了五层牛肉饼的汉堡，为了消化，在商场里转悠，买了一件新上架的条纹针织衫、一条秋冬半裙、一件长款西装马甲，还有两条换季打折的连衣裙。回到家，折腾完新衣服的搭配，安静、清闲的空气一下子把我包裹住。前一阵疯狂的忙碌，猛然间不那么适应了。原本早出晚归的家似乎也有很大的变化，整洁了，很多地方微微地反着柔软的光泽，走近一看，又什么都没有。

目光落在房间的飘窗上，浅褐色的布面坐垫按照飘窗的尺寸，完美地铺满整个窗台。上面摆放的几只几何图案的靠枕，因为阳光直射和长期不用，艳丽的颜色已经非常暗淡，像某段回忆起来空无一物的时光。当初刚装潢好的时候，我坐在飘窗上，捧着书、逆着光，让老公拍下了一张特别唯美的照片。那时候我还是长发飘飘的样子，距离现在已经差不多十年了。飘窗一直闲置着，我们谁都没空在上面看书、发呆，空无一物的时光又似乎总是忙碌不停的。

我拿了一本书爬上飘窗，拉开窗户，小区里的桂花香气扑面吹来。阳光照在光着的小腿和脚丫上，温暖得像眼眶里打转的泪水。我突然感觉到，放松下来的自己，可以抛开身体的限制，能够感受到很多年很多年前才能感受到的空气、风和阳光。很多年前的某一天，我还只有十几岁，还身在童年，出门去上学时发现下大雨了。我呆呆地站在家门口，看着大雨、闪电，听着打雷，呼吸着夹杂着水雾的空气，整个人沉浸在这寻常而又神秘的气象中，自己也变成了大雨、雷电和水雾……直到被出门买菜的妈妈发现，整整迟到了两节课。而现在，如果出门发现下雨，也只是回屋拿把伞而已。

读了几页可爱的童话，我向窗外望去，突然看见老公急匆匆地往家这边走过来。我看了下墙上的挂钟，现在才四点。他下班的时间应该是六点，到家最快也要六点半。难道他也是放假？

他怎么看也不像是放假的状态。行色匆忙，表情有些凝重、呆板。而且，他空着两只手，没有提着上班用的公文包。他可不会把公文包落在办公室，从来没有丢过。工作对于他至关重要，回家后也经常拿出公文包里的数据核对、研究。发现什么问题还要打很长的工作电话和同事讨论确认。那么他回来是干什么？随着他走进门洞，这个问题变得越来越重大。

我决定就坐在飘窗上不动，摆出看书的姿势，虽然现在是短发，但逆光剪影中修长的双腿，应该还是挺美的。老公进屋后，我要像突然发现他似的，从书里抬起头，用惊喜的声音说，你怎么回来了。就像十年前恋爱的时候，已经看见他远远走来，却装作研究地上的一朵小花。等他到了面前，猛地抬起头，假装惊讶地说，你都来啦。

心不在焉地看了好几页书，却始终没有听见上楼的声音、开门的声音或者敲门的声音。我又向楼下张望，根本没有老公的身影，空无一人的小区过道上会偶尔走过几个陌生人，他们不是来让小区有生机的，而是来证明小区真的是空无一人的。刚才明明看见他进了楼栋，这栋楼有五层，我们家在顶楼，爬上来也不过一两分钟而已。二十分钟过去，他怎么还没有回来呢？

难道他去了楼下哪家？或者我看错了？我当然没有看错，今天秋高气爽，能见度特别高。我清清楚楚地看见老公走近。虽然好多年没有认认真真地看过他了，但绝不可能认错人。还是挺帅呢，我刚刚就是这么觉得。两条长腿交替着迈步，稳健成熟。就像刚认识那会儿一样，那时我就惊叹，虽然他和我一样大，却一点儿孩子气也没有。

很长一段时间，我以看待榜样、楷模的态度来看待他。他像受过严格的克制训练，或者内心强大坚毅，像所有的宣传片中的主角那样，从没有过内在的柔软和动摇。这是这个社会最可贵的品质，国家需要这样的人才，积极、干练、准确地做事，不带一丁点儿的个人情绪，没有怨天尤人，没有指责、不满。

直到有一天他来找我，神色凝重。“我妈妈是去年去世的，你知道吧？”他问。

“嗯，你和我说过。”

“标准的葬礼，没有太多太过的哭丧。流程我很满意，效率也很高，没有影响到任何亲朋的工作。”

“对，你说过。今天是周年祭？”我问。

“是，”他说，“但周年祭不重要，谁都没时间搞那个。不过今天是注销我妈户籍的最后期限。我今天去了。写着我妈户籍的资料被全部销毁了，有一张纸质的卡片也被工作人员撕了。”

突然间，他流出了眼泪。那是我第一次，也是唯一一次看见他流泪，他抽泣着说：“他们为什么要当着我的面撕，等我走了再撕不好吗？”我惊诧地看着眼前这个男人，他竟像小孩子一样地抱怨、发脾气、耍无赖。我想抚摸他的脊背，却胆战心惊地因为他这样的言论不敢靠近。

这件事像一首小插曲，虽然留下了一丝阴影，但我们还是结婚了。也许那个时候我也被他传染得想要哭出来，可是这种事有什么好哭的呢，程序就是这样，每个人都是这样。

我从飘窗上下来，在房间里无所事事地转悠，走到家门口听外面的声音。怎么可能还没上来呢？那一定是进了楼下的某一家。

第一个想到的当然是二楼那个女人。我和老公曾经讨论过，她可能是从事那种职业的女人吧。她的妆容非常浓烈，裸露在外的皮肤全都是带点儿橘的红色。我知道这是最时尚的妆容，模仿高潮后的身体，就像高质量的性爱之后，身体散发出的色彩。也许是画的，也许是医美染色。但刻意这么浓，必定是为了吸引男人，想让男人觉得，她有一副敏感的身体，在她这里可以得到对女人驾驭的尊严和快感。如果老公真的是去了她那里，我该原谅他吗？

我走出门，下到二楼。我幻想着贴着她家的门可以听到她的叫声。可是她家里面安静得出奇。我想敲门又不敢，如果发现老公就在她家里，是不是会无比尴尬？情感上可以接受他这样的行为，可理性上，如果真是这样，他可以在最短的时间内编造一套合情合理的谎话吗？

我突然听到一楼有说话的声音，小跑着下到一楼。我看见二楼的女人正和一楼的一个男人大声地说着话。

“我就是进去把东西给他，或者你帮我带进去，这样都不行？”二楼的女人声音硬邦邦的，与之前在楼道遇到我和老公时，嗲嗲糯糯的声音完全不一样。

“说了不行就不行。请不要影响我的工作。”男人四四方方的脸发出四四方方的声音。

“我和他说好的，那至少让我看他一眼，和他解释一下吧。”

“不可以。”男人硬生生地拉上门。虽然皮肤纹理清晰，但从指关节的结构来看，应该还是机器人。

“怎么回事？”我问呆呆站在一楼门口的二楼女人。

“昨天我从一楼窗口经过，看见有个小孩儿趴在窗口，他说他很饿，我说那我明天带点儿吃的给你吧。我们就这么约好了。可今天这个四方脸不让我进去，还说没有这回事。我也是听不懂了，是没有小孩儿这回事，还是没有挨饿这回事。你知道不知道一楼是个什么情况啊？”

“小道消息是有啊，不过也没确认过。”

“是什么是什么？”二楼女人带橘的红色脸庞熠熠发光。

“我是之前听四楼那个老奶奶说的。”

“四楼？”二楼女人指指楼上，带着夸张的惊恐表情。

“嗯，就我们家下面那个老奶奶。”

“你快说吧，一楼是怎么回事。”二楼女人催促着。

“有一天我下到四楼，正好碰见四楼的老奶奶气喘吁吁地往上爬。她一边爬楼一边说，‘不好了不好了，门忘记锁了，老头子要跑出来了。’”

“什么？”二楼女人打断我，“四楼不就一个单身的老奶奶吗？哪有什么老头子？”

“是啊，我也觉得很奇怪，可能年龄大了，脑袋有点儿……可我还是问了，‘老头子？您不是一个人吗？’老奶奶就直直地看着我，什么都没解释，好像说出来我肯定听不懂似的。”

“什么呀。那她说的一楼的情况可靠不可靠？”二楼女人问。

“那我哪儿知道，根本也没有办法求证嘛。”

“不管了不管了，可靠不可靠你就说吧。”

“老奶奶锁好门，就和我一起下去，走到一楼的时候她问，‘你知不知道一楼住了多少个小孩儿？’我摇摇头。‘据我观察啊，从送到里面的食物来看，至少有十个小孩儿，也许还不止。因为不会让他们吃得很饱。’”

“什么意思？”

“我也是这么问的。老奶奶说，‘还不是为你们这种人准备的嘛。你们天天忙工作，哪有时间生小孩。而且你们又不能有情绪有抱怨，小孩儿哪懂这些。生个小孩儿不知道要抱怨多少呢。’”

“噢，就是那种领养十岁小孩的那种公益？”

“哈哈，我也是这么说的。老奶奶说，‘差不多吧，有的人是需要小孩儿，继承家里的财产啊、传统啊什么的。但是十岁以下的孩子，特别会影响大人的情绪、思想，所有经过训练的十岁以上的孩子，基本能够在不干扰大人的情况下自理生活，而且孩子们的思维已经被训练得相当稳定，对于大人来说，也不失为安抚情绪的手段。而且领养的家庭多少能体验到家庭和谐的气氛，从理论上来讲，可行性相当强。’”

“原来是这样。”二楼女人点了点头。

我又好事地问：“你不觉得奇怪吗？为什么这么多小孩，听不见一点儿哭声、笑声？一楼养了这么多小孩，负责训练到十岁再卖掉！”

“是啊，为什么？”

“我问老奶奶的，老奶奶说，‘也许这里的孩子已经不是生下来的第一站。已经经过了早期的训练，不太能表达哭和笑了。或者这里有什么特别的手段，可以极好地控制婴幼儿的情绪。’”我顿了顿说，“我以前看过一本书，是说小朋友一碰花朵，就会被电击。后来小朋友就再也不敢去碰花了。那个应该是比较原始的训练，现在科技这么发达，肯定会有更好的训练方法吧。”

“这样啊。”二楼女人想了想，“但是，这个不是应该公司申请，走流程领取那种吗？领取之前也不会让人看见被训练的小孩儿的呀，那为什么我昨天都看见了？”

“可能……可能是地下违法交易吧。”

“那我们要不要报警？”二楼女人睁大眼睛说。

“都敢这样训练了，还用了那么高级的机器人，肯定挺有背景的吧。我觉得还是算了吧，又没吵着我们。”

“说得也是。那我去上班了，再见。”二楼女人挥挥手。突然又想起了什么，“等一下，这个给你吃吧，本来是要给那个孩子的。我自己做的饼干。”

我接过她递来的小盒子，说了声谢谢。

想着二楼女人坦荡荡的表情，觉得老公不会是去她那儿的吧。但也说不准，现在有多少人会把情绪写在脸上。本身极端情绪这种东西都被尽可能地杜绝，就算有，演也要演得波澜不惊。或许我下楼的时候，老公正好悄悄上楼，也许现在已经回家了。我又折回头回家。

路过三楼的时候，我想了想，老公怎么也不可能在这家吧。这家住着一对夫妻，也像我们一样的普普通通。三楼老公长得微胖，头顶的发际线有点儿后退。三楼老婆看起来十分娇小，远处看挺年轻，走近会觉得原来和我差不多大啊。和三楼老公在楼道里碰到过，和三楼老婆也在楼道里碰到过，但从来没有碰到过他们两个一起。我突然想，他们是不是也会思考这样的问题，他们有没有碰到过我和老公一起进出呢？

仔细算下来，我和老公虽然都是白天上班，但上下班的时间略有不同。所以我们不会在同一时间出门。下班时间也不同，再加上经常要加班，回来的时间更不可能一样。也许别人真的没有看见过我和老公走在一起，就像我没看见过三楼的夫妇走在一起一样。

“为什么要上那么多班啊？”我以前问过老公这样的问题。

“好问题。”

“什么？”我不明白。

"你知道吗？其实我们现在是为了工作在工作。"

"我不懂。"

"你想想，如果不工作我们还能做些什么呢？"

"睡觉、买东西……嗯……还有……想一些事情吧。"我说。

"所以，我们不工作的话就会有时间去想一些事情，人一进入思考必然会有各种情绪产生。有谁愿意被各种情绪控制、拖累？只有把情绪控制在一个范围，一个小而确切的范围，健康的生活才能维持社会正常的运转。这个问题其实很大，属于学者们研究的范畴，但理论上大概就是这样的。"

"还是不明白，工作挺累的，可是也没什么用。"

"像你这样发现工作没什么用的人不在少数，就目前来看，我们这样的人的确不能创造出什么价值，但要求我们做的恰恰就是不需要我们创造出什么价值。明白了吗？"

"不明白。"

"结论就是我们为了工作在工作。"

"真复杂。"我嘟起嘴。

"等你长大就明白了。"

"说什么呀，我们不都一样大嘛。"

我一边想着一边爬到了四楼。四楼的老奶奶去世，距离现在已经差不多快半年了。要不是刚才和二楼女人说起她，我觉得都快忘记那幅触目惊心的画面了。我试着朝老奶奶家的猫眼往里看，当然什么都看不到。

大半年前，我发现我们家的水费交得特别多。那几个月我们就像平常一样烧水、做饭、洗澡，水费却比以前多了几倍。我打电话去自来水公司咨询，问他们有没有算错。他们核对过数据后说，算肯定是没算错，但用水量突然剧增，他们会去我家排查原因。

还是那些没完没了的无用工作，拖了很久之后，我才有时间约定自来水公司的工作人员上门排查。两个工作人员穿着长靴，戴着连接耳机的听筒，匍匐在我家的地板上，一块一块地划区域排查。他们神情专注，像是在干有意义的事情。这种工作应该很有趣吧。

在卧室和客厅连接的地方，他们找到了原因。

“这下面的水管破裂了，水正在哗哗哗哗地往楼下淌。”一个工作人员说。

“哗哗哗哗地往下淌？”

“当然，不信你听。”他把听筒粘在地上一个粉笔画的圆圈里，摘下耳机戴在我耳朵上。

我听见像泉水流淌的声音，哗哗哗哗，和刚才工作人员模仿的声音那么像。

“都是我们家的水？”我问。

“那当然。”

“那楼下不是要淹起来了？”

“是啊，楼下没上来找你们？”

“没有啊。”经他这么一说，我确实很久没有见过四楼的老奶奶了。

“好修吗？”我问。

“好修，就是打个洞找到坏了的水管，把裂开的水管补上就行了。不过不知道水管距离你们家地面近一些，还是距离四楼的天花板近一些。打洞嘛，向下向上都可以，距离近的可以快一些。我们去四楼看看吧。”

“好。”

四楼始终没有人，即使贴着门也能听到四楼屋里的水流声，难道老奶奶一直没在家？被这样淹着损失该多大。

我们找到小区物管，在了解情况并且亲耳听到哗哗哗哗的水流声后，物管队长同意帮我们打开四楼老奶奶家的门。

门打开了，映入眼帘的是一片葳蕤茂密的丛林。整个客厅几乎被植物占据，龟背竹生长得有两米多高，巨大的叶子遮住整面墙壁。绿萝漫无目的地四处延伸，一层一层地铺满房间地面。君子兰开出面盆大小的花朵，藏匿在绿叶丛中。橡皮树几乎戳破了房顶，对，就是橡皮树，把房顶钻出一个洞，把水管也钻破裂了。哗哗哗哗流淌的瀑布融入进绿色的房间。

而四楼老奶奶被攀附着书架的常青藤枝蔓架起身体，立在瀑布下方，任由哗哗哗哗的水流冲刷。

警察很快来了，然后在我家里问了我很多问题，我回答了很多问题，也回答不出很多问题。这期间我隐隐约约听到法医上楼来向刑警队长汇报，“应该是摔倒致死，老年人平衡能力差，摔倒致死属于正常死亡。但奇怪的是，是谁把她架到树枝上，被水流一直冲刷，以致至少死亡两个月了，却没有尸体发臭，只是膨胀而已。”

“那些植物是怎么回事？长成那样？”

“我学过解剖学，但植物学的问题解释不了。”

“那么多的水流到哪里去了？都被植物吸收了吗？”

“植物学的事我解释不了！”

“你什么态度……”

以为已经忘记的事情，只要一想起来才发现还是历历在目。满眼的绿色，耳边哗哗哗哗的水流声。我的手有些颤抖地打开家门。四下张望，老公还是没有回来。我把二楼女人给的饼干随手丢在桌上，然后，然后我该干什么？

“你想想，如果不工作我们还能做些什么呢？”老公说。

睡觉吗？但现在没有一点儿困意。购物吧，商场里有那么多那么多的东西需要我们购买。早就知道购物是抚平情绪最有效的方法之一，还有健身、还有打游戏，他们已经为我们提供了海量的方式，我为什么还要一个人在这里想一些不着边际的事情，滋生出想要探索的想法、不满的情绪？

去买一盒二楼女人那样的粉底，带橘的红色，虽然忘了问她色号，但在商场里一定能够找到。涂满露在外面的皮肤，像一个健康的有着高质量性生活的女人那样走在大街上，肯定会引人注目，甚至让自己的困惑也会随着别人的注视而消失很多。

我刚走下楼，接到了一个陌生的电话。

“请问你是陆子丹的什么人？”

“我是他妻子，怎么啦？”

“这里是市立第一医院，陆子丹的公司发生爆炸，他现在在这里，请你马上过来，到了之后就打我这个电话吧。”电话挂断了，似乎再说下去会有更严重的事要发生。

我开车横冲直撞地赶到医院，透过巨大的监视玻璃窗，我看见老公，他应该是我老公吧，躺在病床上的这个物体。就像一只肉色的球体上安了一个脑袋，几根橡皮管插在球体上，几瓶颜色不同的液体顺着管子流进球体。脸上戴着氧气罩，没有胳膊也没有腿。

我感到嘴唇发干。

“我知道你已经回去了。”我说。我转过身离开重症监护室，朝外面走去，我知道在哪里可以看到老公。我听见身后两个小护士在窃窃私语。

“真是了不起的女人。”

“是啊，太冷静了。”

她们不断说着我，我知道这是一定的，我甚至可以知道她们会把我说得像一个伟大的人，或者把我说成一个无耻而无情的人，这一切都随她们的心情，而她们的心情往往因为天气、祖国、生理和病人的死亡速度而变化。她们其实什么都没有做，监护病人不是为了康复，而是为了让病人在去世的过程中有一个清晰的记录。她们无处可去才说个不停，我要赶紧回家了。

回去的路上我一直想着怎么才能把混乱、复杂的事情表达清楚。休息下来的这一个下午，我已经被自己的头脑搅和得疲惫不堪。但是也就是这一个下午，我似乎弄懂了一些，在之前迷迷糊糊隐隐约约、藏在最深的深处，却时不时冒出头来的东西。那是最坏的坏情绪，我一直这样认为，也许就是吧，总得给它一个名字。但它就是这么实实在在存在，不管用多少事情来掩盖，它不会死亡。

走进房间，我装作很惊讶地说：“你回来这么早啊。”

老公坐在飘窗上，天色已暗，华灯初上，他身后的灯光把他勾勒成一只剪影。修长的双腿半曲着，还是一副成熟稳重的样子。

“你去看看我们的书房。”老公似乎这样说了一句。

我快速走过去看了一眼，非常出乎意料，但也不出乎意料。书房被老公收拾成了一个小小的绿色空间，两边原本放着一本本书的书橱被清空了一半，放着很多植物，绿萝、棕竹、吊兰、万年青等好几种，还有我不认识的，常春藤和细叶兰草；书桌上摆着文竹、菖蒲、虎尾兰、兰草几样盆景。这是我们一直想做而没有时间去做的事，我们甚至对着书橱比画过好多次，突然就实现了。

地板也被擦得干干净净，显得光亮而幽绿。布满灰尘的窗帘也被清洗过了，漂洗过后的苍白让这间朝北的房间微微明亮了一点。我深深吸了一口气，担心老公会不耐烦就抓紧走到朝南的卧室。

“我打算辞职了。”我尽量平静地说。我坐下来，随手把二楼女人给的饼干拆开，咬了一口，“不错，黄油味很足，烤得也挺松脆，就是不知道会不会沾上那么浓的粉底。”我想让自己被自己的幽默逗笑，可还是哭了。从下午坐在飘窗上，闻着桂花香气就开始积蓄的泪水，现在终于涌出来了。

“你不是都说了嘛，我们的工作根本没什么意义，我觉得我们就好像幼儿园里的小朋友。阿姨说，来，给你们点儿钱，当然是假的钱，你们自己去玩儿买东西的游戏。你们也可以想办法赚钱。反正每人就发这么多，你们想怎么花就怎么花，想用什么办法赚就用什么办法赚。只要不发出特别大的声音就好了。”

我一边嚼着拌进眼泪的饼干一边继续说，“所以就辞职好了，你不是说等我长大就懂了吗？现在差不多长大了吧，那种小儿科的游戏，真没有意思。我觉得现在你一定会一直陪着我的吧，我知道你也不是你看起来的那个样子。你工作时发生爆炸，是因为你不停歇地工作，把数据弄得太满，承受不住才爆炸的吧？你瞧我多机智。我们在一起已经十年了，再怎么装出没有情绪没有抱怨没有感情，还不是有情绪有抱怨有感情？”

我大口嚼着饼干，“我一个人吃完咯？真好吃。以后，我们就待在这里，把所有不应该回忆的事情都回忆出来，把所有不应该想的事情都想出来。幻想也行，空想也行，想怎么想就怎么想。你说好不好？”

我看见老公笑了，并且对我说：“当然好了，这些都是我们没时间去做的事。不过我还是建议你去一楼领养一个小朋友吧，我们一直想这件事，但是我们太忙了。现在我们两个都不用再工作了，时间很多，完全可以养个一楼的孩子，陪他游戏，或者做他的玩具吧。”

见我只顾流眼泪不说话，老公又说：“如果你喜欢，养两个也可以！”说完他笑了起来，笑容让人觉得特别的坚决和踏实，让人觉得这个笑容是为了把哭死死压制住。

这里或那里

走上阳台，秋风嗖地钻进粗棒针毛衣，猛然起了一身鸡皮疙瘩。烟头上被烟灰覆盖着的一点点火光，竟带着一丝暖意。我回过头，透过玻璃拉门，看见老公正撅着屁股，往行李箱里放一件鸡心领羊绒衫。他站起来的时候，左手反叉在腰上。上了年纪吧，当然，我也不年轻了，再过几天就是我三十五岁生日了。

一切都是不知不觉，不知不觉地到了三十五岁，不知不觉秋风渐起，不知不觉结婚六个年头，就连什么时候周边已是万家灯火也从来不曾觉察，不知不觉快抽完一支烟。

与我们连排的另一栋房子里的窗帘，突然有了一丝晃动。我努力在昏暗中寻找晃动的细节，似乎有一双眼睛在窗帘掀起的一角后闪动了一下。再去寻找，只剩下被窗帘遮蔽的黑暗。

指尖微微发热，这才留意到香烟的滤嘴已经被烧着。我赶紧把烟头丢到地上，用脚踩熄，熟练地踢进楼下的草丛。

走回房间，我问老公："你有没有见过住旁边的那个单身女人？"

"见过啊，不过好像就一次。"老公把行李箱内的绑带扣好。

"我刚才使劲想了想，我看见她的都是背影，有时候在开门，有时候走在我前面，不过也没几次。长得怎么样？"

"嗯，眼睛大大的，鼻子高高的，嘴巴红艳艳的。"老公回忆着说。

"哈，"我忍不住一声怪笑，"那就是你喜欢的类型咯。"

"瞎说什么呀。"

"你前女友，前前女友，还有那个，那个什么来着，不都是……"

"好了，你闭嘴。"老公嘭地关上行李箱。

我一屁股坐进沙发，冷冷地看着他正准备拉起行李箱拉链，"要签的合同带了？"我问。

"对对，合同还没放进去。"老公进书房拿了几张 A4 纸打印的文件放进箱子。

立起行李箱后，老公进了浴室洗澡。我轻悄悄地重新打开行李箱，从文件里抽出两张纸藏好。如果真的是去谈合作、签合同，势必发现少了两张文件，到时候传过去就是。但我几乎可以确定，他不会发现少了文件，也不是真的去谈合作。可是要去哪里，和谁一起，我既不确定，也不关心。

半夜醒来的情况，对于我来说非常少见。睁开眼睛的时候，有那么几秒，竟认不出这是我的房间。想到在这套两百多平方米的房子里，只有我一个活着的生物——这个季节连苍蝇、蚊子也看不见了——不觉有些诧异。曾经一度，一个人在空荡荡的房子里，感到无比的自由，想躺哪里躺哪里，想吃什么就点什么外卖，甚至想不吃就不吃。但那更多的是自己强加给自己的想法，真正的感受是什么，我竟然不能清晰地把握。只是心脏的部位，有些胀痛。

哧哧、沙沙的声音从外面传来，断断续续，若有若无，但足以打扰到越来越神经质的我。闭上眼睛想再次进入睡眠，根本无法做到。我爬起来朝窗外张望，能感觉到草丛的黑暗里有些起伏，但看不清是什么东西。

我穿好衣服，拿起钥匙和手机出了门。绕到房子背后的草丛，哧哧、沙沙的声音还在持续。越来越近，越来越近，各种可能性在我头脑里打转，如果是小猫小狗之类的小动物，可不可以和我做伴，如果是小偷、强盗，我一个人能不能应付，或者是外星生物，或者是阴魂不散的女鬼。

长长的直发一直垂到她的腰间，暗红色的衣服顺着下溜的肩膀披挂在身上。月光覆盖之下，她的全身镀着一层冷飕飕的光晕。她蹲在草丛间，身体不断晃动，不停地用一只小铲子铲脚下的泥土。哧哧、沙沙的声音断断续续，时快时慢。

“你干什么？”我鼓足中气大喊一声，既具有震慑力，又给自己增添勇气。我很担心从貌似背面的头发中间露出一张脸，又或者转过头，是一张没有五官的平面。

她猛地回头，五官俱全，眼睛里充满了惊恐，“我……我来挖点儿土，种……种花，我住这栋。”她指指旁边的房子。

原来是我的邻居。我趁着月光和远处的路灯看仔细我的邻居。圆润的鹅蛋形脸，没有多余的棱角，皮肤细腻光洁。眼睛大大的，鼻子高高的。嘴唇，嘴唇上沾着黑褐色的泥土，像一种难以驾驭的暗色系口红。配合着她大气、高级感的五官，透着让人过目不忘的惊艳。

我想她大概看到了我在干什么了。她大吼一声，把我吓得半死，回过头的时候，她就这样笔直地立在我面前，让我觉得不可思议。我时常会设想和她相对而视的场景，比如在小区的林荫路上，比如我去她家借东西，或者在熟识之后，向她透露一些小秘密。但她这样猛然伫立在我面前的时候，就像电视机里的人物，有着熟悉又陌生的样子从屏幕中活生生地走下来，我感到不知所措和些许恐怖。也许因为我蹲着的缘故，她比我想象的更高大挺拔，她发出的吼声利落响亮，不带一丝落寞和哀伤。

我喜欢掀起窗帘的一角窥探她。她下班进入家门的时候，总是一副舒展肩膀、腰背笔直、下巴微微抬起的样子，而过渡到耷拉下脑袋，软绵绵地蜷缩在沙发脚下，只花了不到两分钟的时间。我说不清更喜欢看她哪种样子，但更多的是她在家里像某种没有视觉的昆虫一样，在屋子里东游西荡，没有目的地乱窜，或者一动不动地任凭时间哗啦哗啦地从她身体上流淌而过，像沉在水底的岩石。看见最多的是后者的样子，也就接受下她的那副面孔。

她几乎不在家做饭，一个人做饭再吃饭的滋味我能体会，我在感到饥饿的时候，只会想要吃土，而她是无奈地拿出手机，对着一个虚拟的世界戳戳点点，叫一份外卖。

我曾经花了五个小时观察她如何吃一顿饭。猜想她用手机点了一份外卖，然后将手机丢到沙发上，在茶几旁的地毯上躺下，直挺挺地伸展着，脸朝下埋进地毯里。从她时不时爬起一点，挪一下脸的位置可以看出她并没有睡着。三十分钟后，外卖小哥到达她家门口。门铃响起，叮——叮——的声音一直传到我这里。她仰起头听了听，又把头埋进地毯。外卖小哥侧着耳朵听听屋里，开始拨打电话。她像蛆虫一样懒洋洋地蠕动到沙发边，从靠垫中翻到手机接听。挂掉电话，外卖小哥把外卖放到门边，骑上小车走了。

接下来的四个多小时，她在地上躺出不同的姿势，从这头游向那头，又从那头游向这头，阳光从洒满客厅到退出消失。她像是可以游荡到任何地方，甚至游到非常封闭的区域，比如黑暗的枯井，或是深洞。

我多么想对她说："我是在吃土，吃土而已，我们都需要有些特别的事情，才不至于无聊、难受到想去尝试死亡。"但第一次面对面的慌张，让我说出了预想被别人发现才需要说出的谎话，"我……我来挖点儿土，种……种花，我住这栋。"我指指旁边的房子说。

中午，我端着餐盘坐到公司食堂正中间的位置，Sherry小跑着跟过来，放下餐盘，坐到我对面。

"Helen姐，这个送给你。"Sherry从上衣口袋里掏出一只细长的小盒子，"最新款的小羊皮唇膏，正红色，绝对配你的御姐范儿。"说着放进我餐盘的筷子栏里。

"为什么呀，生日礼物？"

"不是，生日礼物归生日礼物，这个是谢谢你上次替我揽下那个没谈成的合作。不然经理要扣我工资，说就是因为我的原因功亏一篑。"

"什么我揽下呀，"我拿起口红看了看，"把原因说清楚不就得了，天灾人祸，谁还能事事都顺心如意，没点儿变数？"

"可是就只有你能说得清呀，"Sherry眯起眼睛笑笑，"反正谢谢你嘛。"

"哇，纪梵希小羊皮。"路过的Vicky叫着坐到我旁边，拿起口红看了看，"刚买的？"

"不是，Sherry送我的。"

"你送Helen姐？"Vicky瞪着眼睛问Sherry，"你不是说，过完双十一，你已经是吃土少女了吗，还送礼物？"

"吃土也要送啊，Helen姐对我那么好。"Sherry的眼睛又眯了起来。

“哎，等等，什么叫吃土少女?”我问。

“就是穷到没钱吃饭，只能吃土了呗。”Vicky 解释道。

我的邻居一人住两百多平方米的房子，怎么看也不像穷到要吃土的样子。

“你们说有没有人会真的吃土?”我神秘兮兮地问。

“有啊有啊，”Vicky 激动地放下筷子，“我老家哦，就有这样的人。

“经常在夜深人静的时候，就会悄悄地爬起来，一点儿声音也没有地溜出去。在院子里用手刨松土，一把一把抓着往嘴里塞。如果被别人看见了，会惊恐万状，但还是不能停止。要把他强行拖回去，用绳子绑住才行。而且不止一个人这样噢，据说，我们村里有两个人都有这样的情况。听老人说，这就是鬼上身啦，是修行还不那么到位的那种鬼。人的意识还在反抗，不让鬼进到身体里。鬼就让人不停地吃土，用土堵住嘴，这样就发不出声音了。”

“哎呀，”Sherry 皱起眉头，耷拉下眼睛，撒娇地说，“好恶心噢，我不吃了。”

“你闭嘴吧，”我塞了一大团饭到 Vicky 的嘴里，“发不出声音了吧。”

“唔唔……”Vicky 嘴里发出奇怪的声音，不知在说什么。

“我吃完了，你们慢慢吃，别忘了星期六晚上来我家参加我的三十五岁大寿。”我端着餐盘走去水池。

我从厨房的窗户溜进邻居家，我想监控会拍下我爬窗的画面，但是只要没有失窃，就不会报案，就不会调取监控。至于会不会被当场抓住，好奇心多过恐惧，而无聊更多过好奇心。

想好绝不碰任何东西，看见冰箱的时候还是忍不住打了开来。里面除了五块快要过期的巧克力和一盒没吃完的外卖外再无其他。长期不开火，使得厨房整洁干净，没有一丝油烟味，当然也少了有人存在的气息。

尽管早已从偷窥中看出，这是一对貌合神离的夫妻，也料到他们不会同床而寝，但看到两间各自独立的房间，还是略有震惊。她的房间里是她的床、电脑桌、衣柜和书架。他的房间里是他的床、电脑桌、衣柜和书架。如果条件允许，他们或许会分别设立男厕、女厕，男浴室和女浴室。

客厅是我最熟悉的地方，从我家窗户望过来这里尽收眼底。那里看到的所有物体都比眼前的小巧，但反而是眼前的更加不真实一些。我试着在茶几旁的地毯上躺下，把脸埋进地毯里。呼吸被地毯的纤维肢解，需要时不时爬起一点，挪一下脸的位置，这样才不至于被夺去呼吸。我像蛆虫一样懒洋洋地蠕动到沙发边，从靠垫的缝隙中能看到沙发皮质的质地。即使是细小的纹理，我也想要看清，看清是否残留着她的气息。我在地上躺出不同的姿势，游曳着行走，从这头游向那头，又从那头游向这头，任凭时间哗啦哗啦地从我身体上流淌而过，像沉在水底的岩石。

我觉得有些饿了，想起冰箱里有巧克力和外卖，我慢慢支撑起身体，还像是在水中一样，晃到冰箱边。吃巧克力的话，必须拆开包装，五块巧克力，很容易被发现。我拿起外卖，回到客厅，用塑料袋里配送的筷子大口大口吃起来。我觉得可以赌一赌她根本不记得自己把没吃完的外卖放进冰箱，而会以为没吃完便扔了。

突然我听见门口有钥匙的声音、男人的声音、女人的声音，但不是她的声音。大门被推开。狭长的过道大约需要七步，我连同外卖的塑料袋一起抱着向里面的房间跑去。我用最快的速度和最轻的声音钻进卧室的衣柜，屏住呼吸，心跳在衣柜里发出回声，但愿衣柜外面不会听见。

我听到男人拉着女人进了卧室的声音。

女人问："这不是你的房间吧？你不是说你们分房睡的。"

"我喜欢在这儿做，特别刺激，你不觉得？"男人说，"快去洗澡吧。"

女人说："你有没有闻到一股什么味儿，好熟悉哦。"

男人说："我的鼻子里全是你的香味。"

"黄焖鸡米饭，怎么会有黄焖鸡米饭的味道？"

"别耽误了，快去洗澡吧宝贝。"

我听见女人的呻吟，听见床板在咯吱咯吱，我厌恶透了，捂住耳朵想获取一点点安宁。突然我摸到一件纯棉的长袍，是她的睡袍，我看见她穿过。我抚摸着衣服袖口的一处字母刺绣，以此得到了一些平静。直到他们离开这里，我依然不愿松开捻着衣袖的手。

Alice、Cyndi、Jennifer、Irene、Mona、Sherry、Vicky，号称公司七仙

女的七个女人，和我这个王母娘娘齐聚在我家客厅。冰箱、茶几、电视柜摆满了啤酒、香槟和各种零食、水果，也有寿司、三明治、泡面、红肠这些填饱肚子的食物。Cyndi 说应该再买些装饰，气球啦、彩带啦、拉花啦，被我严词拒绝，有那钱不如多买两瓶啤酒。

“姑娘们，今天使劲喝，庆祝本娘娘三十五岁大寿。”我举起一瓶啤酒大声喊道，“music。”

话音一落，Cyndi 打开音响，金属撞击声一下子响彻整间房子，瞬间填满了空荡很久的空间。架子鼓咚咚嚓嚓的敲击，震得人胸腔踏踏实实。

我坐到 Jennifer 身边，递了支烟给她，帮她点上，把烟灰缸往她面前推了推，“气氛不错吧。”

看着其他几个女人三三两两地坐着、靠着，聊着天、喝着酒、吃着东西，不禁感叹，女人真是美丽的生物，Alice 针织衫的领口落在肩膀边缘；Irene 把袖口卷到胳膊上，露出纤细的小臂；Alice 的胸部是我们当中最大的，E 罩杯，无论穿什么都是掩饰不住的澎湃。

“一直这样就好了。”Jennifer 说。

“嗯，”我看看 Jennifer，“想说什么？”

“什么也不想说，一切都正确得令人发指。嗯……也许是想说，这儿真好，不想回家了。”

“哈，”我怪笑着，“你可是全公司的幸福楷模噢。儿女双全，老公争气又体贴。不过，理解。”我举起啤酒瓶，碰了碰她面前的杯子，兀自喝了一大口。

“我都这把岁数了，可还是不懂什么幸福不幸福，听见别人说我幸福就烦。有什么幸福不幸福，不就是一天一天地过呗。老公体贴也好，争气也罢，觉得和我没多大关系。只要不打老婆，不就是平平常常地过日子吗？不觉得很无聊？”

“当然无聊。”我说。

“现在也很无聊，可是总比回家好。”Jennifer 咔嚓咔嚓地嚼起薯片，“真他妈不想回家、不想做家务、不想带孩子，连和他做爱都不想。你说如果我现在单身，是不是会有真正的幸福感？”

我看看她，没说话。

“肯定也不是，”Jennifer 喝了口杯子里的香槟，冲下嘴里的薯片，“一个人也挺无聊吧，想也想得出来。我才活了半辈子，往下的生活几乎就一眼望到边了。我又不喜欢操心孩子，他们迟早都是要离开的，那么他们离开的时候我是不是会更无聊？”

“送你一句人生箴言。”我说。

“什么？”

“今朝有酒今朝醉。”我把杯子递给 Jennifer，陪着她猛灌几大口。

“不会有人有真正的幸福的。”Jennifer 狠狠地说。

“没错。”我使劲点了点头。

Irene 和 Mona 站起来要我们一起拍个“抖音”小视频。

“来，剧情了解下。”Mona 把手机递给我，“娘娘你先看下别人怎么演的，对口型就行，也可以适度发挥。”这是一段戏仿《还珠格格》的小桥段。

“好玩儿。”我说，照着别人的剧本练习起来。

“Action。”Mona 大喊一声。

“书桓走的第一天，想他，想他，想他。”我边说台词边做出痛苦不堪的表情。

“书桓走的第二天……”瞬间，夜店似的背景音乐嘣嘣嘣嘣响起，六个女人从我身后涌到镜头里，我们一起疯狂夸张地摇头摆尾，亢奋得不可抑制，一群人抱在一起笑得根本停不下来。

短短 15 秒，剧情来了个剧烈反转。我喜欢反转，喜欢出人意料。我不希望看到的我就是我，虽然那就是我。被老公冷落的孤单女人，数年如一日、没有前途的 HR，三十五岁的人老珠黄。我不知道我想要什么样的生活，但我知道我想要什么，即使不计后果，毕竟不会有人有真正的幸福的。

我在衣柜里醒来的时候，外面没有一丝光亮，没有一点儿声音。我鼓足勇气将衣柜拉开一条细缝，夜幕已经完全降临。

我听到嗞嗞的呼吸声，声音从右前方传来，均匀而沉重。我蹑手蹑脚走出衣柜，没料到衣柜的门嗒的一声自己带上。她大约是被声音打扰，嘀咕了一句含含糊糊的话，翻了个身。我吓得赶紧蹲下，一动不动地伏在地面好一会。

眼睛一点一点适应黑暗，但光线微弱，唯一光源来自窗帘没有完全拉上的一条缝隙。卧室中家具的轮廓渐渐被勾勒出来，我的脑袋刚好抵在床头柜前的位置。

半天没有声音，我这才一厘米一厘米地抬起头。漏进卧室的光束正好打在她的脸颊，像是野战部队在脸上抹上的一道油彩，与她紧锁的眉头相映成趣。如此近距离地观察她，不是隔着几十米的距离，不是在夜色中被她逮个正着，而是近到能够听见她的呼吸，能够看见光束下细小的汗毛，这大概是我这次私闯民宅最大的收获吧。

我一次次想伸出手触摸她细小的汗毛，想抚平她紧锁的眉头，至少把她露在外面的左肩掖进被子中。但我只能借着一束光尽量看久一些，觉得自己或许再没这样的勇气闯进别人的家里。能再久一些吗？

我又回到衣柜，小心翼翼带上衣柜的门，蜷缩在衣柜角落。我摸着她睡袍袖口上的字母刺绣，迷迷糊糊睡去。这是我和她在一起的第一个夜晚，屋里有一束光记录下了此时此刻。

我看了看墙上的挂钟，“姑娘们，马上要到十二点了，也就是说，三十五年前的这个时候，我就要出生了。”我扯开嗓门说，“蛋糕拿出来，蜡烛点起来。”

关闭音乐，熄灭吊灯，点亮的蜡烛插满蛋糕，根数多到触目惊心。从下而上映在脸上的烛光，把每个人的脸摇曳到变形。耳膜还在咚咚作响，这就是我日常的安静，却又是不能适应的安静。

叮——叮——门铃声突然在静寂中响起，把大家都吓了一跳。

“我去看看。”我穿过过道，趿上便鞋，打开大门看见背光之中一个长发女人的黑影。

“你好。”我的邻居说。

“你……你好。”

“我听见你们这儿很热闹，就忍不住过来看看。是开 party 吗？”

“啊，是，我过生日，三十五岁生日。是不是打扰你休息了，真是对不起。”

“没有没有，我没那么早睡的。”邻居把头发捋进耳后，“就是好奇来看看，真没什么事，你们继续吧。”

“那个……如果你不用早睡的话，不如进来玩一会儿？”

“不打扰吧？”邻居问。

“非常欢迎。”

漂亮的女人总是会受到欢迎，很快融入进来。邻居和我们一起唱了生日歌，一起吹了蜡烛，和她们一起把蛋糕抹我脸上。之后我有一阵巨大的眩晕，大概是酒劲上来了，两条腿软绵绵的，被谁和谁拉着跳了一支舞。被谁喂了一口冰西瓜，胃疼得想躺在地上。看着穿衣镜里的自己，觉得帅气逼人，忍不住地对着自己哈哈大笑。

“啊——”洗手间里传来 Sherry 的一声尖叫，我们几个人歪歪倒倒地赶过去，看见 Sherry 呆呆地站立着，对着水池下面一只常年不用的小壁柜发呆。

“Helen 姐，你和你老公有点儿疯狂噢。”Sherry 怯怯地说。

我看见从小壁柜里倒下几十盒安全套，和一些拆开了纸盒，独立的小包装散落一地。各种品牌、各种规格、各种味道、各种颜色……

“我没有乱翻，我刚才吐到马桶边上一些，想找马桶刷的，一打开来就这样。”Sherry 辩解道。

“看不出娘娘还是个色情狂魔噢。”几个女人哧哧笑着。

“哈哈哈哈。”我放声大笑起来。

我和老公已经将近两年没有做爱了，再之前，也因为想要小孩儿从来不会戴套。有些事情就发生在我身边，我竟也可以茫然不知觉，这是不是很高的人生境界。

我笑得上气不接下气，缺氧使得整个人天旋地转起来。我看见无数的安全套像雪片似的飞舞在我周围，转着圈、打着旋，擦着我的皮肤，发出咯咯咯咯的怪叫。我看见无数的安全套聚集在一起，锡箔质地的光芒五彩缤纷，组成巨大的彩球，像八十年代舞厅里的迪斯科球，顺时针转，逆时针转，耀眼的光束刺进我的身体，哪里都痛，哪里都紧绷。在迪斯科球的倒影里，我看见无数个变形的自己，像苍蝇的复眼，密密麻麻地存活在各个狭小的空间。狰狞着、讥笑着、恐慌着、厌恶着……她们对我做着丑陋的表情，我不屑地笑着，笑得快要流出眼泪。

睁开眼睛，我看见吊灯的光影在天花板上画出一幅抽象的线条画，不规则的黑线张牙舞爪地铺陈在上空，迎面而来。记忆全是零碎，但都很清晰，断片的地方也可以适当脑补上。这是我家，一个让人作呕的地方。在这里是不是发生了许多不可描述的事，我确实不可能描述，尽管这是我家。从胃到咽喉，一阵阵地翻涌着酸味，像吞了上千只苍蝇。

听到有声音，我扭动酸疼的脖子，看见邻居从厨房里走出来。

“你醒了。”她说，“你喝多了，睡得死沉死沉的，我们费了好大的劲才把你搬到沙发上。她们都先回去了，我稍微收拾一下就走。”她一边说话，一边半跪着把茶几上的果壳瓜皮抹进垃圾桶里。

“你别动，一会儿我自己收拾。”想坐起来，发觉身体软绵绵地不听头脑的指挥。

“没事，也有我吃的，我吃了好多东西。”邻居微微笑起来。

我的脑袋里一下子闪现出她的嘴唇上沾满黑褐色泥土的艳丽画面，“那……吃……”还是忍住没有问出口。

“我知道你想问什么。”她笑着低下头。

我和邻居一直聊到凌晨四点，她叫林艾琪，出生在一个关系错综复杂的富豪家庭，家庭内部的瓜葛好似一部分上下册的长篇小说。

“有的医生说，是因为缺乏锌、铁等微量元素引起的，学名叫作‘异食癖’，也有说主要是由心理因素引起的。但是对于其真正成因和治疗方法却没有任何实质性的进展。《百年孤独》里的丽贝卡不是也吃土吗，没什么的，身体棒棒的。”林艾琪微笑着说，“不过，请你保密好不好？”

把她送走后，我靠在门上，不想穿过过道进入那个已经被收拾干净的房子。我存在于这间房子，却又游离于它之外。我在这里洗漱、在这里吃外卖、在这里睡觉，但感觉不到我在这里的必要，甚至于感觉到它对我的抗拒。我就像是修行还不那么到位的鬼，这间房子的意识在反抗，不让我进到它的内部。我用指甲掐住自己的掌心，现在还不到离开的时候。

这天晚上九点多，林艾琪来敲我的门，她的脚边放着一只行李箱，穿着短款的白色羽绒服，嘴唇涂着红艳艳的玫瑰色口红。

“我要出去几天，可以帮我照看一下房子吗？这两天应该会有查水表的人过来。”林艾琪把钥匙递到我面前。

“没问题啊。”我接过钥匙，“现在就走吗？是去车站还是机场？我可以开车送你过去。”

“那真是太好了，去机场，谢谢你。”

我用钥匙打开林艾琪家的大门，这是我第一次进入这间房子。一眼望去有些眩晕，这里的构造与我家呈镜面效果，像完全倒置的天空与海面。细节却毫无相似之处，在似与不似之间的动荡感，让人期待，甚至不安。

我把钥匙挂在门边的小挂钩上，一步一步踏进这个完全陌生的空间。

狭长的过道大约走了七步，绕过半透明的隔断，进入豁然开朗的客厅。踩上地毯的一瞬间，我感到地面轻微地晃动了一下，像是惊醒了熟睡的小猫。地毯上的螺旋形图案，与墙面利落的直线条纹装饰呈现出错落和反差，就像观察到指甲上的白色斑点，朦胧中有着侵入式的快感。

参观完厨房和洗手间后，我推门走进林艾琪的卧室。卧室以米白色为主，装点浅褐色饰物，像暖暖的牛奶咖啡滑进胃里。房间的气味是雨后泥土的芳香。知道她喜欢吃土，却没有想过土是什么味道。当然，我不会因为喜欢这个女人而去尝试着吃土，我接受下她喜欢吃土这个事实，就像我左眼角后方的一颗痣，存在在那里，既无妨碍，也无更多的意义。我深吸一口这里的气味，美妙得就像欢腾的小鹿痒簌簌地舔舐耳垂。

轻点着脚步回到客厅，看见一只遥控器摆放在茶几正中。如此显眼，奇怪刚才怎么没有发现。我拿起遥控器，没有找到这是遥控什么的字眼或图标。我习惯性地按下电源键，接着按下 play 的小三角。

厚重的男声立刻从房子的各个角落里流淌而出，这才看见隐藏在四周角落里的一组音响设备。摇曳的旋律熟悉地敲打着耳膜，带着爵士乐特有的摇摆，记忆起这是电影《卡萨布兰卡》的主题曲《As time goes by》。目送着自己最爱的女人奔向自由，抑或离开，我不懂得男人的心理，对于里克的选择疼痛而迷惑。抛开这些，这首歌的一切都让我迷醉，像微醺，而不是酩酊大醉。

我在大型的懒人沙发上坐下，布艺面料中的颗粒填充物像柔软的咽喉，一下子把我吸入深处。四周柔软起来，像内脏的形状，层层叠叠充满了弹性的质感。音乐摇晃起来，地面摇晃起来，墙壁摇晃起来，整座房子像温柔的心跳，随着节拍的律动收缩、扩张、收缩、扩张……我被包裹在其中，与它一同摇晃，如水波的荡漾，清澈而深沉。这里没有抗拒我，我存在在这里，没有接受到反抗和排斥的回应，它用相同的呼吸融入我相同的呼吸，带着雨后泥土的芳香。

我把窗帘掀起一个小角，看见那里一个男人坐在茶几旁的地毯上。他的身边散落着很多张文件，正用双手把头发揉搓得凌乱不堪。我很想对着他喊："为什么不躺下呢，把脸朝下埋进地毯里。也可以在地上躺出不同的姿势，从这头游向那头，从那头游向这头，这样就可以让时间哗啦哗啦地从身体上流淌而过，像沉在水底的岩石。"

我看见她走到他的身边，带着帅气的面孔和高高在上的姿态。

"你干什么？"中气十足的一声具有强大的震慑力。那是在暗示我，应该到来的什么吧。

有什么东西正不知不觉中进入我的身体，我想要抗拒，却又无能为力，我想要呼喊，却又被抑制着发不出声音。我体会不到幸福或不幸，我依旧无聊，依旧想要窥探，依旧分不清这里那里、左边右边、上面或是下面。我努力挣扎着想从这巨大的茧里挣脱，却有另一只更大的茧包裹住我的身体。

晚上六点二十，收到老公的微信，这完全在我的意料之中。

老公说："你不认为你把事情做得太绝了吗？"

"的确。不过是不想有商量的余地罢了。"

"如果我不按照你的要求离婚和进行赔偿的话，你会怎么做？"

"我也不知道怎么做，但是就算我是个没有前途的HR，请一个三级律师的费用还是能够支付得起的。"

沉默了一会儿，老公说："什么时候过来签离婚协议？"

“什么时候支付赔偿？”我问。

“签的时候支付。”

六点半，我用钥匙打开我家的门。看见老公蜷坐在客厅中央的地毯上，头发乱蓬蓬的。我寄给他的离婚协议和公司资料散落在他身体周围，他抬起头，像看见鬼似的看着我。

“你从哪里冒出来的？你不是离开这里了吗？”

“没错，是不住这里了，但是住得离这儿不远。”

我拿着签好字的离婚协议，跨过地上鞭炮爆炸后留下的红纸屑，新年过后的寂静还没有褪去。没穿外套，身上就一件粗棒针毛衣，却并不觉得寒冷，确认过银行卡余额后的心跳加速了血液的流淌。更何况从这里到那里，只需要短短的两三分钟，身体还没有感到寒意，就会进入另一座温暖的房子。从一个空间到达另一个镜像的空间，我依然不能确定此刻的我属于哪里。这里、那里、幸福楷模或者单身，无论怎样总有一些不对劲的地方。不会有人有真正的幸福的，Jennifer 说。左右颠倒，上下颠倒，依旧是在各个狭小的空间里打转。时钟在转，季节在转，空间在转，一切发生得不知不觉。

我用钥匙打开林艾琪房子的门，穿过过道，看见林艾琪陷在大型的懒人沙发里，身上白色睡袍袖口上的字母刺绣，被摩挲成黑黄色。长长的袍子把她包裹成蚕茧的模样。她直勾勾地对着电视机屏幕，眼神涣散地看着科技频道播放的新一代云端人工智能芯片和板卡产品。

我从橱柜里拿出一碗暗黄色的土，又拿起一把勺子，走到林艾琪面前。

“来，吃东西了。”我舀了一大勺泥土送进她的嘴里，她条件反射地张开苍白的嘴唇。

“哞哞……”林艾琪嘴里发出奇怪的声音，不知在说什么。

“你想说什么？是想说修行还不那么到位的鬼吗？”我放下碗和勺子，摸摸林艾琪厚厚的长发，“乖，别说话。”

汽车奔驰在机场高速上，副驾驶上的林艾琪看起来像水滴一样柔软，一根长头发掉落在白色羽绒服的胸口，我始终想找机会把它捡起。

“去哪里旅行？”我问。

"听说在阿勒泰那边有一个地方，出产一种白色的土，很白，很好吃，当地的人都喜欢吃。我想去找找看，想试试是不是真的很好吃。"

"好吃的话带点儿给我？"

"好啊。"林艾琪使劲点点头。

我一次次想伸手捡起她胸口的那根长头发，想把我从茫然无序的混乱中强行剥离出来，我想要感受到幸福或者不幸，某些具体的部分，而不是毫无存在感的或许。除去时间、空间、情感、心情……这些遥不可及，对于我来说已经没那么在意的虚幻，我更想要把握住实实在在的东西。

"不过，我可能很快要搬走了。"我说。

"啊，为什么？"

"快要离婚了。"

"为什么要离婚？"林艾琪着急地问。

"不是所有的离婚都是坏事，没有意外的话，应该可以得到一大笔赔偿。"

"明白了，掌握了他的漏税行为和灰色运营？"

"不愧是从大家族里出来的孩子。"我丢给林艾琪一个赞赏的眼神。

"这种事很费精力吧？"

"简直要了我的老命。"

"很大一笔赔偿？"林艾琪问。

"很大一笔赔偿。"

"有多大？"

"大到超速也不怕被罚。"

我猛踩下油门，车子在高速上肆意驰骋。120码、130码、140码……看着急速飙升的仪表盘，我们像被抛出了地球引力般的自由。超越过一辆又一辆的车，在我感到我就要抓住我想要抓住的实质性东西的时候。眼前的景物又一次让我陷入了本该属于我的混乱。上下颠倒，左右颠倒，世界旋转起来，光影和黑暗交织在一起，像巨大的漩涡将我吸入，我又将进入狭小的空间，在那里等待再次颠倒，等待从这里到那里的另一个时空。

图书在版编目（CIP）数据

丢失的那一天 / 杨莎妮 著. -- 北京 : 作家出版社，2018. 9（2023.2重印）
（中国多民族文学丛书）
ISBN 978-7-5212-0228-1

Ⅰ. ①丢… Ⅱ. ①杨… Ⅲ. ①中篇小说 - 小说集 - 中国 - 当代 ②短篇小说 - 小说集 - 中国 - 当代 Ⅳ. ①I247.7

中国版本图书馆CIP数据核字（2018）第211367号

丢失的那一天

作　　者： 杨莎妮
责任编辑： 李亚梓
特约编辑： 胡　嘉
装帧设计： 孙惟静
出版发行： 作家出版社有限公司
社　　址： 北京农展馆南里10号　　**邮　　编：** 100125
电话传真： 86-10-65067186（发行中心及邮购部）
86-10-65004079（总编室）
E-mail:zuojia@zuojia.net.cn
http://www.haozuojia.com（作家在线）
印　　刷： 固安兰星球彩色印刷有限公司
成品尺寸： 170 × 240
字　　数： 234千
印　　张： 16
版　　次： 2019年1月第1版
印　　次： 2023年2月第2次印刷
ISBN 978-7-5212-0228-1
定　　价： 36.00元
